R.J. Palacio

AUGGIE Y YO

Mientras R.J. Palacio se dedicaba a diseñar preciosas cubiertas para cientos de autores, soñaba con escribir algún día una novela. Sin embargo, le parecía que nunca llegaba el momento hasta que se dio cuenta de que lo único que tenía que hacer era empezar a escribir. Su primera novela, *La lección de August,* recibió elogios unánimes alrededor del mundo.

AUGGIE Y YO

AUGGIE Y YO

Tres cuentos de
LA LECCIÓN DE AUGUST

La historia de Julian
El juego de Christopher
Charlotte tiene la palabra

R.J. PALACIO

TRADUCCIÓN DE DIEGO DE LOS SANTOS Y
VERÓNICA CANALES MEDINA

Vintage Español
Una división de Penguin Random House LLC
Nueva York

PRIMERA EDICIÓN VINTAGE ESPAÑOL, JUNIO 2016

Este libro está dedicado a las pequeñas niñas que crecieron a ser Marta, Lisa, Lee, Carol, Fauzia y Meg y a todos mis queridos amigos. Gracias por crear quien soy.

Índice

LA HISTORIA DE JULIAN

JULIAN

Sé amable, pues toda persona con quien te encuentras
está librando una dura batalla.

IAN MACLAREN

ANTES

Quizá yo he creado las estrellas y el sol y la enorme casa,
pero ya no me acuerdo.

JORGE LUIS BORGES, *La casa de Asterión*

El miedo no puede lastimarte más que un sueño.

WILLIAM GOLDING, *El señor de las moscas*

Normal

Vale, vale, vale.

Lo sé, lo sé, lo sé.

¡No he sido agradable con August Pullman!

No hay para tanto. ¡Que no es el fin del mundo! Ya está bien de tanto exagerar, ¿vale? Este planeta es muy grande, y no todos son amables con los demás. Así son las cosas y punto. ¿Me hacéis el favor de olvidarlo ya? Creo que ha llegado la hora de que sigáis con vuestras vidas, ¿vale?

¡Dios!

Es que no lo entiendo. De verdad que no. Resulta que yo era el chaval más popular de quinto. Y, de pronto, o sea, no sé… ¡Da igual! Esto es un asco. ¡El año entero ha sido un asco! ¡Ojalá Auggie Pullman no hubiera venido nunca al colegio de secundaria Beecher! ¡Ojalá hubiera llevado el careto tapado como el tío ese de *El fantasma de la ópera* o como se llame! ¡Ponte una máscara, Auggie! Aparta tu jeta de mi cara, por favor. Todo sería mucho más fácil si te esfumases.

Al menos para mí. No estoy diciendo que para él sea todo coser y cantar, que conste. Sé que para él no debe de ser fácil mirarse en el espejo todos los días ni salir a la calle. Pero ese no es mi problema. Mi problema es que todo ha cambiado desde que él llegó a mi colegio. Los niños han cambiado. Yo he cambiado. Y eso es un ascazo.

Ojalá todo fuera como antes, como era en cuarto. Entonces nos lo pasábamos bomba. Jugábamos a pillar en el patio y, no es por presumir, pero todos querían pillarme, ¿sabéis? Ahí lo dejo. Todos querían ser mi pareja en los proyectos para sociales. Y todos me reían las gracias.

A la hora de comer, siempre me sentaba con mis colegas y éramos, o sea, los más guays. Los que más molaban. Henry. Miles. Amos. Jack. ¡Éramos los más molones! Era muy guay. Teníamos un montón de bromas que solo entendíamos nosotros. Y teníamos un código de señas con las manos para comunicarnos.

No sé por qué tuvo que cambiar. No sé por qué todo el mundo se volvió tan idiota.

Bueno, la verdad es que sí sé por qué: fue por Auggie Pullman. En cuanto apareció, las cosas dejaron de ser como antes. Todo era de lo más normal. Y ahora todo es un desastre. Y ha sido culpa suya.

Y del señor Traseronian. La verdad es que es todo culpa del señor Traseronian.

La llamada

Recuerdo que mi madre se puso como loca con la llamada que recibimos del señor Traseronian. Esa noche, durante la cena, no paraba de repetir el gran honor que era. El director del colegio de secundaria nos había llamado a casa para pedirnos si yo podía ser el amigo de bienvenida de un niño nuevo en el colegio. ¡Guau! ¡Qué notición! Mi madre se comportaba como si me hubieran dado un Oscar o algo así. Dijo que eso demostraba que el colegio sabía reconocer a los niños realmente «especiales», y que creía que era maravilloso. Mi madre todavía no conocía al señor Traseronian, porque él era el director de secundaria y yo todavía estaba en primaria, pero no paraba de poner por las nubes al director por lo amable que había sido por teléfono.

Mi madre siempre ha sido una especie de pez gordo en el colegio. Está metida en eso del consejo escolar, que no tengo ni idea de lo que es, pero, por lo visto, es algo importante. Además, siempre se presenta voluntaria para todo. Por ejemplo, ha sido la madre portavoz de la clase en todos los cursos desde que estoy en Beecher. Siempre. Hace un montón de cosas por el colegio.

A lo que iba, el día que se suponía que debía ser el amigo de bienvenida del niño nuevo, ella me dejó en la puerta del cole. Quería entrar conmigo, pero yo le solté: «Mamá, ¡que ya estoy en secundaria!». Menos mal que lo pilló y se fue con el coche antes de que yo entrara.

Charlotte Cody y Jack Will ya estaban en la recepción, y nos saludamos. Jack y yo nos dimos nuestro apretón de manos de colegas y saludamos al conserje. Luego subimos al despacho del señor Traseronian. ¡Era muy raro estar en el colegio y que no hubiera nadie más!

—Tío, ¡podríamos ir con el monopatín por aquí y nadie se enteraría! —le dije a Jack mientras corría y patinaba por el suelo pulido de la recepción cuando el conserje ya no nos veía.

—¡Ja, sí! —dijo Jack, pero me di cuenta de que, cuanto más nos acercábamos al despacho del señor Traseronian, más callado estaba Jack. De hecho, tenía cara de estar a punto de echar la pota.

Cuando llegamos al final de la escalera, se detuvo.

—¡No quiero hacer esto! —dijo.

Me paré a su lado. Charlotte ya había llegado al descansillo.

—¡Venga, vamos! —exclamó ella.

—¡Tú no nos mandas! —contesté.

Ella negó con la cabeza y me miró con cara de circunstancias. Me reí y le di un codazo a Jack para que no se lo perdiera. Nos encantaba chinchar a Charlotte Cody. ¡Era una santurrona!

—Esto es un desastre —soltó Jack, y se frotó la cara con la palma de la mano.

—¿Qué pasa? —dije.

—¿Sabes quién es el nuevo? —preguntó.

Negué con la cabeza.

—Tú sí que sabes quién es, ¿verdad? —le preguntó Jack a Charlotte mirándola.

Charlotte bajó unos escalones hasta donde estábamos nosotros.

—Creo que sí —respondió. Hizo una mueca, como si acabara de probar algo asqueroso.

Jack negó en silencio y luego se dio tres palmetazos en la cabeza.

—¡Cómo he sido tan idiota de aceptar! —exclamó apretando los dientes.

—Un momento, ¿quién es? —pregunté. Le di un empujón a Jack en el hombro para que me mirase.

—Es ese niño que se llama August —contestó—. Ya sabes, el niño que tiene la cara esa tan rara.

No tenía ni idea de quién estaba hablando.

—¡Estás quedándote conmigo! —dijo Jack—. ¿Nunca has visto a ese niño? ¡Si vive en el barrio! A veces está en el parque. Tienes que haberlo visto. ¡Todo el mundo lo ha visto!

—No vive en el barrio —respondió Charlotte.

—¡Sí que vive en el barrio! —replicó Jack con impaciencia.

—Que no, que Julian no vive en este barrio —respondió ella, igual de impaciente.

—Pero ¿qué tiene que ver dónde vivo yo con todo esto? —pregunté.

—¡Da igual! —me interrumpió Jack—. Da lo mismo. Hazme caso, tío, nunca has visto nada igual.

—Por favor, no seas malo, Jack —dijo Charlotte—. No está bien.

—¡No estoy siendo malo! —respondió Jack—. Solo digo la verdad.

—Pero ¿qué aspecto tiene exactamente? —pregunté.

Jack no contestó. Se quedó ahí plantado, sacudiendo la cabeza. Miré a Charlotte, y ella fruncía el entrecejo.

—Escuchad —dijo—. Vamos de una vez, ¿vale? —Se volvió, empezó a subir los escalones y desapareció por el pasillo hacia el despacho del señor Traseronian.

—Vamos de una vez, ¿vale? —le dije a Jack y clavé la imitación de Charlotte. Creí que con eso se moriría de risa, pero no fue así—. ¡Jack, tío, venga ya! —le dije.

Fingí darle un buen bofetón en toda la cara. Eso sí que

le hizo reír un poco, y me respondió con un puñetazo a cámara lenta. Y con eso empezamos enseguida a jugar una partida rápida de «darle al bazo», que es cuando intentamos pegarle al contrario por debajo de las costillas.

—¡Chicos, vamos! —nos ordenó Charlotte desde el final de la escalera. Había regresado a buscarnos.

—¡Chicos, vamos! —le susurré a Jack, y esa vez sí que soltó una especie de risita.

Pero en cuanto doblamos la esquina del pasillo y llegamos al despacho del señor Traseronian, todos nos pusimos bastante serios.

Cuando entramos, la señora García nos dijo que esperásemos en el despacho de la enfermera Molly, que era un cuartito junto al despacho del señor Traseronian. Mientras esperábamos no hablamos entre nosotros. Reprimí la tentación de hacer un globo con los guantes de látex que había en una caja junto a la camilla, aunque sabía que eso habría hecho reír a todos.

El señor Traseronian

El señor Traseronian entró en el despacho. Era un hombre alto y más bien delgado; tenía el pelo canoso y lo llevaba despeinado.

—¡Qué pasa, chicos! —dijo sonriendo—. Soy el señor Traseronian. Tú debes de ser Charlotte. —Le estrechó la mano a Charlotte—. ¿Y tú eres…? —Se quedó mirándome.

—Julian —dije.

—Julian —repitió sonriendo. Me estrechó la mano.

—Y tú eres Jack Will —le dijo a Jack, y también le estrechó la mano.

Se sentó en la silla que había junto a la mesa de la enfermera Molly.

—En primer lugar, chicos, quiero agradeceros que hayáis venido. Sé que hoy hace calor y que seguramente os gustaría estar haciendo otras cosas. ¿Cómo os está yendo el verano? ¿Bien?

Todos asentimos con la cabeza, algo inseguros, mientras nos mirábamos.

—¿Cómo está yéndole el verano? —le pregunté.

—¡Oh, qué amable eres al preguntar, Julian! —respondió—. Ha sido un verano genial, gracias. Aunque tengo muchísimas ganas de que llegue el otoño. Odio este tiempo tan caluroso. —Se tiró de la camisa—. Por mí ya puede llegar el invierno.

A esas alturas los tres estábamos mirando hacia el techo y hacia el suelo como idiotas. No entiendo por qué los mayores se empeñan en dar conversación a los niños. Nos hacen sentir raros. O sea, yo me siento bastante cómodo hablando con los mayores —a lo mejor es porque viajo mucho y he hablado con muchos adultos—, pero a la mayoría de los niños no les gusta hablar con los mayores. Así son las cosas, y punto. Por ejemplo, si me encuentro con los padres de algún amigo y no estamos en el colegio, intento evitar el contacto visual para no tener que hablarles. Es demasiado raro. También es muy raro cuando te topas por casualidad con algún profesor fuera del colegio. Por ejemplo, una vez vi a mi profesora de tercero con su novio en un restaurante, y fue... O sea, ¡qué asco! No me da la gana ver a mi profesora enrollándose con su novio, ¿sabéis?

En resumen, ahí estábamos nosotros, Charlotte, Jack y yo, asintiendo con la cabeza como esos muñecos de los coches con cuello de resorte, mientras el señor Traseronian seguía con su rollo sobre el verano. Pero por fin, ¡por fin!, fue al grano.

—Bueno, chicos —dijo, dándose palmetazos en los muslos—. Es realmente bonito que hayáis decidido dedicar la tarde a hacer esto. Dentro de unos minutos voy a presentaros a un niño que vendrá a mi despacho, y solo quería hablaros un poco de él antes de que llegue. Bueno, a vuestras madres les he contado algunas cosas sobre él, ¿ellas os han dicho algo?

Charlotte y Jack asintieron en silencio, pero yo negué con la cabeza.

—Mi madre solo me ha dicho que lo habían operado un montón de veces —dije.

—Bueno, sí —respondió el señor Traseronian—. Pero ¿te ha explicado lo de su cara?

Confieso que ese fue el momento en que empecé a pensar: «Vale, ¿qué narices estoy haciendo aquí?».

—Bueno, no lo sé —le contesté mientras me rascaba la cabeza. Intenté recordar lo que mi madre me había contado. La verdad es que no le había prestado mucha atención. Creo que me pasé el rato pensando en que estaba muy pesada con lo de que era un honor que me hubieran elegido; en realidad no insistió mucho en que le pasaba algo malo a ese niño—. Me dijo que usted había dicho que ese niño tiene un montón de cicatrices y cosas así. Como si se hubiera quemado en un incendio.

—En realidad no fue eso lo que dije —respondió el señor Traseronian enarcando las cejas—. Lo que le dije a

tu madre es que ese chico sufre una grave anomalía cra-
neofacial…

—Ah, sí, eso, ¡era eso! —lo interrumpí, porque entonces lo recordé—. Sí que usó esa palabra. Dijo que era
una especie de labio leporino o algo así.

El señor Traseronian arrugó la cara.

—Bueno —dijo, se encogió de hombros y ladeó la
cabeza a izquierda y derecha—, es algo un poco más grave
que eso. —Se levantó y me dio un golpecito en el hombro—. Siento no habérselo explicado bien a tu madre. En
cualquier caso, no quería que esto te resultara violento.
De hecho, estoy hablando con vosotros precisamente
porque no quiero que os sintáis incómodos. Solo quería
aclararos que ese chico tiene un aspecto distinto a los demás niños. Y eso no es ningún secreto. Él sabe que parece
diferente. Nació así. Lo entiende. Es un chico genial.
Muy listo. Muy simpático. Nunca ha ido al colegio porque estaban educándolo en casa, ya sabéis, por todas esas
operaciones que le han hecho. Por eso quería que vosotros le enseñaseis un poco esto, que lo conozcáis, que seáis
sus amigos de bienvenida. Podéis hacerle las preguntas
que queráis, si os apetece. Hablad con él con normalidad.
De verdad que es un niño normal y corriente, con una
cara no tan… Bueno, ya me entendéis, una cara no tan
normal. —Nos miró e inspiró con fuerza—. ¡Mecachis!
Creo que acabo de poneros más nerviosos, ¿a que sí?

Todos negamos en silencio. Él se rascó la frente.

—Veréis —continuó—, una de las cosas que uno aprende cuando se hace mayor, como yo, es que a veces se presenta una situación nueva y no tienes ni idea de qué hacer. No hay ningún manual que te indique cómo actuar en cada situación concreta de esta vida, ¿sabéis? Yo siempre digo que es mejor pecar de amabilidad. Ese es el secreto. Si no sabes qué hacer, pues sé amable. Eso nunca falla. Que es la razón por la que os he pedido a los tres que me ayudéis con esto, porque me han dicho vuestros profesores de primaria que sois tres chicos realmente amables.

No supimos qué responder a eso, así que sonreímos como tres tontorrones.

—Vosotros tratadlo como a cualquier niño que acabarais de conocer —dijo—. Es lo único que intento decir. ¿Está claro, chicos?

En ese momento también asentimos al mismo tiempo. Como los muñecos con cuello de resorte.

—Moláis mucho, chicos —dijo—. Bueno, relajaos, esperad un poco, y la señora García vendrá a buscaros dentro de un par de minutos. —Abrió la puerta—. Y, chicos, de verdad, gracias de nuevo por acceder a esto. Hacer el bien genera buen karma. Es un *mitzvá*, ¿sabéis?

Después de decir eso, sonrió, nos guiñó un ojo y salió del despacho.

Los tres resoplamos al mismo tiempo. Nos miramos con los ojos abiertos como platos.

—Vale —dijo Jack—, ¡no sé qué porras es el karma y tampoco sé qué porras es un *mitzvá*!

Eso nos hizo reír un poco a los tres, aunque fue una especie de risilla nerviosa.

Primer vistazo

No voy a entrar en detalles sobre lo que ocurrió durante el resto del día, solo diré que, por primera vez en su vida, Jack no había exagerado. La verdad es que se había quedado corto. ¿Hay alguna palabra que signifique lo contrario de exagerado? ¿«Desexagerado»? No lo sé. Pero Jack no había exagerado para nada sobre la cara de ese niño.

O sea, la primera vez que vi a August me entraron ganas de taparme los ojos y salir corriendo y gritando. Ya sé que os pareceré horrible, y lo siento mucho. Pero es la pura verdad. Y cualquiera que diga que esa no ha sido su primera reacción al ver a Auggie Pullman no está siendo sincero.

De verdad, me habría largado por donde entré en cuanto lo vi, pero sabía que me metería en un buen lío si lo hacía. Así que seguí mirando al señor Traseronian e intenté escuchar lo que estaba diciendo, pero lo único que oía era: «Bla, bla, bla, bla, bla», porque me ardían las orejas. Y solo podía pensar: «¡Tío! ¡Tío! ¡Tío! ¡Tío! ¡Tío! ¡Tío! ¡Tío! ¡Tío! ¡Tío! ¡Tío!».

«¡Tío! ¡Tío! ¡Tío! ¡Tío! ¡Tío!»

Creo que repetí esa palabra mentalmente unas mil veces. No sé por qué.

En algún momento, el señor Traseronian nos presentó a Auggie. ¡Puaj! Creo que llegué a darle la mano. ¡Triple puaj! Tenía ganas de salir pitando de allí para ir a lavarme. Pero antes de darme cuenta de lo que estaba ocurriendo, alguien nos acompañó a la salida, nos llevó por el pasillo y nos hizo subir la escalera.

«¡Tío! ¡Tío! ¡Tío! ¡Tío! ¡Tío! ¡Tío! ¡Tío! ¡Tío!»

Crucé una mirada con Jack mientras subíamos hacia el aula de tutoría. Abrí los ojos como platos y le dije moviendo los labios: «¡Ni loco!».

Jack me contestó también con los labios: «¡Te lo dije!».

Asustado

Me acuerdo de que una noche, cuando tenía cinco años más o menos, estaba viendo un capítulo de *Bob esponja* y dieron un anuncio que me puso los pelos de punta. Fue un par de días antes de Halloween. En esa época del año había un montón de anuncios que daban un poco de miedo, pero ese era el de una nueva película de terror para adolescentes de la que yo no sabía nada de nada. De pronto, mientras estaba viendo el anuncio, apareció en la pantalla la cara de un zombi en primer plano. Bueno, pues casi me mata del susto. O sea, me dio tanto miedo que me sentí como esas veces en que uno sale corriendo de la habitación entre gritos y moviendo los brazos. ¡Menudo sustooo!

Después de eso, tenía tanto miedo de que se me volviera a aparecer la cara del zombi que dejé de ver la tele hasta que terminó Halloween y quitaron esa película del cine. Lo digo en serio, dejé de ver por completo la tele, ¡así de asustado estaba!

Poco tiempo después quedé para jugar con un niño que ni siquiera recuerdo cómo se llamaba. Y a ese niño le molaba muchísimo Harry Potter, así que empezamos a ver una de sus pelis (yo no había visto ninguna). Bueno, cuando vi el careto de Voldemort por primera vez, me pasó lo mismo que me había ocurrido al ver el anuncio de Halloween. Me puse a chillar como un loco y a lloriquear como un bebé. Me asusté tanto que la madre del niño no conseguía tranquilizarme y tuvo que llamar a mi madre para que fuera a recogerme. Mi madre se enfadó muchísimo con la madre del niño por dejarme ver la peli, así que acabaron discutiendo. En resumen: nunca más volví a jugar en casa de ese niño. O sea, entre lo del anuncio del zombi de Halloween y la cara sin nariz de Voldemort, estaba hecho polvo.

Luego, por desgracia, mi padre me llevó al cine más o menos por la misma época. Insisto, yo solo tenía cinco años. A lo mejor ya había cumplido los seis. No tendría que haber sido un problema; la peli que íbamos a ver era para todos los públicos, estaba bien, no daba nada de miedo. Pero uno de los tráilers era de *Scary Fairy*, una peli de hadas diabólicas. Ya lo sé, ¡las hadas son de nenazas!, y cuando lo recuerdo no puedo creer que me asustara tanto con eso, pero ese tráiler me puso los pelos de punta. Mi padre tuvo que sacarme del cine porque, ¡otra vez!, no podía parar de llorar. ¡Fue tan vergonzoso! O sea, quiero decir, ¿asustarse por unas hadas? ¿Qué sería lo siguiente? ¿Ponis voladores? ¿Muñequitas repollo? ¿Copos de nieve? ¡Era una locura! Pero ahí estaba yo, temblando y chillando mientras salía del cine, con la cabeza metida debajo del abrigo de mi padre. Estoy seguro de que había niños de tres años entre el público que estaban mirándome como si fuera ¡un pringado total!

Pero eso es lo que tiene estar asustado. No puedes controlarlo. Cuando estás asustado, estás asustado y punto. Y cuando estás asustado, todo da más miedo de lo que da normalmente, incluso las cosas que normalmente no dan miedo. Todo lo que te asusta se junta como en una especie de masa y te provoca una sensación de terror enorme. Es como si estuvieras cubierto con una manta de miedo, y esa manta estuviera hecha de cristales rotos y caca de perro y pus supurante y granos de zombi llenos de sangre.

Empecé a tener unas pesadillas horribles. Todas las noches me despertada chillando. Llegó un punto en que me daba miedo ir a dormir porque no quería volver a tener una pesadilla, así que empecé a dormir en la cama de mis padres. Ojalá pudiera decir que fueron solo un par de noches, pero seguí igual durante seis semanas. No los dejaba apagar las luces. Tenía un ataque de pánico cada vez que empezaba a quedarme dormido. O sea, que empezaban a sudarme las palmas de las manos y el corazón me latía muy deprisa, y empezaba a llorar y a chillar antes de irme a la cama.

Mis padres me llevaron al «médico de las emociones», que luego supe que era una psicóloga infantil. La doctora Patel me ayudó un poco. Dijo que lo que estaba experimentando eran «terrores nocturnos», y pude hablarlo con ella. Aunque creo que lo que en realidad me ayudó a superar lo de las pesadillas fueron los documentales de naturaleza del Discovery Channel que mi madre me trajo un día a casa. ¡Un aplauso para esos documentales sobre naturaleza! Todas las noches poníamos uno en el DVD y yo me quedaba dormido escuchando a un tío con acento británico hablando de suricatos, koalas o medusas.

Bueno, al final sí que superé lo de las pesadillas. Todo volvió a la normalidad. Pero, cada cierto tiempo, tenía lo que mi madre llamaba una «leve recaída». O sea, por ejemplo, aunque ahora me encanta *La guerra de las galaxias*, la primera vez que vi *La guerra de las galaxias, Episodio II*, que fue una noche que me quedé a dormir en casa de un amigo por su cumpleaños, a los ocho años, tuve que enviarle a mi madre un mensaje de texto para pedirle que viniera a buscarme a las dos de la madrugada porque no podía quedarme dormido: cada vez que cerraba los ojos, la cara de Darth Sidious se me aparecía de pronto. Me costó casi tres semanas de documentales de naturaleza recuperarme de esa recaída (y, además, después de eso no volví a quedarme a dormir fuera durante al menos un año). Luego, cuando tenía nueve años, vi *El señor de los anillos: Las dos torres* y me ocurrió lo mismo, aunque esa vez solo me costó una semana superar mi miedo a Gollum.

Sin embargo, cuando cumplí los diez, todas esas pesadillas se habían esfumado casi por completo. Incluso se me había pasado el miedo a tener pesadillas. Por ejemplo, si estaba en casa de Henry y él decía: «Oye, vamos a ver una peli de terror», mi primera reacción no era pensar: «¡No, que puedo tener una pesadilla!» (que habría sido mi reacción de antes). Mi primera reacción era: «¡Sí, guay! ¿Dónde están las palomitas?». Al final volví a ver todo tipo de películas otra vez. Incluso empezó a gustarme el rollo ese del apocalipsis zombi, y no me daba ni pizca de miedo. Por fin tenía superado el tema de las pesadillas.

O al menos eso creía.

Pero entonces, la noche después de conocer a Auggie Pullman, volví a tener sueños horribles. No podía creerlo. No eran solo sueños desagradables, sino esas pesadillas que te dejan hecho polvo, con el corazón en la boca, de las que te hacen despertar gritando, como las que tenía cuando era pequeño. Solo que ya no era un enano.

¡Ya estaba en quinto! ¡Tenía once años! ¡Se suponía que eso ya no debía pasarme!

Pero ya estaba otra vez; viendo documentales de naturaleza para conseguir quedarme dormido.

La foto de clase

Intenté describirle a mi madre cómo era Auggie, pero no lo entendió hasta que llegaron las fotos de clase por correo. Hasta ese momento, ella no lo había visto en persona. Había estado fuera por un viaje de trabajo cuando celebramos la fiesta de las donaciones en Acción de Gracias, por eso no lo conocía. El día del Museo Egipcio, Auggie llevaba toda la cara vendada como una momia. Y todavía no se había celebrado ningún concierto de fin de curso. Así que la primera vez que mi madre vio a Auggie y de verdad empezó a entender mi problema con las pesadillas fue cuando abrió el sobre grande con la foto de mi clase dentro.

En realidad fue algo bastante divertido. Puedo contar exactamente cómo reaccionó porque estaba mirándola cuando lo abrió. Primero desgarró emocionada la parte de arriba del sobre con un abrecartas. Luego sacó el retrato individual. Se llevó una mano al pecho.

—¡Oooh, Julian, qué guapo estás! —exclamó—. ¡Me

alegro tanto de que te pusieras la corbata que te envió Grandmère!

Estaba comiéndome un helado sentado a la mesa de la cocina y me limité a sonreír y asentir con la cabeza.

Luego la miré mientras sacaba la foto de clase del sobre. En la escuela primaria, todas las clases tenían su propia foto con su tutor, pero, en secundaria, solo hacían una foto de grupo con todas las clases de quinto. Éramos sesenta niños delante de la entrada del colegio. Quince niños por fila. Cuatro filas. Yo estaba en la última, entre Amos y Henry.

Mi madre estaba mirando la foto con un sonrisa de oreja a oreja.

—¡Oh, aquí estás! —dijo cuando me localizó.

Siguió mirando la foto sin dejar de sonreír.

—¡Caray, pero mira qué mayor está Miles! —exclamó mi madre—. ¿Y este es Henry? Pero ¡si le está saliendo bigote! ¿Y quién es…?

Y entonces se quedó callada. Se le congeló la sonrisa durante uno o dos segundos, y fue poniéndosele, poco a poco, cara de susto.

Soltó la foto y se quedó mirando al frente, como desorientada. Luego volvió a mirar la foto.

Luego me miró a mí. Ya no sonreía.

—¿Este es el niño del que me hablabas? —me preguntó. Lo dijo con una voz totalmente diferente a la de antes.

—Ya te lo dije —repuse.

Volvió a mirar la foto.

—Esto no es un simple labio leporino.

—Nadie ha dicho nunca que solo fuera un labio leporino —le dije—. El señor Traseronian nunca lo ha dicho.

—Sí que lo dijo. Esa vez que llamó por teléfono.

—No, mamá —le respondí—. Lo que dijo es que tenía una «anomalía facial», y tú supusiste que se refería al labio leporino. Pero en realidad nunca llegó a decir «labio leporino».

—Podría jurar que dijo que ese chico tenía labio leporino —repuso—, pero esto es mucho peor. —Parecía muy impresionada. No podía dejar de mirar la foto—. ¿Qué tiene exactamente? ¿Tiene un retraso en el desarrollo? Tiene toda la pinta de que sí.

—No lo creo —respondí encogiéndome de hombros.

—¿Habla bien?

—Farfulla un poco —contesté—. A veces cuesta entenderlo.

Mi madre dejó la foto sobre la mesa y se sentó. Empezó a tamborilear con los dedos.

—Estoy intentando recordar quién es su madre —dijo negando con la cabeza—. Hay tantos padres nuevos en el colegio… Es que no se me ocurre quién puede ser. ¿Es rubia?

—No, es morena —dije—. A veces la veo cuando va al cole a llevar a su hijo.

—¿Se parece ... al niño?

—¡Oh, no, para nada! —respondí. Me senté a su lado, cogí la foto y la miré con los ojos entrecerrados, para verla borrosa. Auggie estaba en la primera fila, el último de la izquierda—. Te lo dije, mamá. No me creíste, pero te lo dije.

—No es que no te creyera —se defendió—. Lo que pasa es que estoy algo... algo sorprendida. No sabía que fuera tan grave. ¡Ah, creo que ya sé quién es su madre! Es muy guapa, algo exótica, ¿tiene el pelo negro y rizado?

—¿Cómo? —pregunté encogiéndome de hombros—. No lo sé. Es una madre.

—Creo que ya sé quién es —respondió mi madre asintiendo para sí misma—. La vi en la noche de los padres. Su marido también es guapo.

—No tengo ni idea —dije negando con la cabeza.

—¡Oh, pobrecillos! —Se llevó la mano al pecho.

—¿Ahora entiendes por qué vuelvo a tener pesadillas? —le pregunté.

Me pasó las manos por el pelo.

—Pero ¿todavía tienes pesadillas? —me preguntó.

—Sí. No todas las noches como el primer mes de colegio, pero ¡sí! —le dije, y tiré la foto sobre el mantel—. ¿Por qué porras ha tenido que venir al colegio de secundaria Beecher?

Me quedé mirando a mi madre, que no sabía qué decir. Empezó a meter otra vez la foto en el sobre.

—¡Ni se te ocurra poner eso en mi álbum del colegio! —le grité—. Quémala o haz lo que sea con ella.

—Julian… —me dijo.

Entonces, sin saber por qué, empecé a llorar.

—¡Oh, cielo! —exclamó mi madre, algo sorprendida. Me abrazó.

—Es superior a mí, mamá —le dije entre lágrimas—. ¡Odio tener que verlo cada día!

Esa noche tuve la misma pesadilla que había tenido desde que empezó el colegio. Iba caminando por el pasillo principal, y todos los niños estaban delante de sus taquillas, me miraban y susurraban cosas sobre mí cuando pasaba. Yo seguía andando y empezaba a subir la escalera hasta que llegaba al baño y me miraba al espejo. Pero, cuando me veía, no era yo. Era Auggie. Y empezaba a gritar.

Photoshop

A la mañana siguiente oí a mi madre y a mi padre hablar mientras se preparaban para ir al trabajo. Yo estaba vistiéndome para ir al cole.

—Tendrían que haber hecho algo más para preparar a los chicos —le decía mi madre a mi padre—. El colegio tendría que haber mandado una carta o un comunicado, no sé…

—¡Por favor! —replicó mi padre—. ¿Diciendo qué? ¿Qué podían decir? ¿Que hay un niño feo en clase? ¡Por favor!

—Es mucho más que eso.

—No saquemos las cosas de quicio, Melissa.

—Tú no lo has visto, Jules —repuso mi madre—. Es bastante grave. Deberían haber advertido a los padres. ¡Deberían habérmelo dicho! Sobre todo teniendo en cuenta los problemas de ansiedad de Julian.

—¡¿Problemas de ansiedad?! —grité desde mi cuarto. Entré corriendo en su habitación—. ¿Creéis que tengo problemas de ansiedad?

—No, Julian —dijo mi padre—. Nadie ha dicho eso.

—¡Mamá acaba de decirlo! —respondí señalando a mi madre—. Acabo de oír que decía «problemas de ansiedad». ¿Qué pasa, que creéis que tengo problemas mentales?

—¡No! —exclamaron ambos a la vez.

—¿Solo porque tengo pesadillas?

—¡No! —volvieron a gritar.

—¡No es culpa mía que él vaya al colegio! —les chillé—. ¡No es culpa mía que su cara me ponga los pelos de punta!

—Pues claro que no es culpa tuya, cariño —contestó mi madre—. Nadie está diciendo eso. Me refería solo a tu historial de pesadillas; el colegio debería habérmelo advertido. Al menos así habría entendido mejor las pesadillas que tienes. Habría sabido qué está provocándolas.

Me senté en el borde de la cama de mis padres. Mi padre tenía la foto de clase en las manos y se notaba que acababa de verla.

—Espero que estéis pensando en quemarla —dije. Y no estaba de broma.

—No, cielo —respondió mi madre sentándose a mi lado—. No hace falta quemar nada. Mira lo que he hecho.

Cogió otra foto de la mesita de noche y me la pasó

para que la mirase. Al principio creí que era otra copia de la foto de clase, porque tenía exactamente el mismo tamaño que la foto que mi padre tenía en las manos, y todo estaba exactamente igual. Empecé a apartar la vista con asco, pero mi madre señaló un lugar de la imagen, ¡el sitio donde antes estaba Auggie! Había desaparecido.

¡No me lo podía creer! ¡No quedaba ni rastro de él!

Miré a mi madre, que sonreía de oreja a oreja.

—¡La magia del Photoshop! —dijo, muy contenta y dando palmadas—. Ahora puedes mirar la foto, y tu recuerdo de quinto no quedará manchado —añadió.

—¡Es muy guay! —exclamé—. ¿Cómo lo has hecho?

—Me he vuelto muy buena con el Photoshop —me respondió—. ¿Te acuerdas del año pasado, de cómo hice que el cielo se viera de color azul en las fotos de Hawái?

—Nadie habría dicho que llovió todos los días —repuso mi padre sacudiendo la cabeza.

—Tú ríete si quieres —dijo mi madre—. Pero ahora, cuando miro esas fotos, nada me recuerda el mal tiempo que estuvo a punto de estropearnos el viaje. ¡Puedo recordar las vacaciones tan estupendas que fueron! Y así es como quiero que recuerdes tu año de quinto curso en el colegio de secundaria Beecher. ¿Te parece bien, Julian? Recuerdos bonitos. No recuerdos feos.

—¡Gracias, mamá! —le dije mientras la abrazaba con fuerza.

Lo que no le dije, claro, fue que, aunque hubiera cambiado el cielo a color celeste en las fotos, lo único que recuerdo de aquel viaje a Hawái es el frío que pasamos y lo mucho que nos mojamos mientras estábamos allí, a pesar de la magia del Photoshop.

Malo

Veréis, yo no nací siendo malo. O sea, ¡que no soy un niño malo! Sí, claro, a veces hago bromas, pero no son bromas malvadas. Son solo bromas pesadas. ¡La gente se las toma muy a pecho! Vale, a lo mejor algunas de mis bromas sí que son un poco malvadas, pero solo las hago a espaldas de la gente. Nunca le digo a nadie a la cara nada que pueda herirle. ¡No soy un matón de esos! ¡Tíos, que no soy un acosador!

¡Oídme todos! ¡Dejad de ser tan susceptibles!

Algunos chicos entendieron la historia del Photoshop, y otros, no. Henry y Miles pensaron que era algo muy guay y querían que mi madre les enviase la foto por correo electrónico a las suyas. Amos pensó que era algo «raro». Charlotte dijo que estaba fatal. No sé qué pensó Jack, porque, por aquel entonces, ya se había pasado al lado oscuro. O sea, que había abandonado a sus colegas de ese año y solo iba con Auggie. Y eso me fastidiaba, porque quería decir que ya no podía ir con él. No pensaba dejar que ese monstruo me contagiara la Peste. Es el nombre del juego que me inventé. La Peste. Era sencillo. Si tocabas a Auggie y no te lavabas para quitarte la contaminación, te morías. Todos los alumnos del curso jugaban. Menos Jack.

Y Summer.

Me ocurrió algo raro con ella. Conozco a Summer desde que íbamos a tercero y nunca le había hecho ni caso, pero en quinto a Henry empezó a gustarle Savanna y se pusieron en plan «salir juntos». Pero, una cosa, con «salir juntos» no me refiero a eso que se hace en el instituto, que sería un asco total. Lo que significa «salir juntos» es que estáis juntos y os encontráis en las taquillas y a veces vais a la heladería de la avenida Amesfort al salir de clase. Así que primero Henry empezó a salir con Savanna, y luego Miles empezó a salir con Ximena. Y yo me quedé en plan, o sea: «Tíos, ¿qué pasa conmigo?». Y entonces Amos dijo: «Voy a pedirle para salir a Summer», y yo me puse en plan: «Ni hablar, ¡se lo voy a pedir yo!». Y entonces fue cuando empezó a gustarme Summer.

Pero era un rollo total que Summer, como Jack, también estuviera en el bando de Auggie. Lo que quería decir que no podría salir con ella ni en sueños. Ni siquiera podría decirle: «¿Cómo lo llevas?», pues el monstruo podría creer que estaba hablándole a él o algo así. Por eso le dije a Henry que hiciera que Savanna invitara a Summer a la fiesta de Halloween en su casa. Se me ocurrió que podría estar con ella un rato y, a lo mejor, incluso pedirle que saliera conmigo. Pero no funcionó, porque acabó yéndose muy pronto de la fiesta. Y, desde ese día, se pasaba todo el rato con el monstruo.

Vale, vale. Ya sé que no estaba bien llamarlo «el monstruo», pero es que ya lo he dicho antes: ¡la gente tenía que empezar a ser menos delicada! ¡Aviso a navegantes: solo era una broma! ¡No me toméis tan en serio! No estaba siendo malo. Estaba siendo divertido, y punto.

Y eso era lo único que estaba haciendo el día que Jack Will me dio un puñetazo: ser chisposo. O sea ¡yo solo estaba de broma! Metiéndome con el personal.

¡No me lo hubiera esperado ni en un millón de años!

Tal como yo lo recuerdo, estábamos haciendo el tonto juntos y, de pronto, ¡él me pegó en toda la boca sin tener motivo! ¡Pumba!

Y yo empecé, o sea: «¡Auuuuuu! ¡Estás como una chota! ¿Me has dado un puñetazo? ¿De verdad me has dado un puñetazo?».

Y lo siguiente que recuerdo es que estaba en el despacho de la enfermera, sujetándome un diente con la mano, y con el señor Traseronian, que también estaba allí, y que lo oí hablar con mi madre mientras le decía que iban a llevarme al hospital. Oí a mi madre gritar del otro lado del teléfono. Luego, la señora Rubin, la jefa de estudios, me ayudó a subir a la parte trasera de una ambulancia y nos fuimos al hospital. ¡Menuda movida!

Mientras íbamos en la ambulancia, la señora Rubin me preguntó si sabía por qué me había pegado Jack. Y yo le solté: «¡Porque está como una cabra!». Y no es que pudiera hablar mucho, porque tenía los labios hinchados y la boca llena de sangre.

La señora Rubin se quedó conmigo en el hospital hasta que mi madre llegó. Mi madre estaba superhistérica, como podéis imaginar. Se ponía a llorar en plan drama total cada vez que me miraba a la cara. Debo reconocer que estaba muriéndome de vergüenza.

Luego llegó mi padre.

—¡¿Quién ha sido?! —fue lo primero que dijo gritándole a la señora Rubin.

—Jack Will —respondió la señora Rubin con tranquilidad—. Ahora está con el señor Traseronian.

—¡¿Jack Will?! —gritó mi madre, impactada—. ¡Si conocemos a los Will! ¿Cómo ha podido ocurrir algo así?

—Haremos todas las averiguaciones necesarias —respondió la señora Rubin—. Ahora mismo, lo más importante es que Julian va a ponerse bien.

—¡¿Bien?! —gritó mi madre—. ¡Mírele la cara! ¿Cree que esto está bien? Yo no creo que esto esté bien. Esto es un escándalo. ¿Qué clase de colegio es este? Creía que los niños no se pegaban puñetazos en un colegio como el de secundaria Beecher. Creía que pagábamos cuarenta mil dólares al año para algo: para que no hagan daño a nuestros niños.

—Señora Albans —repuso la señora Rubin—, ya sé que está disgustada…

—Debo suponer que expulsarán al chico, ¿verdad? —dijo mi padre.

—¡Papá! —grité.

—Sin duda alguna trataremos el asunto de la forma más apropiada, se lo prometo —respondió la señora Rubin intentando mantener el mismo tono de voz—. Y ahora, si no les importa, creo que los dejaré a solas durante un rato. El médico volverá dentro de unos minutos y podrán hablar con él, pero ha dicho que no había nada roto. Julian está bien. Ha perdido una muela de leche de las de abajo; se le iba a caer de todas formas. Le darán algún calmante y tendrán que ponerle hielo. Seguiremos hablando por la mañana.

Solo en ese momento me di cuenta de que la blusa y la falda de la pobre señora Rubin estaban completamente cubiertas de sangre. ¡No veas, sí que sale sangre de la boca!

Más tarde, esa misma noche, cuando por fin pude volver a hablar sin que me doliera, mis padres quisieron conocer todos los detalles sobre lo ocurrido, y empezaron por preguntar de qué estábamos hablando Jack y yo justo antes de que él me pegara.

—Jack *eztaba molezto podque* lo habían *empazejado* con el niño *defodme* —respondí—. Le dije que podía *cambiad de compañedo si quedía.* ¡Y *entoncez* me dio un puñetazo!

Mi madre negó con la cabeza. Eso fue demasiado para ella. Estaba literalmente más enfadada de lo que la había visto nunca (y he visto a mi madre muy enfadada antes, ¡creedme!).

—¡Esto es lo que pasa, Jules…! —le dijo a mi padre cruzándose de brazos y asintiendo muy deprisa—. ¡Esto es lo que pasa cuando haces que unos niños pequeños se enfrenten a problemas que no pueden gestionar por sí solos! ¡Son demasiado jóvenes para estar expuestos a esta clase de situaciones! ¡Ese tal Traseronian es un idiota!

Y dijo un montón de cosas más, pero son demasiado, ¿cómo diría?, inapropiadas (y sé que me entendéis) para que yo las repita.

—*Pedo*, papá, no *quiedo* que *ecpulzen* a Jack del colegio —le dije por la noche. Estaba poniéndome más hielo en la boca porque el efecto del calmante que me habían dado en el hospital ya se me estaba pasando.

—Eso no depende de nosotros —me respondió—. Pero, si yo estuviera en tu lugar, no me preocuparía de eso. Sea como sea, Jack recibirá su merecido por lo que ha hecho.

Debo reconocer que empecé a sentirme un poco mal por Jack. O sea, claro que era un imbécil acabado por haberme pegado un puñetazo, y no quería que se librara del castigo, pero de verdad que no quería que lo echaran del colegio ni nada parecido.

Sin embargo, sabía que mi madre estaba en una de sus misiones (como diría mi padre). A veces se pone en ese plan cuando hay algo que le molesta tanto que no hay quien la pare. Se puso igual hace un par de años cuando un coche atropelló a un niño a unas manzanas del colegio de secundaria Beecher; consiguió que casi un millón de personas le firmaran una petición para que pusieran un semáforo. Ese fue su momento de supermadre. También se puso así el mes pasado cuando su restaurante preferido cambió el menú y ya no preparaban mi plato del día favorito como a mí me gustaba. Ese fue otro momento de supermadre, porque, después de que ella hablara con el nuevo dueño, accedieron a preparar el plato especial ¡solo para mí! Sin embargo, mi madre también se pone así por cosas que no son tan buenas, como cuando un camarero mete la pata con una comanda. Esos no son momentos de supermadre, porque, bueno, o sea, puede resultar bastante incómodo que tu madre le hable al camarero como si él tuviera cinco años. ¡Es muy incómodo! Además, como dice mi padre, mejor no cabrear al camarero, ¿sabéis? ¡Tíos, que ellos son los que tocan tu comida!

Por eso no estaba muy seguro de cómo me sentía cuando me di cuenta de que mi madre estaba declarándole la guerra al señor Traseronian, a Auggie Pullman y a todo el colegio de secundaria Beecher. ¿Iba a ser un momento de supermadre o de no supermadre? O sea, todo eso acabaría con Auggie yendo a otro colegio (¡yupi!), o con el señor Traseronian sonándose los mocos en mi comida del cole (¡puaj!).

Fiesta

Pasaron dos semanas hasta que se me pasó la hinchazón del todo. Y por eso no fuimos a París en las vacaciones de Navidad. Mi madre no quería que mis parientes me vieran con pinta de haber participado en un «combate de boxeo». Tampoco me sacó ninguna foto durante las vacaciones porque decía que no me quería recordar con esa cara. Para la felicitación navideña familiar que enviamos siempre, usamos las fotos descartadas de la sesión fotográfica del año anterior.

Aunque ya no tenía muchas pesadillas, el hecho de que volviera a tenerlas preocupó mucho a mi madre. Yo sabía que ella estaba de los nervios por el tema. Y luego, el día antes de nuestra fiesta de Navidad, se enteró por una de las otras madres de que Auggie no había pasado por el mismo proceso de selección que el resto de nosotros. Veréis, todos los niños que solicitan una plaza en el colegio de secundaria Beecher deben realizar una entrevista y un examen en el centro, pero con Auggie habían hecho una especie de excepción. No había ido al cole para la entrevista y debieron de hacerle el examen de admisión en casa. Mi madre creía que eso era ¡una injusticia total!

—Ese niño no tendría que haber entrado en el colegio —oí que les decía a las demás madres de la fiesta—. ¡El colegio de secundaria Beecher no está preparado para situaciones como esta! ¡No somos un colegio de inserción! ¡No contamos con los psicólogos especializados que traten a los niños afectados por esta situación! ¡El pobre Julian lleva un mes entero con pesadillas!

«¡Jolines, mamá! ¡Odio que vayas contando por ahí lo de mis pesadillas!»

—Henry también estaba disgustado —dijo la madre de Henry, y las demás madres asintieron con la cabeza.

—¡Ni siquiera nos prepararon de antemano! —siguió mi madre—. Y eso es lo que más me molesta. Si no van a proporcionarnos apoyo psicológico especial, ¡al menos que adviertan a los padres con tiempo!

—¡Desde luego! —exclamó la madre de Miles, y las demás madres volvieron a asentir con la cabeza.

—Es evidente que a Jack Will no le vendría mal algo de terapia —añadió mi madre con cara de circunstancias.

—Me ha sorprendido que no lo hayan expulsado —dijo la madre de Henry.

—¡Oh, lo habrían hecho! —respondió mi madre—, pero les pedimos que no lo hicieran. Conocemos a la familia Will desde preescolar. Son buena gente. En realidad no culpamos a Jack. Creo que se ha derrumbado por la presión a la que se ha visto sometido por tener que ser el encargado de cuidar a ese chico. Es lo que sucede cuando se les da a estas pobres criaturas una responsabilidad así. ¡Sinceramente, no sé en qué está pensando el señor Traseronian!

—Lo siento, pero tengo que intervenir —dijo otra madre (creo que fue la madre de Charlotte, porque tenía el pelo muy rubio como ella y los ojos muy grandes y azules)—. No es que a ese chico le pase nada malo, Melissa. Es un chico maravilloso, que, por circunstancias de la vida, tiene un aspecto diferente, pero…

—¡Oh, ya lo sé! —respondió mi madre, y se llevó la mano al pecho—. ¡Oh, Brigit, nadie está diciendo que no sea un chico maravilloso, créeme! Estoy segura de que lo es. Y he oído que sus padres son unas personas encantadoras. Ese no es el problema. Para mí, en definitiva, el verdadero problema es que el señor Traseronian se ha saltado el protocolo. No ha respetado para nada el proceso de admisión, ya que no exigió al chico que acudiera al centro ni para la entrevista ni para el examen, como hicieron todos nuestros hijos. Ha quebrantado las normas. Y las normas son las normas. Así son las cosas, y punto. —Mi madre miró con tristeza a Brigit—. ¡Oh, querida Brigit! ¡Veo que no estás de acuerdo!

—No, Melissa, en absoluto —contestó la madre de Charlotte sacudiendo la cabeza—. Se trata de una situación difícil en muchos aspectos. Mira, el hecho es que a tu hijo le han pegado un puñetazo en la cara. Tienes todo el derecho a estar enfadada y exigir algunas respuestas.

—Gracias. —Mi madre asintió con la cabeza y se cruzó de brazos—. Lo único que digo es que se ha gestionado fatal, nada más. Y culpo al señor Traseronian. Es el culpable de todo.

—Desde luego —dijo la madre de Henry.

—Tiene que marcharse —admitió la madre de Miles.

Miré a mi madre, rodeada de otras madres que asentían con la cabeza, y pensé: «Vale, a lo mejor este se convierte en uno de esos momentos de supermadre total». A lo mejor, con todo lo que estaba haciendo conseguía que Auggie se fuera a otro centro y, entonces, las cosas volverían a ser como antes en el colegio de secundaria Beecher. ¡Eso sería supergenial!

Aunque otra parte de mí estaba pensando: «A lo mejor este no va a ser uno de esos momentos de supermadre». O sea, algunas de las cosas que estaba diciendo sonaban un poco… No sé. Un poco duras, supongo. Como cuando hace enfadar a un camarero. A uno acaba dándole pena el pobre chico. La cosa era que mi madre tenía una misión contra el señor Traseronian, y era por mí. Si no hubiera vuelto a tener pesadillas, y si Jack no me hubiera dado un puñetazo, no habría estado ocurriendo nada de eso. Ni ella habría armado todo ese jaleo por lo de Auggie ni por lo de Traseronian, y habría dedicado todo su tiempo y energía a hacer cosas buenas, como recaudar dinero para el colegio y trabajar como voluntaria en el albergue de los sintecho. ¡Mi madre hace cosas buenas de esas todo el tiempo!

Por eso no sé. Por una parte, me alegraba que tratase de ayudarme. Pero, por otra, me hubiera gustado que lo dejara ya.

El bando de Julian

Lo que más me fastidió cuando volvimos de las vacaciones de Navidad fue ver que Jack era otra vez amigo de Auggie. Habían tenido una especie de pelea después de Halloween, que era la razón por la que Jack y yo volvimos a ser colegas. Pero después de las vacaciones de Navidad, ya eran amigos íntimos otra vez.

¡Menudo rollazo!

Les dije a todos que teníamos que hacerle el vacío a Jack, por su propio bien. Tenía que escoger, de una vez por todas, si quería estar en el bando de Auggie o en el bando de Julian y del resto del mundo. Así que empezamos a no hacerle ni caso a Jack: no le hablábamos, no contestábamos sus preguntas. Era como si no existiera.

¡Así aprendería la lección!

Y entonces fue cuando empecé a dejarle notitas. Un día alguien se dejó un taco de Post-it sobre uno de los bancos del patio, y así se me ocurrió la idea. Escribí la nota con letra de superpsicópata: «¡Ya no le caes bien a nadie!».

La metí por las ranuras de la taquilla de Jack cuando no miraba nadie. Lo vi con el rabillo del ojo cuando la encontró. Se volvió y vio a Henry abriendo su taquilla.

—¿Esto lo ha escrito Julian? —le preguntó.

Pero Henry era uno de los míos, ¿sabéis? Pasó de Jack totalmente, fingió que ni siquiera le habían hablado. Jack arrugó el Post-it, lo tiró dentro de la taquilla y cerró la puerta de golpe.

Cuando Jack se marchó, me acerqué a Henry.

—¡Toma ya! —le dije, e hice los cuernos con la mano, lo que hizo reír a Henry.

Durante los días siguientes dejé un par de notas más en la taquilla de Jack. Y luego empecé a dejar algunas en la taquilla de Auggie.

No fueron para tanto. Repito: no fueron para tanto. Sobre todo porque eran cosas muy tontas. No creí que nadie se las tomara en serio. O sea, ¡en realidad eran bastante divertidas!

Bueno, más o menos. Al menos, algunas lo eran.

«¡Apestas, queso gigante!»

«¡Monstruo!»

«¡Largo de nuestro colegio, orco!»

Solo Henry y Miles sabían que estaba escribiendo esas notas. Y habían jurado guardar el secreto.

El despacho del director Jansen

No sé cómo narices se enteró el señor Traseronian de lo de las notas. No creo que Jack ni Auggie hubieran sido tan idiotas de chivarse, porque ellos también habían empezado a dejarme notas en la taquilla. O sea, ¿no habría sido una estupidez chivarse de alguien sobre algo que tú también estás haciendo?

Bueno, pues lo que ocurrió fue lo siguiente. Un par de días antes del campamento de verano en plena naturaleza de quinto curso, al que yo tenía un montón de ganas de ir, mi madre recibió una llamada del director Jansen, el director del colegio Beecher. Dijo que tenía que hablar de algo con ella y con mi padre, y convocó una reunión.

Mi madre supuso que se trataría de algo relacionado con el señor Traseronian, porque a lo mejor iban a despedirlo. Y por eso estaba muy emocionada con lo de la reunión.

Se presentaron para la cita a las diez en punto de la

mañana y estaban esperando en el despacho del director Jansen cuando, de pronto, vieron que yo también entraba en la sala. La señora Rubin me había sacado de clase, me había pedido que la siguiera y me había llevado hasta allí: yo no tenía ni idea de qué ocurría. Nunca jamás había estado en el despacho del director, así que, cuando me encontré allí a mis padres, estaba tan alucinado como ellos.

—¿Qué ocurre? —le preguntó mi madre a la señora Rubin. Antes de que la señora Rubin pudiera decir nada, el señor Traseronian y el director Jansen entraron en el despacho.

Todo el mundo empezó a estrecharse la mano y no paraban de sonreírse y de saludarse. La señora Rubin dijo que tenía que volver a clase, pero que llamaría a mis padres para ver qué tal había ido el encuentro. Eso sorprendió a mi madre. Sé que en ese momento empezó a pensar que a lo mejor la reunión no trataba del despido del señor Traseronian.

Entonces el director Jansen nos pidió que nos sentáramos en el sofá que estaba justo enfrente de su mesa de escritorio. El señor Traseronian se sentó en una silla, a nuestro lado, y el director Jansen se sentó detrás de la mesa.

—Bueno, muchas gracias por venir, Melissa y Jules —les dijo el director Jansen a mis padres. Se me hizo raro oírle llamar a mis padres por sus nombres de pila. Sabía que se conocían porque todos eran miembros del consejo escolar, pero sonaba raro—. Ya sé lo ocupados que estáis. Y estoy seguro de que estaréis preguntándoos de qué trata todo esto.

—Pues sí… —dijo mi madre, pero su voz se fue apagando.

Mi padre tosió tapándose la boca con una mano.

—El motivo por el que os hemos pedido que vengáis es porque, por desgracia —prosiguió el director Jansen—, nos enfrentamos a un serio problema, y nos gustaría encontrar la mejor forma de resolverlo. Julian, ¿te suena de qué podría estar hablando? —Se quedó mirándome.

Abrí los ojos como platos.

—¿A mí? —Eché la cabeza de golpe hacia atrás e hice una mueca—. No.

El director Jansen sonrió y soltó un suspiro al tiempo que me observaba. Se quitó las gafas.

—Entenderéis —dijo— que en el colegio de secundaria Beecher nos tomamos muy en serio cualquier tipo de acoso escolar. Tenemos una política de tolerancia cero con cualquier clase de acoso. Creemos que todos y cada uno de nuestros alumnos tiene derecho a aprender en un entorno de protección y respeto…

—Disculpad, pero ¿alguien puede decirme qué está pasando? —interrumpió mi madre mirando al director Jansen con impaciencia—. Es evidente que conocemos la declaración de principios del colegio de secundaria Beecher, Hal, ¡si prácticamente la escribimos nosotros! Vamos al grano: ¿qué pasa aquí?

Las pruebas

El director Jansen miró al señor Traseronian.

—¿Por qué no se lo explicas tú, Larry? —dijo.

El señor Traseronian les pasó un sobre a mis padres. Mi madre lo abrió y sacó los últimos tres Post-it que yo había dejado en la taquilla de Auggie. Supe enseguida que eran los míos porque eran rosas y no amarillos, como los demás.

Luego pensé: «¡Ajá! ¡Entonces ha sido Auggie el que le ha contado al señor Traseronian lo de los mensajes en los Post-it! ¡¡¡Menudo chivato!!!».

Mi madre leyó las notas a toda prisa, enarcó las cejas y se las pasó a mi padre. Él las leyó y me miró.

—¿Has escrito tú esto, Julian? —me preguntó sujetando las notas en alto para que yo las viera.

Tragué saliva. Me quedé mirándolo, como aturdido. Me pasó las notas y me quedé mirándolas.

—Bueno… Esto… —respondí—. Sí, supongo. Pero, papá, ¡ellos también estaban escribiéndome notas!

—¿Quién estaba escribiendo notas? —preguntó mi padre.

—Jack y Auggie —respondí—. ¡También ellos estaban escribiéndome notas! ¡No era solo yo!

—Pero tú empezaste con lo de escribir las notas, ¿verdad? —preguntó el señor Traseronian.

—Disculpe —interrumpió mi madre, enfadada—. No olvidemos que fue Jack Will el que le dio un puñetazo en la boca a Julian, y no al revés. Evidentemente, habrá resquemor…

—¿Cuántas notas como estas has escrito, Julian? —la interrumpió mi padre golpeando con un dedo el Post-it que yo tenía en las manos.

—No lo sé —respondí. Me resultaba difícil articular palabra—. Bueno, unas seis o así. Pero las demás no eran tan… o sea, ya sabes, no eran tan malas. Estas notas son peores que las otras que escribí. Las otras no eran tan… —Se me fue apagando la voz mientras releía lo que había escrito en las tres notas.

«¡Oye, Darth Asquero Sidious! ¡Eres tan feo que deberías llevar máscara todos los días!»

Y:

«Te O-DI-O, monstruo!».

Y la última:

«Seguro que tu madre desea que no hubieras nacido. Hazle un favor al mundo y muérete».

Claro que al leerlas en ese momento parecían mucho peores que cuando las escribí. Pero entonces estaba enfadado, superenfadado. Acababa de recibir una de sus notas y...

—¡Un momento! —dije, y me metí la mano en el bolsillo. Encontré el último Post-it que Auggie y Jack me habían dejado en la taquilla, justo el día anterior. Estaba toda arrugado, pero se lo pasé al señor Traseronian para que lo leyera.

—¡Mire! ¡Ellos también me han escrito cosas feas!

El señor Traseronian cogió el Post-it, lo leyó a toda prisa y se lo pasó a mis padres. Mi madre leyó la nota y se quedó mirando al suelo. Mi padre leyó la nota y sacudió la cabeza, confundido.

Me pasó el Post-it, y yo lo releí.

«Julian, ¡estás tan bueno! A Summer no le gustas, pero ¡yo quiero tener hijos contigo! ¡Huéleme el sobaco! Un beso, Beulah.»

—¿Quién narices es Beulah? —me preguntó mi padre.

—Eso da igual —respondí—. No lo puedo explicar. —Volví a pasarle el Post-it al señor Traseronian, que se lo dio al director Jansen para que lo leyera. Me di cuenta de que en realidad intentó ocultar una sonrisa.

—Julian —dijo el señor Traseronian—, las tres notas que escribiste no tienen ni punto de comparación con el contenido de esta.

—No creo que un tercero deba juzgar la semántica de una nota —replicó mi madre—. Da igual si a usted le parece que una nota es peor que la otra, lo que en verdad importa es cómo la lee la persona que la recibe. Lo cierto es que a Julian ha empezado a gustarle esa tal Summer durante el curso, y seguramente la nota ha herido sus sentimientos…

—¡Mamá! —grité, y me tapé la cara con las manos—. ¡Me muero de vergüenza!

—Lo que estoy diciendo es que una nota puede ser hiriente para un niño aunque usted no lo vea —le dijo mi madre al señor Traseronian.

—¿Está tomándome el pelo? —le respondió el señor Traseronian sacudiendo la cabeza. Parecía más enfadado de lo que lo había visto nunca—. ¿Está diciéndome que no encuentra los Post-it que ha escrito su hijo totalmente aterradores? ¡Porque yo sí!

—¡No estoy justificando las notas! —respondió mi madre—. Solo le recuerdo que es un camino de ida y vuelta. Debe entender que Julian escribió esas notas evidentemente como reacción a algo.

—Veréis —dijo el director Jansen, poniendo una mano por delante de él como si fuera el policía que está en el cruce del colegio—, no cabe ninguna duda de que aquí pasa algo.

—¡Esas notas ofenden mis sentimientos! —exclamé, y no me importó tener voz de estar a punto de llorar.

—No dudo de que esas notas hayan herido tus sentimientos, Julian —respondió el director Jansen—. Y tú intentaste herir los sentimientos de esos chicos. Ese es el problema con estas situaciones: todo el mundo intenta ir un paso más allá y al final las cosas se descontrolan.

—¡Exacto! —dijo mi madre, y casi pareció que lo hubiera gritado.

—Pero el hecho es —prosiguió el director Jansen levantando un dedo— que existe un límite, Julian. Existe un límite. Y tú lo has sobrepasado. Lo que has escrito es completamente inaceptable. Si Auggie hubiera leído esas notas, ¿cómo crees que se sentiría?

Estaba mirándome con tanta intensidad que me entraron ganas de esconderme debajo del sofá.

—¿Quiere decir que no las ha leído? —le pregunté.

—No —respondió el director Jansen—. Por suerte alguien informó ayer de las notas al señor Traseronian, y él abrió la taquilla de Auggie y las recogió antes de que el chico llegara a verlas.

Asentí en silencio y agaché la cabeza. Tengo que reconocer que me alegré de que Auggie no las hubiera leído. Supongo que sabía qué quería decir el director Jansen con eso de que había «sobrepasado el límite». Pero entonces pensé: «Si no ha sido Auggie el que se ha chivado, ¿quién ha sido?». Nos quedamos todos callados durante uno o dos minutos. La situación era superincómoda.

El veredicto

—Está bien —dijo mi padre al final frotándose la cara con la palma de la mano—. Evidentemente, ahora entendemos la gravedad de la situación, y haremos… algo al respecto.

Creo que nunca he visto a mi padre sintiéndose tan incómodo. ¡Lo siento, papá!

—Bueno, tenemos algunas recomendaciones —respondió el director Jansen—. Evidentemente, queremos ayudar a todos los implicados…

—Gracias por tu comprensión —contestó mi madre cogiendo el bolso como si fuera a levantarse.

—Pero ¡habrá consecuencias! —exclamó el señor Traseronian mirando a mi madre.

—¿Disculpe? —le respondió ella, enfadada.

—Como ya he dicho al principio —intervino el director Jansen—, el colegio tiene una política muy estricta contra el acoso escolar.

—Sí, ya vimos lo estricta que era cuando no expulsas-

teis a Jack Will por darle un puñetazo a Julian en la boca
—respondió mi madre enseguida.

«¡Sí!, ¡chúpate esa, señor Traseronian!»

—¡Oh, venga ya! Eso es totalmente distinto —respondió, enojado, el señor Traseronian.

—Ah, ¿sí? —le contestó mi madre—. ¿Pegar un puñetazo a alguien en la cara no es acoso según usted?

—Está bien, está bien —dijo mi padre levantando la mano para evitar que el señor Traseronian respondiera—. Vayamos al grano, ¿vale? ¿Cuáles son exactamente tus recomendaciones, Hal?

El director Jansen se quedó mirándolo.

—Hemos decidido expulsar a Julian durante dos semanas —dijo.

—¡¿Qué?! —gritó mi madre mirando a mi padre. Pero mi padre no le devolvió la mirada.

—Además —dijo el director Jansen—, vamos a recomendar terapia. La enfermera Molly os dará los nombres de varios terapeutas a los que Julian debería visitar...

—¡Esto es intolerable! —lo interrumpió mi madre echando humo.

—Un momento —dije—. ¿Quiere decir que no puedo venir al colegio?

—No, durante dos semanas —respondió el señor Traseronian—. A contar desde ya.

—Pero ¿qué pasa con el campamento en la naturaleza? —le pregunté.

—No puedes ir —respondió con frialdad.

—¡No! —exclamé, y entonces sí que estuve a punto de ponerme a llorar—. ¡Yo quiero ir al campamento!

—Lo siento, Julian —dijo el director Jansen con amabilidad.

—Esto es una auténtica locura —protestó mi madre mirando al director Jansen—. ¿No crees que estás exagerando un poco? ¡Ese niño ni siquiera ha leído las notas!

—¡Eso no es lo importante! —respondió el señor Traseronian.

—¡Ahora le diré lo que opino! —dijo mi madre—. Esto ha ocurrido porque admitieron a un niño en el colegio que, para empezar, no debería haber sido admitido. ¡Y al hacerlo se saltaron las normas! ¡Y ahora le recriminan lo ocurrido a mi hijo porque yo soy la única que ha tenido las agallas para acusarles de lo que han hecho!

—Melissa… —dijo el director Jansen intentando tranquilizarla.

—Estos niños son demasiado pequeños para enfrentarse a situaciones como esta…, malformaciones faciales, desfiguración —prosiguió mi madre dirigiéndose al director Jansen—. ¡Tenéis que haberos dado cuenta! Julian tiene pesadillas por culpa de ese niño. ¿Lo sabías? Julian tiene problemas de ansiedad.

—¡Mamá! —grité apretando los dientes.

—El consejo escolar debería haber sido consultado sobre si el colegio de secundaria Beecher era el lugar apropiado para admitir a un niño como ese —siguió mi madre—. ¡Eso es todo lo que digo! Es evidente que no estamos preparados para algo así. Hay otros colegios que sí lo están, pero ¡el nuestro no!

—Es usted libre de pensar como quiera —le respondió el señor Traseronian sin mirarla.

Mi madre puso los ojos en blanco.

—Esto es una caza de brujas —murmuró por lo bajini mirando por la ventana. Estaba hecha una furia.

Yo no tenía ni idea de qué estaba hablando. ¿Brujas? ¿Qué brujas?

—Está bien, Hal, has dicho que tenías recomendaciones —le dijo mi padre al director Jansen. Parecía enfadado—. ¿Son esas? ¿Dos semanas de expulsión y terapia?

—También nos gustaría que Julian escribiera una carta de disculpa a August Pullman —añadió el señor Traseronian.

—¿De disculpa por qué, exactamente? —le respondió mi madre—. Ha escrito unas notas estúpidas. Seguro que no es el único niño del mundo que ha escrito una nota estúpida.

—¡No es solo por esa nota estúpida! —contestó el señor Traseronian—. Es por su patrón de comportamiento.

—Empezó a enumerar levantando los dedos—. Es por hacer muecas a espaldas del chico. Es por ese «juego» que se ha inventado, que consiste en que si alguien toca a Auggie tiene que lavarse las manos…

¡No me podía creer que el señor Traseronian supiera lo del juego de la Peste! ¿Cómo pueden saber tantas cosas los profesores?

—Es por el aislamiento social —prosiguió el señor Traseronian—. Es por crear un ambiente hostil.

—¿Y sabe con certeza que fue Julian quien inició todo esto? —preguntó mi padre—. ¿«Aislamiento social»? ¿«Ambiente hostil»? ¿Está diciendo que Julian es el único niño que no se ha portado bien con ese chico? ¿O piensa expulsar a todos los niños que le han sacado la lengua?

«¡Muy buena, papá! ¡Punto para los Albans!»

—¿No le preocupa lo más mínimo que Julian no muestre ni una pizca de arrepentimiento? —le preguntó el señor Traseronian a mi padre mientras lo miraba con los ojos entrecerrados.

—Vale, esto se ha acabado —dijo mi padre señalando con un dedo la cara del señor Traseronian.

—Os lo pido por favor a todos —dijo el director Jansen—. Vamos a tranquilizarnos un poco. Obviamente esto es difícil.

—¡Después de todo lo que hemos hecho por el colegio! —repuso mi madre sacudiendo la cabeza—. Después de todo el dinero y el tiempo que hemos invertido en este colegio, cualquiera diría que nos merecemos un poco más de consideración. —Juntó el dedo pulgar con el índice—. Solo un poquito.

Mi padre asintió con la cabeza. Seguía mirando muy enfadado al señor Traseronian, pero entonces se volvió hacia el director Jansen.

—Melissa tiene razón —dijo—. Creo que merecemos un trato mejor que este, Hal. Una advertencia amable habría estado bien. En lugar de eso, nos habéis convocado aquí, como si fuéramos unos críos... —Se levantó—. Nos merecemos algo mejor.

—Lamento que te sientas así —respondió el director Jansen levantándose también.

—El consejo escolar recibirá noticias nuestras —repuso mi madre. Ella también se levantó.

—Estoy seguro de que así será —respondió el director Jansen cruzándose de brazos y asintiendo en silencio.

El señor Traseronian era el único adulto que seguía sentado.

—El objetivo de la expulsión no es el castigo —dijo a continuación con tranquilidad—. Nosotros también intentamos ayudar a Julian. No llegará a entender las verdaderas consecuencias de sus actos si ustedes siguen justificándolos. Queremos que empiece a sentir algo de empatía...

—¿Sabe? ¡Ya he oído bastante! —replicó mi madre levantando la palma de la mano y plantándola delante de la cara del señor Traseronian—. No necesito consejos sobre cómo educar a mi hijo. Ni mucho menos de alguien que no es padre. Usted no sabe qué supone que tu hijo tenga ataques de pánico cada vez que cierra los ojos y se va a la cama, ¿entendido? Usted no sabe qué supone... —Se le quebró un poco la voz, como si estuviera a punto de ponerse a llorar. Miró al director Jansen—. Esto ha afectado profundamente a Julian, Hal. Siento que no sea la afirmación más políticamente correcta, pero es la verdad, ¡y yo solo quiero hacer lo que creo que es mejor para mi hijo! Así son las cosas, y punto. ¿Entiendes?

—Sí, Melissa —respondió el director Jansen con voz pausada.

Mi madre asintió con la cabeza. Le temblaba la barbilla.

—¿Hemos terminado? ¿Podemos irnos ya?

—Por supuesto —respondió él.

—Vamos, Julian —me dijo, y salió del despacho.

Yo me levanté. Reconozco que no estaba muy seguro de qué estaba pasando.

—Un momento, ¿ya está? —pregunté—. Pero ¿qué pasa con mis cosas? Con todo lo que tengo en la taquilla.

—La señora Rubin preparará tus cosas y te las llevará algún día de esta semana —me respondió el director Jansen. Miró a mi padre—. Siento mucho que esto haya acabado así, Jules. —Y tendió una mano para estrechársela a mi padre.

Mi padre le miró la mano, pero no se la estrechó. Miró al director Jansen.

—Esto es lo único que quiero de ti, Hal —le dijo, tranquilo—. Quiero que esto, todo esto, sea un asunto confidencial. ¿Queda claro? No quiero que salga de este despacho. No quiero que Julian se convierta en una especie de imagen publicitaria contra el acoso escolar para alguna campaña del colegio. Nadie tiene que enterarse de que lo han expulsado. Ya se nos ocurrirá alguna excusa para explicar que no está en el colegio, eso es todo. ¿Está claro, Hal? No quiero que se convierta en un caso ejemplarizante. No pienso quedarme de brazos cruzados mientras este colegio arrastra la reputación de mi familia por el lodo.

¡Ah, por cierto!, no sé si lo había dicho antes: mi padre es abogado.

El director Jansen y el señor Traseronian se miraron.

—No pretendemos usar como ejemplo a ninguno de nuestros alumnos —respondió el director Jansen—. Esta expulsión es una reacción muy razonable a un comportamiento en absoluto razonable.

—¡Venga ya! —le respondió mi padre mirando su reloj—. Es una reacción tremendamente exagerada.

El director Jansen miró a mi padre y luego a mí.

—Julian —dijo mirándome a los ojos—, ¿puedo hacerte una pregunta directa?

Me quedé mirando a mi padre y él asintió con la cabeza. Yo me encogí de hombros.

—¿Te arrepientes aunque sea un poco de lo que has hecho? —me preguntó el director Jansen.

Me lo pensé un segundo. Sabía que todos los mayores estaban observándome, esperando que diera alguna respuesta mágica que mejorase aquella situación.

—Sí —respondí en voz baja—. Siento mucho lo de las últimas notas.

El director Jansen asintió con la cabeza.

—¿Te arrepientes de algo más? —me preguntó.

Me volví otra vez hacia mi padre. No soy idiota. Sabía qué era lo que se moría de ganas de que yo dijera. Pero no pensaba decirlo. Así que me quedé mirando al suelo y me encogí de hombros.

—Entonces ¿puedo pedirte algo? —preguntó el director Jansen—. ¿Podrías pensar en escribirle una carta de disculpa a Auggie?

Volví a encogerme de hombros.

—¿De cuántas palabras tiene que ser? —fue lo único que se me ocurrió decir.

En cuanto lo solté, supe que no debería haberlo dicho. El director Jansen miró a mi padre, que estaba mirando al suelo.

—Julian —me dijo mi padre—, ve a buscar a tu madre. Esperadme en recepción. Saldré dentro de nada.

En cuanto cerré la puerta al salir, mi padre empezó a susurrar algo al director Jansen y al señor Traseronian. Fue algo susurrado con rabia.

Cuando llegué a la zona de recepción, encontré a mi madre sentada en una silla con las gafas de sol puestas. Me senté a su lado. Ella me frotó la espalda, pero no dijo nada. Creo que había estado llorando.

Miré el reloj: las diez y veinte de la mañana. Justo en ese momento, la señora Rubin estaría leyendo los resultados del examen tipo test de ciencias del día anterior. Cuando eché un vistazo a la recepción, me vino un recuerdo como un flash: aquel día antes de que empezara el colegio, cuando Jack Will, Charlotte y yo nos encontramos allí mismo antes de conocer a nuestro «amigo de bienvenida». Recuerdo lo nervioso que estaba Jack ese día, y que yo no tenía ni idea de quién era Auggie.

Habían ocurrido muchas cosas desde entonces.

Fuera del colegio

Mi padre no dijo nada cuando nos encontramos en la recepción. Salimos por la puerta sin decir nada, ni adiós, ni siquiera al conserje, que estaba en la entrada. Fue raro marcharse del colegio cuando todo el mundo seguía dentro. Me pregunté qué pensarían Miles y Henry cuando vieran que no volvía a clase. Me fastidiaba un montón perderme la clase de educación física de esa tarde.

Mis padres estuvieron callados durante todo el camino de vuelta a casa. Vivimos en el Upper West Side, que está a una media hora en coche del colegio de secundaria Beecher, pero me dio la sensación de que tardábamos una eternidad en llegar.

—No puedo creer que me hayan expulsado —dije justo cuanto entrábamos en el aparcamiento de nuestro edificio.

—No es culpa tuya, cielo —repuso mi madre—. Es que nos tienen manía.

—¡Melissa! —gritó mi padre, y eso sorprendió un poco a mi madre—. Sí, por supuesto que es culpa suya. ¡Toda esta situación es culpa suya! Julian, ¿en qué narices estabas pensando cuando escribiste esas notas?

—¡Lo obligaron a escribirlas! —respondió mi madre.

Nos habíamos parado dentro del aparcamiento. El vigilante estaba esperando a que aparcásemos y bajáramos del coche, pero no nos movíamos.

Mi padre se volvió hacia mí.

—No estoy diciendo que crea que el colegio haya gestionado bien el problema —dijo—. Dos semanas de expulsión son una locura. Pero ¡Julian tendría que haber imaginado las consecuencias!

—¡Ya lo sé! —exclamé—. ¡Ha sido un error, papá!

—Todos cometemos errores —añadió mi madre.

Mi padre se volvió otra vez. Miró a mi madre.

—Jansen tiene razón, Melissa. Si sigues intentando justificar sus actos…

—Eso no es lo que hago, Jules.

Mi padre no respondió enseguida. Luego dijo:

—Le he dicho a Jansen que vamos a sacar a Julian del colegio de secundaria Beecher el año que viene.

Mi madre se quedó sin palabras. Tardé un segundo en entender lo que mi padre acababa de decir.

—¿Que le has dicho qué? —pregunté.

—Jules… —Mi madre habló muy poco a poco.

—Le he dicho a Jansen que acabaríamos el curso en el colegio de secundaria Beecher —prosiguió mi padre hablando tranquilamente—. Pero que Julian irá a otro centro el año que viene.

—¡No me lo puedo creer! —grité—. ¡Papá, me encanta el colegio de secundaria Beecher! ¡Mis amigos están allí! ¡Mamá!

—No pienso volver a enviarte a ese colegio, Julian —me soltó mi padre con firmeza—. De ninguna manera pienso gastar un centavo más en ese colegio. Hay otros muchos centros privados geniales en Nueva York.

—¡Mamá! —exclamé.

Mi madre se pasó una mano por la cara. Estaba negando con la cabeza.

—¿No crees que deberíamos haberlo hablado antes? —le preguntó a mi padre.

—¿No estás de acuerdo? —replicó él.

Ella se frotó la frente con los dedos.

—No, sí que estoy de acuerdo —dijo en voz baja asintiendo con la cabeza.

—¡Mamá! —grité.

Se removió en el asiento.

—Cariño, creo que papi tiene razón.

—¡No me lo puedo creer! —Di un puñetazo al asiento del coche.

—Ahora nos tienen manía —prosiguió—. Porque nos

hemos quejado de la situación que se había creado con ese chico…

—Pero ¡eso ha sido culpa tuya! —grité, y apreté los dientes de rabia—. Yo no te dije que intentaras echar a Auggie del colegio. Yo no quería que despidieran al señor Traseronian. ¡Todo eso lo has hecho tú!

—Y lo siento mucho, cielo —me dijo con cara de cordero degollado.

—¡Julian! —gritó mi padre—. Tu madre ha hecho todo lo posible por intentar protegerte. No es culpa suya que escribieras esas notas, ¿verdad?

—No, pero si ella no hubiera armado tanto follón con el tema… —empecé a decir.

—Julian, ¿te estás oyendo? —me dijo mi padre—. Ahora estás echándole la culpa a tu madre. Antes estabas culpando a los otros chicos para justificar el haber escrito esas notas. ¡Empiezo a preguntarme si Jansen y Traseronian tienen razón en lo que han dicho! ¿Es que no te arrepientes ni lo más mínimo de lo que has hecho?

—¡Claro que se arrepiente! —gritó mi madre.

—Melissa, ¡deja que responda él! —contestó mi padre gritando.

—¡No, ¿vale?! —grité—. ¡No me arrepiento! Sé que todo el mundo cree que debería estar en plan «siento haber sido malo con Auggie, siento haber dicho cosas feas sobre él, siento haberlo humillado». Pero no me siento así. Encerradme si queréis.

Antes de que mi padre pudiera responderme, el vigilante del aparcamiento dio un golpecito en la ventanilla del coche. Había entrado otro vehículo y necesitaba que nos apartásemos.

Primavera

No le conté a nadie lo de la expulsión. Cuando Henry me envió un mensaje de texto unos días más tarde preguntándome por qué no iba al colegio, le dije que tenía faringitis. Eso es lo que le decíamos a todo el mundo.

Al final resultó que dos semanas de expulsión no están tan mal, por cierto. Me pasé casi todo el tiempo en casa viendo reposiciones de *Bob esponja* y jugando a *Star Wars: Caballeros de la antigua república*. Se suponía que tenía que llevar al día los deberes del cole, por eso no hacía el vago todo el rato. La señora Rubin se pasó por nuestro piso una tarde con todas las cosas de mi taquilla: mis libros de texto, mi carpeta de anillas y todos los trabajos que tenía que hacer. ¡Y eran un montón!

Los deberes de sociales y lengua se me daban bastante bien, pero los de mates me costaban tanto que mi madre tuvo que ponerme un profe particular.

A pesar de todo el tiempo libre, tenía muchas ganas de volver al cole. O al menos eso creía. La noche antes de regresar, tuve otra de esas pesadillas. Solo que esa vez no era yo el que se parecía a Auggie… ¡Eran todos los demás!

Debí de tomármelo como una premonición. Cuando volví al colegio, en cuanto llegué, supe que estaba ocurriendo algo. Algo había cambiado. Lo primero que noté fue que nadie se alegró mucho de volver a verme. O sea, la gente me saludaba y me preguntaba cómo estaba, pero nadie me dijo nada en plan: «Tío, ¡cómo te he echado de menos!».

Creía que Miles y Henry reaccionarían así, pero no. De hecho, a la hora de comer, ni siquiera se sentaron en nuestra mesa de siempre. Se sentaron con Amos. Así que cogí mi bandeja y tuve que apretujarme entre otros niños para caber en la mesa de Amos, y fue algo humillante. Entonces oí que iban a quedar al salir del cole para ir al parque a tirar unas canastas, pero ¡nadie me invitó a ir con ellos!

Sin embargo, lo más raro fue que todo el mundo era superamable con Auggie. O sea, eran tan amables que resultaba ridículo. Era como si hubiera entrado en otra dimensión por un portal, o en un universo paralelo en el que Auggie y yo nos hubiéramos intercambiado los papeles. De pronto, él era el popular y yo era el nuevo.

Justo al salir de la última clase, me llevé a Henry a un lado para hablar con él.

—¿Qué pasa, tío?, ¿por qué todo el mundo es tan agradable de repente con el monstruo? —le pregunté.

—Ah, sí… —respondió Henry, nervioso—. Sí…
Bueno, la verdad es que la gente ya no lo llama así.

Y entonces me contó todo lo que había ocurrido durante el campamento en la naturaleza. Básicamente lo
que sucedió fue que Auggie y Jack sufrieron el ataque de
unos matones de séptimo de otro colegio. Henry, Miles y
Amos los rescataron, empezaron una pelea con los matones, con puñetazos y todo, y luego escaparon por un mai-
zal. Parecía muy emocionante y, mientras me lo contaba,
volví a odiar a muerte al señor Traseronian por haber hecho que me lo perdiera.

—¡Hala, tío! —dije, emocionado—. ¡Ojalá hubiera
estado allí! ¡Habría machacado a esos capullos!

—Un momento, ¿a qué capullos?

—¡A los de séptimo!

—¿De verdad? —Parecía confundido, aunque Henry
siempre parecía un poco confundido—. Es que… No sé,
Julian. A mí me paree que, si hubieras estado allí, no los
habríamos ayudado. ¡Seguramente te habrías puesto de
parte de los de séptimo!

Lo miré como si fuera idiota.

—No habría hecho eso —repuse.

—¿En serio? —me preguntó mirándome con cara de
no creerme.

—¡No! —le dije.

—¡Vale! —me respondió encogiéndose de hombros.

—¿Qué pasa, Henry? ¿Vienes o qué? —lo llamó Amos desde el pasillo.

—Oye, tengo que irme —me dijo Henry.

—Espera —le dije.

—Tengo que irme.

—¿Quieres que quedemos mañana al salir de clase?

—No estoy seguro —me respondió mientras se alejaba de espaldas—. Envíame un mensaje de texto esta noche y ya te digo algo.

Mientras veía como se alejaba corriendo, sentí algo muy raro en el estómago. ¿De verdad creía que yo era tan horrible que me habría puesto de parte de unos de séptimo mientras le daban una paliza a Auggie? ¿Era eso lo que pensaban los demás? ¿Que habría sido así de desgraciado?

Veréis, soy el primero en admitir que no me gusta Auggie Pullman, pero ¡no me gustaría ver cómo le dan una paliza ni nada por el estilo! O sea, ¡venga ya! No soy un psicópata. Me molestó de verdad que la gente pensara eso sobre mí.

Más tarde le escribí un mensaje de texto a Henry: «Tío, que lo sepas, nunca, nunca me habría quedado ahí plantado sin hacer nada ¡y dejar a esos asquerosos zurrar a Auggie y a Jack!».

Pero no me respondió.

Señor Traseronian

Ese último mes en el colegio fue horrible. No es que todo el mundo fuera malo malísimo conmigo, pero tuve la sensación de que Amos, Henry y Miles me hacían el vacío. Ya no me sentía popular. Nadie se reía de mis bromas. Nadie quería estar conmigo. Tenía la sensación de que podía desaparecer del colegio y nadie me echaría de menos. Mientras tanto, Auggie se paseaba por los pasillos como si fuera un tío guay, y todos los deportistas de los cursos superiores chocaban los cinco con él.

Pues vale.

Un día el señor Traseronian me llamó a su despacho.

—¿Cómo va eso, Julian? —me preguntó.

—Bien.

—¿Llegaste a escribir la carta de disculpa que te pedí que escribieras?

—Mi padre dice que voy a dejar el colegio, así que no tengo que escribir nada —respondí.

—¡Ah! —exclamó y asintió con la cabeza—. Yo esperaba que te animaras a escribirla por voluntad propia.

—¿Por qué? —le pregunté—. De todas formas, ahora todos creen que soy un desgraciado. ¿De qué puñetas me serviría escribir una carta?

—Julian…

—Oiga, ¡sé que todo el mundo cree que soy un niño sin sentimientos que no se arrepiente de nada! —le dije usando sus propias palabras.

—Julian —me dijo el señor Traseronian—. Nadie…

De pronto sentí que estaba a punto de ponerme a llorar, así que lo interrumpí.

—Llego muy tarde a clase y no quiero más follones, ¿puedo irme ya, por favor?

El señor Traseronian parecía triste. Asintió en silencio. Luego salí de su despacho sin mirar atrás.

Unos pocos días después, recibimos un comunicado oficial del colegio donde nos decían que habían revocado mi solicitud de continuidad para el curso siguiente.

Pensé que no importaba, ya que mi padre les había dicho que no íbamos a volver. Pero todavía no teníamos confirmación de los otros colegios donde habíamos pedido plaza y, si no entraba en ninguno, habíamos pensado en volver al colegio de secundaria Beecher. Así las cosas, ya no existía esa posibilidad.

Mis padres estaban furiosos con el colegio. Sobre todo

porque ya habían pagado la matrícula del curso siguiente por adelantado. Y el centro no pensaba devolverles el dinero. Veréis, es lo que tienen los colegios privados: pueden darte la patada por cualquier motivo.

Por suerte, unos días después, supimos que había sido admitido en el colegio privado que había puesto como primera opción, no muy lejos de nuestra casa. Tenía que llevar uniforme, pero no importaba. ¡Mejor que tener que ir todos los días al colegio de secundaria Beecher!

Ya os lo podréis imaginar, pero nos saltamos la ceremonia de graduación de fin de curso.

DESPUÉS

—Son solo lágrimas, como las que derraman los hombres
—dijo Bagheera—. Ahora ya sé que eres un hombre.
Has dejado de ser un cachorro humano. Ya no hay sitio para ti
en la selva. Déjalas correr, Mowgli. Son solo lágrimas.

RUDYARD KIPLING, *El libro de la selva*

Oh, el viento, el viento sopla,
entre las lápidas, el viento sopla,
pronto llegará la libertad;
entonces resurgiremos de las sombras.

LEONARD COHEN, «The Partisan»

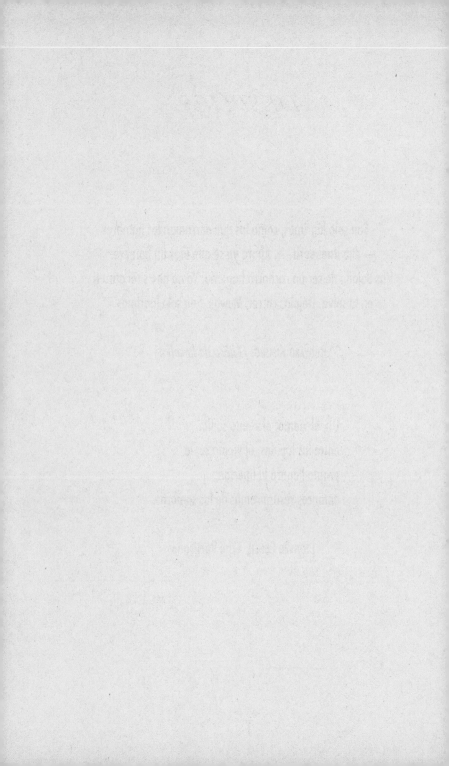

Vacaciones de verano

En junio, mis padres y yo fuimos a París. El plan inicial era volver a Nueva York en julio, porque se suponía que yo tenía que ir a un campamento de rock and roll con Henry y con Miles. Pero, después de todo lo que había pasado, yo ya no quería ir. Mis padres decidieron que podía quedarme con mi abuela durante el resto de las vacaciones.

Por lo general, no soportaba tener que quedarme con Grandmère, pero esa vez me pareció bien. Sabía que, en cuanto se marchasen mis padres, podría pasarme el día en pijama y jugando a *Halo*, y a Grandmère le daría completamente igual. Por así decirlo, podía hacer lo que me diera la gana.

Grandmère no era la típica abuela. A Grandmère no le iba lo de hacer galletas. Ni tejer jerséis. Era, como siempre decía mi padre, todo un «personaje». Aunque tuviera ochenta años, se vestía como una modelo de pasarela. Superglamurosa. Se ponía un montón de maquillaje y perfume. Llevaba zapatos de tacón. Nunca se levantaba antes de las dos de la tarde y tardaba unas dos horas en vestirse. En cuanto se levantaba, me llevaba de compras o a algún museo o a algún restaurante elegante. No le gustaba hacer cosas con niños, no sé si me entendéis. Nunca se sentaba a ver una peli infantil conmigo, por ejemplo, así que yo siempre acababa viendo un montón de películas que no eran nada recomendables para mi edad. Sabía que mi madre se pondría como una furia si llegaba a enterarse de las películas que Grandmère me llevaba a ver. Pero Grandmère era francesa y siempre estaba diciendo que mis padres eran demasiado «americanos».

Grandmère tampoco me hablaba como si fuera un crío. Incluso cuando era más pequeño, nunca utilizaba palabras infantiles ni me hablaba como hablan los demás adultos a los niños pequeños. Usaba palabras normales para describirlo todo. Por ejemplo, si yo decía: «Je veux faire pipi», que significa: «Quiero hacer pipí», ella decía: «¿Necesitas orinar? Pues ve al aseo».

Y a veces también soltaba tacos. ¡Tíos, ella sí que sabía soltar tacos! Y si yo no sabía qué significaba alguna palabrota de las que soltaba, solo tenía que preguntárselo, y ella me lo explicaba con todo detalle. ¡Ni siquiera puedo deciros algunas de las palabras que me explicaba!

En resumen, me alegraba de estar lejos de Nueva York durante todo el verano. Esperaba poder dejar de pensar en esos niños. En Auggie. En Jack. En Summer. En Henry. En Miles. En todos ellos. En serio, si no los volvía a ver nunca, sería el chico más feliz de París.

El señor Browne

Lo único que me fastidiaba un poco era que no iba a poder despedirme de mis profesores del colegio de secundaria Beecher. Algunos de ellos me gustaban de verdad. El señor Browne, mi profesor de lengua, era mi favorito de todos los cursos. Siempre había sido muy bueno conmigo. Me encantaba escribir, y él siempre me dedicaba muchos cumplidos. Y no pude llegar a decirle que no iba a volver al colegio.

Al principio de curso, el señor Browne nos había dicho a todos que quería que le mandásemos algunos de nuestros preceptos durante el verano. Así que, una tarde, mientras Grandmère estaba durmiendo, empecé a pensar en enviarle un precepto desde París. Fui a una de esas tiendas para turistas del barrio y compré una postal con una gárgola, una de esas que están en lo alto de Notre-Dame. Lo primero que se me ocurrió al verla fue que me recordaba a Auggie. Y entonces pensé: «¡Puaj! ¿Por qué sigo pensando en él? ¿Por qué sigo viendo su cara por todas partes? ¡Me muero por volver a empezar!».

Y entonces se me ocurrió de golpe: mi precepto. Lo escribí muy deprisa: «Algunas veces es bueno volver a empezar».

¡Eso era! Perfecto. Me encantaba. Conseguí la dirección del señor Browne en su apartado de la página web de profesores del colegio de secundaria Beecher y lo envié por correo ese mismo día.

Pero entonces, justo después de haber enviado la postal, caí en la cuenta de que no iba a entender qué quería decir. No del todo. No conocía los detalles de lo que había ocurrido para comprender por qué me alegraba tanto dejar el colegio de secundaria Beecher y empezar en un centro nuevo. Por eso decidí escribirle un correo electrónico y contarle todo lo que había ocurrido el curso anterior. O sea, todo no. Mi padre me había pedido expresamente que jamás le contara a nadie del colegio las cosas malas que le había hecho a Auggie, por razones legales. Pero yo quería que el señor Browne tuviera la información suficiente para entender mi precepto. También quería que supiera que yo pensaba que era un gran profesor. Mi madre le había contado a todo el mundo que no íbamos a volver al colegio de secundaria Beecher porque no estábamos contentos con el tipo de enseñanza ni con lo profesores. Y yo me sentía un poco mal por eso, porq no quería que el señor Browne pensara que él no me estaba.

Bueno, en resumen, que decidí enviarle un correo electrónico al señor Browne.

Para: tbrowne@beecherschool.edu
De: julianalbans@ezmail.com
Asunto: Mi precepto

¡Hola, señor Browne! Acabo de enviarle mi precepto por correo: «A veces es bueno volver a empezar». Lo he escrito en una postal con una gárgola. He escrito este precepto porque voy a ir a un colegio nuevo en septiembre. He terminado odiando el colegio de secundaria Beecher. No me gustaban los alumnos. Pero sí que ME GUSTABAN los profesores. Creo que su clase era genial. No se tome personalmente lo de que yo no vuelva.

No sé si conoce la larga historia, pero, básicamente, la razón por la que no iré más al colegio de secundaria Beecher es… Bueno, no daré nombres, pero hay un alumno en el colegio al que es que no puedo ni ver. La verdad es que son dos alumnos. (Seguramente adivinará quiénes porque uno de ellos me pegó un puñetazo en la boca.) De todas formas, esos chicos no eran mis personas favoritas. Empezamos a escribirnos notas diciéndonos cosas feas los unos a los otros. Repito: los unos a los otros. ¡Fue un camino de ida y vuelta! ¡Pero fui yo quien acabó pagando el pato! ¡Solo yo! ¡Fue muy injusto! La verdad es que el señor Traseronian me cogió manía porque mi madre estaba intentando que lo despidieran. Bueno, en resumen: me expulsaron durante dos semanas ¡por escribir las notas! (Pero nadie lo sabe. Es un secreto, por favor, no se lo cuente a nadie.) El colegio dijo que tenía una política de «tolerancia cero» contra el acoso escolar. Pero yo no creo que eso fuera acoso escolar! ¡Mis padres se enfadaron muchísimo con el colegio! Y decidieron matricularme en un centro diferente para el curso que viene. Y ya está. Eso es lo que ha pasado.

¡De verdad que me gustaría que ese «alumno» nunca hubiera venido al colegio de secundaria Beecher! ¡El año entero habría sido mucho mejor! Odiaba tener que ir a las mismas clases que él. Me producía pesadillas. Seguiría yendo al colegio de secundaria Beecher de no haber sido por él. Es un fastidio.

Pero me gustaban mucho sus clases. Es usted un profesor genial. Y quería que lo supiera.

Creo que estuvo bien que no diera ningún nombre. Aunque supuse que el profesor sabría a quién me refería. De verdad que no esperaba que me contestara, pero, al día siguiente, cuando consulté mi bandeja de entrada, había un correo del señor Browne. ¡Estaba muy emocionado!

Para: julianalbans@ezmail.com
De: tbrowne@beecherschool.edu
Asunto: Mi precepto

Hola, Julian. ¡Muchas gracias por tu correo! Estoy impaciente por recibir la postal de la gárgola. Me ha dado mucha pena saber que no vas a volver al colegio de secundaria Beecher. Siempre he creído que eras un gran estudiante y que tienes un don para la escritura.

Por cierto, me encanta tu precepto. Estoy de acuerdo, a veces es bueno volver a empezar. Empezar de cero nos da la oportunidad de pensar en el pasado, sopesar las cosas que hemos hecho y aplicar lo que hemos aprendido de esas experiencias en el futuro. Si no analizamos el pasado, no aprendemos de él.

En cuanto a los «niños» que no te gustan, creo que sé a quiénes te refieres. Siento que no haya sido un buen año para ti, pero de verdad espero que te tomes un tiempo para preguntarte por qué ha sido así. Las cosas que nos ocurren, incluso las malas, pueden enseñarnos algo sobre nosotros mismos. ¿Alguna vez te has preguntado por qué lo has pasado tan mal con esos dos alumnos? ¿Lo que te molestaba podría ser la amistad que había entre ellos? ¿Tenías algún problema con el aspecto físico de Auggie? Has dicho que empezaste teniendo pesadillas. ¿Alguna vez pensaste que Auggie te daba un poco de miedo, Julian? A veces el miedo puede hacer que incluso los niños más agradables digan o hagan cosas que normalmente no dirían ni harían. ¿Crees que podrías analizar un poco más esos sentimientos?

En cualquier caso, te deseo muy buena suerte en tu nuevo colegio, Julian. Eres un buen chico. Un líder nato. Solo tienes que recordar usar esa capacidad de liderazgo para hacer el bien, ¿vale? No lo olvides: ¡escoge siempre la amabilidad!

No sé por qué, pero ¡me alegré tanto, pero tanto, de recibir ese correo del señor Browne! ¡Sabía que él me entendería! Estaba muy harto de que todo el mundo creyera que era una especie de niño satánico, ¿sabéis? Era evidente que el señor Browne sabía que no era así. Releí su mensaje unas, no sé, diez veces. No paraba de sonreír de oreja a oreja.

—¿Y bien? —me preguntó Grandmère. Se acababa de levantar y estaba desayunando: un cruasán y un *café au lait* que le habían llevado recién hechos—. No te he visto así de feliz en todo el verano. ¿Qué es eso que lees, *mon cher*?

—¡Oh!, he recibido un correo electrónico de uno de mis profesores —le respondí—. El señor Browne.

—¿De tu antiguo colegio? —me preguntó—. Pensaba que eran todos malos, los profesores, digo. ¡Creía que te sentirías *aligviadó* de no verlos más! —Grandmère tenía un acento francés muy marcado y a veces era complicado entenderla.

—¿Qué?

—¡*Aligviadó*! —repitió—. Da igual. Creía que los profesores eran todos unos *ejscúpidos*. —La forma en que pronunció la palabra «estúpidos» fue muy divertida: sonó a «escupidos».

—¡Para nada! El señor Browne, no —respondí.

—Y bien, ¿qué te ha escrito que te hace tan feliz?

—¡Oh, no es gran cosa! —dije—. Lo que pasa es que… creía que todo el mundo me odiaba, pero ahora sé que el señor Browne no me odia.

Grandmère se quedó mirándome.

—¿Por qué iba a odiarte todo el mundo, Julian? —me preguntó—. Eres muy buen chico.

—No lo sé —contesté.

—Léeme el correo —dijo.

—No, Grandmère… —empecé a decir.

—Lee —me ordenó señalando la pantalla con un dedo.

Y por eso le leí la carta del señor Browne en voz alta. A esas alturas, Grandmère ya sabía algo de lo que había ocurrido en el colegio de secundaria Beecher, pero no creo que conociera toda la historia. O sea, creo que mi madre y mi padre le contaron la misma versión de la historia que contaban a todos los demás, puede que con algunos detalles más. Por ejemplo, Grandmère sabía que había dos niños que me hacían la vida imposible, pero no sabía ni los nombres ni nada. Sabía que me habían dado un puñetazo en la boca, pero no sabía por qué. En resumen, Grandmère seguramente había supuesto que me habían acosado en el colegio y que por eso me marchaba.

Y por ese motivo había partes del correo del señor Browne que no entendió.

—¿Qué quiere decir —me preguntó entrecerrando los ojos como si estuviera intentando leer en la pantalla— con lo de «el aspecto físico de Auggie»? *Qu'est-ce que c'est?*

—Uno de los chicos que no me gustaba, Auggie, tenía una horrible… una malformación facial —respondí—. Era muy grave. ¡Parecía una gárgola!

—¡Julian! —exclamó—. Eso no es muy agradable.

—Lo siento.

—¿Y ese es el chico que no era tan *sympathique?* —preguntó como si nada—. ¿No era agradable contigo? ¿Era un matón?

Me quedé pensándolo.

—No, no era un matón.

—Entonces ¿por qué no te gustaba?

Me encogí de hombros.

—No lo sé. Es que me ponía de los nervios.

—¿Qué quieres decir con eso de que no lo sabes? —respondió enseguida—. Tus padres me contaron que te ibas del colegio por unos matones, ¿no es así? Te dieron un puñetazo en la cara, ¿verdad?

—Bueno, sí, me dieron un puñetazo, pero no fue el niño deforme. Fue su amigo.

—¡Ah! ¡Así que su amigo era el matón!

—No, no del todo —dije—. No puedo decir que fueran matones, Grandmère. O sea, es que no fue así. Lo que pasa es que no nos llevábamos bien, y punto. Nos odiábamos. Es un poco difícil de explicar, o sea, tendrías que haber estado allí. Mira, deja que te enseñe cómo es. Quizá así lo entiendas un poco mejor. O sea, no es que quiera parecer malo, pero es que era muy difícil tener que mirarlo todos los días. Me provocaba pesadillas.

Entré en Facebook, busqué la foto de clase e hice zoom sobre la cara de Auggie para que ella pudiera verla. Grandmère se puso las gafas para ver bien y se pasó un buen rato mirando fijamente la cara. Creí que iba a reaccionar como mi madre la primera vez que vio la foto de Auggie, pero no lo hizo. Se quedó asintiendo en silencio. Y luego cerró el portátil.

—Es bastante grave, ¿verdad? —dijo para sí misma. Y me miró.

—Julian —dijo—, creo que es posible que tu profesor tenga razón. Creo que te da miedo ese chico.

—¿Cómo? ¡Ni hablar! —le contesté—. ¡Auggie no me da miedo! O sea, no me gusta; de hecho, lo odio, pero no porque me dé miedo.

—Algunas veces odiamos las cosas que nos dan miedo —insistió.

La miré como si se hubiera vuelto majara.

Ella me cogió de la mano.

—Sé lo que es tener miedo, Julian —dijo, y levantó un dedo hacia mi cara—. Cuando era pequeña había un niño que me daba miedo.

—Déjame adivinarlo —le respondí con voz de aburrimiento—. Seguro que era igualito que Auggie.

Grandmère negó con la cabeza.

—No. No le ocurría nada en la cara.

—Entonces ¿por qué te daba miedo? —le pregunté. Intenté parecer lo menos interesado posible, pero a Grandmère le dio igual mi mala actitud.

Se recostó en su asiento, con la cabeza un poco ladeada y, al mirarla a los ojos, me di cuenta de que se había ido a un lugar muy lejano.

La historia de Grandmère

—Yo de joven era una chica muy popular, Julian —dijo Grandmère—. Tenía muchos amigos. Tenía una ropa muy bonita. Como puedes ver, siempre me ha gustado la ropa bonita. —Se pasó las manos por los costados para asegurarse de que le miraba el vestido. Y sonrió.

»Era una chica superficial —prosiguió—. Malcriada. Cuando los alemanes llegaron a Francia, apenas me di cuenta. Sabía que algunas familias judías de mi pueblo estaban marchándose, pero mi familia era cosmopolita. Mis padres eran intelectuales. Ateos. Ni siquiera íbamos a la sinagoga.

Hizo una pausa, me pidió que le acercase una copa de vino y se la acerqué. Se la llenó hasta arriba, como siempre, y me ofreció un poco, y, como siempre, le dije: «*Non, merci*». Ya os lo he dicho, ¡mi madre se habría puesto furiosa si se hubiera enterado de algunas de las cosas que Grandmère me dejaba hacer!

—Había un chico en mi colegio... Bueno, lo llamaban Tourteau —prosiguió—. Era… ¿Cómo se dice…? ¿Un tullido? ¿Es así como se dice?

—Me parece que esa palabra ya no se usa, Grandmère —respondí—. O sea, no es muy políticamente correcta, ¿sabes?

Ella despreció el comentario con un gesto de la mano.

—¡Los americanos siempre estáis diciendo que hay palabras que ya no pueden decirse! —protestó—. *Alors*, bueno, Tourteau tenía las piernas deformes por la polio. Caminaba apoyado en unos bastones. Y tenía la espalda retorcida. Creo que por eso lo llamaban *tourteau*, «cangrejo»: porque caminaba de lado, como un cangrejo. Ya lo sé, suena muy mal. Pero los niños eran más crueles en esa época.

Pensé en que yo había llamado a August «el monstruo» a sus espaldas. ¡Al menos nunca se lo dije a la cara!

Grandmère siguió hablando. Debo reconocer que al principio no me apetecía que me soltara uno de sus rollos, pero aquella historia empezaba a interesarme.

—Tourteau era muy poca cosa, muy delgaducho. Ninguno de nosotros le hablaba porque nos hacía sentir incómodos. ¡Era tan diferente! ¡Yo nunca lo miraba! Me daba miedo. Me daba miedo mirarlo. Me daba miedo que me tocara sin querer. Era más fácil fingir que no existía.

Tomó un trago de su copa de vino.

—Una mañana entró un hombre corriendo en el colegio. Yo lo conocía. Todo el mundo lo conocía. Era un maquis, un partisano. ¿Sabes qué es eso? Estaba en contra de los alemanes. Entró corriendo en el colegio para avisar a los profesores de que los alemanes iban a llegar para llevarse a todos los niños judíos. ¿Cómo? ¿Qué estaba pasando? ¡No podía creerme lo que estaba oyendo! Los profesores del colegio fueron a todas las clases y reunieron a todos los niños judíos. Nos dijeron que siguiéramos al maquis hasta el bosque. Íbamos a escondernos. ¡Deprisa, deprisa, deprisa! ¡Creo que éramos unos diez en total! ¡Deprisa, deprisa, deprisa! ¡Huyamos!

Grandmère se quedó mirándome para asegurarse de que estaba escuchando, y yo, claro, estaba escuchando.

—Esa mañana nevaba y hacía mucho frío. Y yo solo podía pensar: «Si me adentro en el bosque, ¡se me estropearán los zapatos!». Llevaba unos preciosos zapatos rojos nuevos que *papa* me había comprado, ¿sabes? Como ya te he dicho, era una niña superficial, ¡a lo mejor incluso *ejscúpida*! Pero eso era en lo que pensaba. Ni siquiera se me pasó por la cabeza pensar dónde estarían *maman* y *papa*. Si los alemanes habían ido a por los niños judíos, ¿habrían ido ya a por sus padres? Eso no se me ocurrió. Solo podía pensar en mis bonitos zapatos. Así que, en lugar de seguir al maquis hasta el bosque, me separé del grupo sin que me vieran y fui a esconderme al campanario del colegio. Arriba había un pequeño cuarto, repleto de cajones y de libros, y allí me oculté. Recuerdo haber pensado que me iría a casa por la tarde después de que hubieran entrado los alemanes, y se lo contaría todo a *maman* y a *papa*. ¡Así de tonta era, Julian!

Asentí en silencio. ¡No podía creer que nunca me hubieran contado esa historia!

—Y llegaron los alemanes —dijo—. Había una ventana pequeña en el campanario, y los vi perfectamente. Los vi entrar corriendo en el bosque detrás de los niños. No tardaron mucho en encontrarlos. Todos regresaron juntos: los alemanes, los niños y el soldado de los maquis.

Grandmère hizo una pausa y parpadeó un par de veces, luego inspiró con fuerza.

—Mataron de un disparo al maquis delante de todos los niños —dijo en voz baja—. Cayó al suelo con suavidad, Julian, por la nieve. Los niños lloraban. Lloraban mientras los colocaban en fila. Una de las profesoras, mademoiselle Petitjean, iba con ellos ¡aunque no era judía! ¡Dijo que no abandonaría a sus niños! Nadie volvió a verla jamás, pobrecita. A esas alturas, Julian, yo ya había reaccionado ante mi estúpida actitud. Ya no pensaba en mis bonitos zapatos rojos. Estaba pensando en mis amigos, a los que se habían llevado. Estaba pensando en mis padres. ¡Esperaba que fuera de noche para poder volver a casa con ellos!

»Pero no todos los alemanes se habían marchado. Algunos se habían quedado allí, junto con la policía francesa. Estaban registrando el colegio. Y entonces me di cuenta de que ¡estaban buscándome a mí! Sí, a mí, y a otro par de niños judíos que no habían ido al bosque. Entonces me di cuenta de que mi amiga Rachel no se encontraba entre los niños judíos a los que se habían llevado. Tampoco Jakob, un niño de otro pueblo con el que se querían casar todas las niñas porque era muy guapo. ¿Dónde estarían? Tenían que estar escondidos, ¡igual que yo!

»Entonces oí un crujido, Julian. Alguien que subía por la escalera; oí unos pasos que subían los escalones y que iban acercándose a mí. ¡Estaba muy asustada! Intenté hacerme un ovillo agachándome cuanto pude detrás de un cajón, y escondí la cabeza bajo una manta.

Al decir eso, Grandmère se tapó la cabeza con los brazos para enseñarme cómo se había escondido.

—Y entonces oí que alguien susurraba mi nombre —dijo—. No era una voz de hombre. Era una voz de niño.

»"¿Sara?", volvió a susurrar la voz.

»Me asomé para mirar por debajo de la manta.

»"¡Tourteau!", respondí, asombrada. Me quedé muy sorprendida porque, aunque hacía un montón de años que lo conocía, nunca le había dirigido ni una sola palabra, ni él a mí. Pero ahí estaba él, llamándome por mi nombre.

»"Aquí te encontrarán —dijo—. Sígueme."

»Y lo seguí, pero estaba aterrorizada. Me llevó por un pasillo hasta la capilla del colegio, donde nunca había estado. Fuimos hasta el fondo de la capilla, donde había una cripta; ¡todo aquello era nuevo para mí, Julian! Y avanzamos gateando por la cripta para que los alemanes no nos vieran por los ventanales, porque seguían buscándonos. Oí cuando encontraron a Rachel. La oí gritar en el patio mientras se la llevaban. ¡Pobre Rachel!

»Tourteau me llevó hasta el sótano situado debajo de la cripta. Debía de haber, como mínimo, unos cien escalones. Y para Tourteau no fue nada fácil, como podrás imaginar, con su terrible cojera y sus dos bastones, pero bajó a saltos, y de dos en dos, los peldaños, e iba echando la vista atrás para asegurarse de que lo estaba siguiendo.

»Al final llegamos a un pasadizo. Era tan estrecho que tuvimos que caminar de lado para pasar por allí. Y entonces llegamos a las cloacas, ¡Julian! ¿Te lo puedes imaginar? Lo supe enseguida por la peste, claro. Los excrementos nos llegaban hasta las rodillas. Ya te puedes imaginar el olor. ¡A la porra mis zapatos rojos!

»Caminamos durante toda la noche. ¡Hacía tanto frío, Julian! Pero Tourteau era un chico muy amable. Me dio su abrigo para que me lo pusiera. Hasta la fecha, ha sido el gesto más noble que nadie ha tenido conmigo. Él estaba congelándose también, pero me dio su abrigo. Me sentía muy avergonzada por la forma en que lo había tratado. ¡Oh, Julian, me sentía tan avergonzada!

Se tapó la boca con los dedos y tragó saliva. Luego se terminó la copa de vino y se sirvió otra.

—Las cloacas llevaban hasta Dannevilliers, una pequeña aldea a unos quince kilómetros de Aubervilliers. *Maman* y *papa* siempre habían rehuido ese pueblo por la peste: las cloacas de París desembocaban en sus tierras de cultivo. ¡Ni siquiera comíamos las manzanas procedentes de su huerta! Sin embargo, ese era el lugar donde vivía Tourteau. Me llevó a su casa, y nos limpiamos junto al pozo. Luego me llevó al granero que estaba detrás de la vivienda. Me envolvió con una manta para caballos y me dijo que esperase. Iba a ir a buscar a sus padres.

»"No —le supliqué—. Por favor, no se lo cuentes." Estaba muy asustada. Me preguntaba si avisarían a los alemanes en cuanto me vieran. Entiéndeme, ¡no los conocía de nada!

»Pero Tourteau se fue y, unos minutos más tarde, regresó con sus padres. Ellos se quedaron mirándome. Debía de tener un aspecto bastante lamentable, toda mojada y temblorosa. La madre, Vivienne, me rodeó con un abrazo para consolarme. ¡Oh, Julian, ese abrazo fue el más cálido que he sentido en toda mi vida! Lloré con mucha fuerza entre los brazos de esa mujer, porque en ese momento supe que jamás volvería a llorar en los brazos de mi propia *maman*. Tuve ese presentimiento, Julian. Y tenía razón. Se habían llevado a *maman* ese mismo día con todos los demás judíos del pueblo. Mi padre, que estaba en el trabajo, había recibido el aviso de que los alemanes estaban a punto de llegar y logró escapar. Pudieron trasladarlo a escondidas a Suiza. Pero fue demasiado tarde para *maman*. La deportaron ese mismo día. A Auschwitz. Jamás volví a verla. ¡Mi preciosa *maman*!

Inspiró con fuerza y negó con la cabeza.

Tourteau

Grandmère permaneció callada durante unos segundos. Estaba mirando al vacío como si todo volviera a ocurrir delante de sus narices. En ese momento entendí por qué no me lo había contado antes: era demasiado duro para ella.

—La familia de Tourteau me ocultó durante dos años en ese granero —prosiguió hablando despacio—. Aunque era muy peligroso para ellos. Estábamos literalmente rodeados de alemanes, y la policía francesa tenía un enorme cuartel general en Dannevilliers. Pero todos los días daba gracias al creador por el granero, que era mi hogar, y por la comida que los Tourteau lograban llevarme, aunque apenas había alimento para nadie. En esa época, la gente moría de hambre, Julian. Y, a pesar de eso, ellos me alimentaban. Fue un gesto de amabilidad tal que jamás lo olvidaré. Siempre es un acto de valentía ser amable, pero en aquellos tiempos, esa amabilidad podía costarte la vida.

A esas alturas, Grandmère empezaba a tener los ojos llorosos. Me cogió de la mano.

—La última vez que vi a Tourteau fue dos semanas antes de la liberación. Me había llevado algo de sopa. Ni siquiera era sopa. Era agua con un poco de pan y cebolla. Los dos habíamos perdido mucho peso. Yo iba vestida con harapos. ¡Adiós a mi elegante ropa! Aun así conseguíamos reírnos, Tourteau y yo. Nos reíamos de cosas que ocurrían en el colegio. Aunque yo ya no podía seguir yendo, claro, Tourteau sí que iba a diario. Y por las noches me contaba todo lo que había aprendido para que estuviera al día. También me contaba cosas sobre mis viejos amigos y sobre cómo les iba. Todos seguían ignorándolo, claro.

»Y jamás le contó a ninguno de ellos que yo seguía viva. Nadie podía saberlo. ¡No te podías fiar ni de tu sombra! Pero Tourteau era un narrador estupendo y me hacía reír muchísimo. Hacía unas imitaciones maravillosas e incluso tenía motes divertidos para todos mis amigos. Imagínatelo, ¡Tourteau estaba burlándose de ellos!

»"¡No tenía ni idea de que fueras tan malo! —le dije—. ¡Seguro que estos años también te has reído de mí!"

»"¿Reírme de ti? —dijo—. ¡Jamás! Siempre me has gustado; nunca me he reído de ti. Además, solo me reía de los niños que se burlaban de mí. Tú nunca te burlaste de mí. Te limitabas a ignorarme."

»"Te llamaba Tourteau."

»"¿Y qué? Todo el mundo me llamaba así. En realidad no me importa. ¡Me gustan los cangrejos!"

»"¡Oh, Tourteau, estoy tan avergonzada!", le respondí, y recuerdo que me tapé la cara con las manos.

En ese momento, Grandmère se tapó la cara con las manos. Aunque tenía los dedos doblados por la artritis, y podía verle las venas, me imaginé sus manos de niña tapando su cara infantil hacía ya muchos años.

—Tourteau me tomó de las manos —prosiguió mientras iba destapándose la cara poco a poco—. Y me las sostuvo unos segundos. Entonces yo tenía catorce años y nunca había besado a un chico, pero él me besó ese día, Julian.

Grandmère cerró los ojos. Tomó aire con fuerza.

—Después de que me besara, le dije: "Ya no quiero seguir llamándote Tourteau. ¿Cómo te llamas?".

Grandmère abrió los ojos y se quedó mirándome.

—¿Puedes adivinar lo que respondió? —me preguntó.

Enarqué las cejas como diciendo: «No, ¿cómo quieres que lo sepa?».

Entonces ella volvió a cerrar los ojos y sonrió.

—Dijo: «Me llamo Julian».

Julian

—¡Oh, Dios mío! —exclamé—. ¿Por eso le pusiste Julian a papá? —Aunque todo el mundo lo llamara Jules, ese era su nombre.

—*Oui* —respondió asintiendo con la cabeza.

—¡Y yo me llamo como mi padre! —exclamé—. Entonces ¡me llamo así por ese niño! ¡Eso es genial!

Ella sonrió y me pasó los dedos por el pelo. Pero no dijo nada.

Entonces me acordé que había dicho: «La última vez que vi a Tourteau…».

—¿Y qué pasó con él? —le pregunté—. ¿Con Julian?

De forma casi inmediata a Grandmère empezaron a caerle las lágrimas por las mejillas.

—Los alemanes se lo llevaron —me dijo—, ese mismo día. Iba de camino al colegio. Esa mañana estaban haciendo otra redada en el pueblo. A esas alturas, Alemania iba perdiendo la guerra y ellos lo sabían.

—Pero… —dije— ¡si ni siquiera era judío!

—Se lo llevaron porque era un tullido —respondió entre sollozos—. Lo siento, ya sé que me has dicho que esa era una mala palabra, pero es que no conozco otra. Era un *invalide*. Esa es la palabra francesa. Y por eso se lo llevaron. No era perfecto —prácticamente lo escupió—. Se llevaron a todos los imperfectos del pueblo ese día. Fue una limpieza. Los gitanos. El hijo del zapatero, que era… simplón. Y a Julian. Mi *tourteau*. Lo metieron en un carromato con los demás. Y luego los subieron a un tren con destino Drancy. Y, desde allí, a Auschwitz, como a mi madre. Más adelante supimos que alguien había visto cómo lo habían enviado directamente a la cámara de gas. Así como así, ¡buf!, desapareció. Mi salvador. Mi pequeño Julian.

Hizo una pausa para secarse las lágrimas con un pañuelo y se bebió el vino que le quedaba.

—Sus padres estaban destrozados, monsieur Beaumier y madame Beaumier —prosiguió—. No supimos que estaba muerto hasta después de la liberación. Pero lo sabíamos. Lo sabíamos. —Se frotó los ojos—. Viví con ellos un año más después de la guerra. Me trataron como a una hija. Fueron ellos quienes me ayudaron a localizar a *papa*, aunque costó algún tiempo encontrarlo. En esa época todo era muy caótico. Cuando *papa* por fin pudo regresar a París, me fui a vivir con él. Pero siempre iba a visitar a los Beaumier, incluso cuando ya eran muy ancianos. Jamás olvidaré la amabilidad que me demostraron.

Suspiró. Había terminado de contar su historia.

—Grandmère —dije, pasados unos minutos—, ¡ha sido lo más triste que he escuchado en toda mi vida! Ni siquiera sabía que habías estado en la guerra. O sea, papá nunca me ha hablado de todo eso.

Ella se encogió de hombros.

—Creo que es muy probable que jamás le haya contado a tu padre esta historia —me dijo—. No me gusta hablar de cosas tristes, ya sabes. En cierta forma, sigo siendo la chica superficial que era. Pero al oírte hablar de ese chico en tu colegio, no he podido evitar pensar en Tourteau, en el miedo que había llegado a darme y en lo mal que lo habíamos tratado por su malformación. Esos niños habían sido muy malos con él, Julian. Se me parte el corazón solo de pensarlo.

Cuando dijo eso, no sé, algo se me rompió por dentro. Fue del todo inesperado. Miré hacia abajo y, de pronto, rompí a llorar. Y cuando digo que rompí a llorar, no quiero decir que me cayeran un par de lágrimas por las mejillas, quiero decir que empecé a llorar en plan a lo bestia, o sea, chorreando mocos y a todo volumen.

—Julian —me dijo Grandmère en voz baja.

Yo sacudí la cabeza y me tapé la cara con las manos.

—He sido horrible, Grandmère —susurré—. He sido muy malo con Auggie. ¡Lo siento mucho, Grandmère!

—Julian —volvió a decirme—. Mírame.

118

—¡No!

—Mírame, *mon cher*. —Me tomó la cara entre las manos y me obligó a mirarla. Me moría de vergüenza. No podía mirarla a los ojos, de verdad. De pronto, esa palabra que había usado el señor Traseronian, eso que todo el mundo parecía empeñado en hacerme sentir, me vino a la cabeza como un grito: ¡ARREPENTIMIENTO!

Sí, allí estaba. Esa palabra en todo su esplendor.

ARREPENTIMIENTO. Estaba temblando de arrepentimiento. Estaba llorando de arrepentimiento.

—Julian —dijo Grandmère—, todos cometemos errores, *mon cher*.

—No, ¡tú no lo entiendes! —respondí—. No fue solo un error. Yo era uno de esos niños que eran malos con Tourteau… Yo era el matón, Grandmère. ¡Era yo!

Asintió con la cabeza.

—Lo llamé «monstruo». Me reía de él a sus espaldas. ¡Le dejaba notas en las que le decía cosas feas! —grité—. Mamá no ha parado de poner excusas para justificar todas las cosas malas que he hecho… pero no había ninguna excusa. ¡Lo hice y punto! Ni siquiera sé por qué. Ni siquiera lo sé.

Lloraba con tanta fuerza que casi no podía hablar.

Grandmère me acariciaba la cabeza y me abrazaba.

—Julian —me dijo en voz baja—, eres demasiado joven. Ya sabes que las cosas que has hecho no estuvieron bien. Pero eso no significa que no seas capaz de hacer lo correcto. Solo significa que escogiste hacerlo mal. Eso es lo que quiero decir cuando digo que cometiste un error. A mí me ocurrió lo mismo. Cometí un error con Tourteau.

»Pero lo bueno de la vida, Julian —prosiguió—, es que a veces podemos enmendar nuestros errores. Aprendemos de ellos. Nos volvemos mejores. Jamás he vuelto a cometer un error como el que cometí con Tourteau, con nadie, nunca en toda mi vida. Y he tenido una vida muy pero que muy larga. Tú también aprenderás de tu error. Debes prometerte que nunca te comportarás así con nadie más. Un error no te define, Julian. ¿Lo entiendes? Sencillamente actuarás mejor la próxima vez.

Asentí en silencio, pero seguí llorando durante mucho mucho tiempo después de aquello.

Mi sueño

Esa noche soñé con Auggie. No recuerdo los detalles del sueño, pero creo que nos perseguían los nazis. Capturaban a Auggie, pero yo tenía la llave para liberarlo. Y en mi sueño creo que lo salvaba. O a lo mejor eso es de lo que me convencí en cuanto me desperté. Algunas veces es difícil estar seguro de esas cosas con los sueños. O sea, en ese sueño todos los nazis se parecían a los soldados imperiales de Darth Vader, por eso es difícil encontrarle mucho sentido a lo que uno sueña.

Aunque, pensándolo bien, lo interesante de verdad es que había sido un sueño, no una pesadilla. Y, en el sueño, Auggie y yo estábamos en el mismo bando.

Me desperté supertemprano por el sueño y no me volví a dormir. Seguí pensando en Auggie y en Tourteau —Julian—, el niño heroico cuyo nombre me habían puesto. Era raro: durante todo ese tiempo yo había pensado en Auggie como si fuera mi enemigo, pero cuando Grandmère me contó esa historia, no sé… Me llegó muy adentro. Seguía pensando en lo avergonzado que se sentiría el Julian original al saber que alguien que llevaba su nombre hubiera sido tan malo.

No paraba de pensar en lo triste que estaba Grandmère cuando me contó la historia. ¿Cómo podía recordar todos los detalles, aunque hubiera ocurrido, no sé, o sea, hace unos setenta años? ¡Setenta años! ¿Se acordaría Auggie de mí dentro de setenta años? ¿Seguiría acordándose de las cosas malas que le había dicho?

No quería ser recordado por ese tipo de cosas. ¡Quería ser recordado de la forma en que Grandmère recordaba a Tourteau!

Señor Traseronian, ¡ahora lo entiendo! A-RRE-PEN-TI-MIEN-TO.

Me desperté en cuanto amaneció y escribí esta carta:

Querido Auggie:
Quiero disculparme por lo que te hice el año pasado. Lo he estado pensando muchísimo. No te lo merecías. Me gustaría retroceder en el tiempo. Entonces sería más agradable contigo. Espero que no te acuerdes de lo malo que he sido cuando tengas ochenta años. Que tengas una vida feliz.

JULIAN

P. D.: Si eres tú el que le contó al señor Traseronian lo de las notas, no te preocupes. No te culpo.

Cuando Grandmère se levantó esa tarde, le leí la carta.

—Me siento orgullosa de ti, Julian —dijo apretándome el hombro.

—¿Crees que me perdonará?

Se quedó pensándolo.

—Eso depende de él —me contestó—. Al final, *mon cher*, lo único que importa es que te perdones a ti mismo. Estás aprendiendo de tu error. Como yo aprendí con Tourteau.

—¿Crees que Tourteau me perdonaría? —le pregunté—. ¿Si supiera que su tocayo ha sido tan malo?

Me besó en la mano.

—Tourteau te perdonaría —me respondió.

Y supe que lo decía muy en serio.

De regreso a casa

Me di cuenta de que no tenía la dirección de Auggie, así que le escribí otro correo electrónico al señor Browne para pedirle que le enviara la carta en mi nombre. El señor Browne me respondió enseguida. En su mensaje decía que estaría encantado de hacerlo. También decía que se sentía orgulloso de mí.

Eso me hizo sentir bien. O sea, me hizo sentir muy muy bien. Y sentirme bien me hacía sentir bien. Es un poco difícil de explicar, pero es que estaba harto de sentirme como un niño horrible. No soy horrible. O sea, no paro de decirlo, pero es que soy un niño normal y corriente. Un niño típico, del montón. Un niño normal que cometió un error.

Pero en ese momento estaba intentando hacerlo bien.

Mis padres llegaron una semana más tarde. Mi madre no paraba de abrazarme y de besarme. Nunca había estado tanto tiempo fuera de casa.

Me moría de ganas de contarles lo del correo electrónico que le había enviado al señor Browne, y lo de la carta que le había escrito a Auggie. Pero ellos me contaron antes sus novedades.

—¡Vamos a demandar al colegio! —dijo mi madre, muy emocionada.

—¡¿Cómo?! —exclamé.

—Papá los va a demandar por incumplimiento de contrato —dijo. Estaba a punto de gritar de alegría.

Miré a Grandmère, que no decía nada. Estábamos cenando.

—No tenían ningún derecho a revocar la solicitud de continuidad en el colegio —explicó mi padre con serenidad poniéndose en plan abogado—. No antes de que hubiéramos encontrado plaza en otro centro. Hal me dijo, en su despacho, que esperarían a archivar la solicitud hasta que hubiéramos sido aceptados en otro colegio. Y que nos devolverían el dinero. Teníamos un contrato verbal.

—Pero ¡si de todas formas iba a ir a otro colegio! —repuse.

—Da igual —dijo mi padre—. Aunque nos devolvieran el dinero, es una cuestión de principios.

—¿Qué principios? —dijo Grandmère. Se levantó de la mesa—. Esto es una tontería, Jules. ¡Es algo *ejscúpida*! ¡Es una *ejscúpidos* total!

—*Maman!* —dijo mi padre. Tenía cara de alucinado. Y también mi madre.

—¡Deberías olvidar esa *ejscúpidos*! —dijo Grandmère.

—No conoces los detalles, *maman* —replicó mi padre.

—¡Conozco todos los detalles! —exclamó ella agitando un puño en el aire. Parecía furiosa—. ¡El chico se equivocó, Jules! ¡Tu chico fue el que se equivocó! Y él lo sabe. Tú lo sabes. Le hizo cosas malas al otro chico y se arrepiente de ello, y deberías dejarlo correr.

Mis padres se miraron el uno al otro.

—Con todos mis respetos, Sara —dijo mi madre—, creo que nosotros sabemos qué es mejor para…

—¡No, vosotros no sabéis nada! —gritó Grandmère—. Vosotros no lo sabéis. Vosotros dos estáis demasiado ocupados con vuestras demandas y vuestras idioteces.

—*Maman* —repuso mi padre.

—Tiene razón, papá —dije—. Todo ha sido culpa mía. Todo lo que pasó con Auggie. Fue culpa mía. Fui malo con él, sin ningún motivo. Fue culpa mía que Jack me diera un puñetazo. Yo acababa de llamar «monstruo» a Auggie.

—¿Cómo? —preguntó mi madre.

—Yo escribí esas notas horribles —dije enseguida—. Hice cosas malas. ¡Fue culpa mía! ¡Yo era el matón, mamá! ¡No fue culpa de nadie más, solo mía!

Por lo visto, mis padres no sabían qué contestar.

—En lugar de quedaros ahí sentados como dos idiotas

—dijo Grandmère, que siempre lo decía todo sin rodeos—, ¡deberíais estar suplicando que readmitieran a Julian! ¡Está asumiendo su responsabilidad! Está aprendiendo de sus errores. Hace falta mucho valor para hacer algo así.

—Sí, por supuesto —dijo mi padre frotándose la barbilla y mirándome—. Pero… es que no creo que entiendas todas las consecuencias legales. El colegio aceptó nuestra matrícula y se ha negado a devolvérnosla, lo cual…

—¡Bla! ¡Bla! ¡Bla! —dijo Grandmère, y despreció lo que decía mi padre con un gesto de la mano.

—Le he escrito una disculpa a Auggie —expliqué—. ¡Le he escrito una disculpa y se la he enviado por correo! Me he disculpado por la forma en que me comporté con él.

—¡¿Que has hecho qué?! —preguntó mi padre. Estaba enfadándose mucho.

—Y también le he contado la verdad al señor Browne —añadí—. Le he escrito al señor Browne un correo electrónico larguísimo para contarle toda la historia.

—Julian… —dijo mi padre frunciendo el ceño, furioso—, ¿por qué has hecho una cosa así? Te dije que no quería que escribieras nada donde reconocieras…

—¡Jules! —exclamó Grandmère en voz muy alta, agitando la mano delante de las narices de mi padre—. *Tu as un cerveau comme un sandwich au fromage!*

No pude evitar reírme cuando dijo eso. Mi padre arrugó el rostro de vergüenza.

—¿Qué ha dicho? —me preguntó mi madre, que no sabía francés.

—Grandmère acaba de decir que papá tiene el cerebro como un sándwich de queso —dije.

—*Maman!* —exclamó mi padre con severidad, como si estuviera a punto de soltar un largo sermón.

Pero mi madre se acercó a él y lo agarró por el brazo.

—Jules —dijo con tranquilidad—, creo que tu madre tiene razón.

Inesperado

A veces, la gente te sorprende. Ni en un millón de años habría creído que mi madre pudiera arrepentirse de algo, por eso me quedé patidifuso cuando dijo aquello. Juraría que mi padre también se sorprendió. Se quedó mirando a mi madre como si no pudiera creer lo que estaba diciendo. Grandmère era la única que no parecía sorprendida.

—¿Me tomas el pelo? —le dijo mi padre a mi madre.

Mi madre negó con la cabeza lentamente.

—Jules, deberíamos acabar con esto. Deberíamos seguir adelante. Tu madre tiene razón.

Mi padre enarcó las cejas. Yo sabía que estaba enfadado, aunque estaba intentado que no se le notara.

—¡Tú eres la que nos ha metido en esta guerra, Melissa!

—¡Ya lo sé! —respondió, y se quitó las gafas. Tenía los ojos muy brillantes—. Ya lo sé, ya lo sé. Y en ese momento creía que era lo correcto. Sigo pensando que Traseronian no tenía razón por la forma en que lo gestionó todo, pero… Ahora estoy lista para olvidar todo esto, Jules. Creo que deberíamos… olvidarlo y seguir con nuestra vida. —Se encogió de hombros. Se quedó mirándome—. Ha sido muy importante que Julian haya contactado con ese chico, Jules. Hace falta tener muchas agallas para hacer lo que ha hecho. —Volvió a mirar a mi padre—. Deberíamos darle nuestro apoyo.

—Tiene mi apoyo, por supuesto —dijo mi padre—. Pero esto es un cambio radical, ¡Melissa! O sea… —Negó con la cabeza y puso los ojos en blanco al mismo tiempo.

Mi madre suspiró. No sabía qué decir.

—Mira —dijo Grandmère—, todo lo que ha hecho Melissa, lo ha hecho porque quería que Julian fuera feliz. Y eso es todo. *C'est tout.* Y ahora el chico es feliz. Se le ve en la mirada. Por primera vez en mucho tiempo, tu hijo parece feliz de verdad.

—Tienes toda la razón —dijo mi madre, secándose una lágrima de la mejilla.

Sentí lástima por mi madre en ese momento. Sabía que se sentía mal por algunas de las cosas que había hecho.

—Papá —dije—, por favor, no demandes al colegio. Yo no quiero que lo hagas. ¿Vale, papá? ¿Por favor?

Mi padre se recostó en el asiento y soltó una especie de silbido, como si estuviera soplando una vela a cámara lenta. Y luego empezó a chasquear la lengua contra el paladar. Pasó un minuto muy largo, y él seguía así. Nosotros nos quedamos mirándolo.

Al final se enderezó y nos miró. Se encogió de hombros.

—Está bien —dijo levantando las manos con las palmas hacia arriba—. Dejaré lo de la demanda. Renunciaremos al dinero de la matrícula. ¿Estás segura de que eso es lo que quieres?

Mi madre asintió con la cabeza.

—Estoy segura.

Grandmère suspiró.

—¡Victoria, por fin! —masculló y dio un sorbo a su copa de vino.

Volver a empezar

Nos fuimos a casa una semana después, pero antes Grand-mère nos llevó a un lugar muy especial: el pueblo en el que se crió. Me pareció asombroso que nunca le hubiera contado a mi padre toda la historia de Tourteau. Lo único que él sabía era que una familia de Dannevilliers la había ayudado durante la guerra, pero jamás le había contado los detalles. Nunca le había contado que su abuela había muerto en un campo de concentración.

—*Maman*, ¿por qué nunca me lo habías contado? —le preguntó mi padre cuando íbamos en coche hacia el pueblo.

—¡Oh, ya me conoces, Jules! —respondió ella—. No me gusta remover el pasado. Tenemos toda la vida por delante. Si pasamos demasiado tiempo mirando hacia atrás, ¡no podremos ver hacia dónde vamos!

El pueblo había cambiado mucho. Habían lanzado demasiadas bombas y granadas. La mayoría de las casas originales habían quedado derruidas durante la guerra. El colegio de Grandmère había desaparecido. En realidad no había mucho que ver. Solo un Starbucks y zapaterías.

Pero luego fuimos en coche hasta Dannevilliers, que es donde vivía Julian: ese pueblo estaba intacto. Grandmère nos llevó hasta el granero donde había vivido durante dos años. El anciano granjero que lo habitaba en la actualidad nos llevó a dar un paseo y a echar un vistazo. Grandmère encontró sus iniciales grabadas en un pequeño escondrijo, en una de las cuadras, que era donde ella se ocultaba bajo las balas de paja siempre que los nazis merodeaban por la zona. Grandmère se situó en medio del granero con una mano en la cara mientras miraba a su alrededor. Plantada allí parecía diminuta.

—¿Cómo estás, Grandmère? —le pregunté.

—¿Yo? ¡Ah! Bien —respondió sonriendo. Ladeó la cabeza—. Sobreviví. Recuerdo que, cuando estaba aquí, creía que siempre estaría oliendo a excremento de caballo. Pero sobreviví. Y Jules nació porque yo sobreviví. Y naciste tú. ¿Qué importancia tiene el olor a excremento de caballo comparado con todo eso? El perfume y el paso del tiempo lo hacen todo más llevadero. Ahora hay otro lugar que quiero visitar…

Hicimos un recorrido en coche de unos diez minutos hasta un pequeño cementerio en las afueras del pueblo. Grandmère nos llevó directamente hasta una lápida que estaba al fondo del recinto.

Había una pequeña placa de cerámica blanca sobre la lápida. Tenía forma de corazón y decía:

ICI REPOSENT

Vivienne Beaumier
née le 27 de avril 1905
décédée le 21 de novembre 1985

Jean-Paul Beaumier
né le 15 de mai 1901
décédé le 5 de juillet 1985

Mère et père de
Julian Auguste Beaumier
né le 10 de octobre 1930
tombé en juin 1944
Puisse-t-il toujours marcher le front
haut dans le jardin de Dieu

Me quedé mirando a Grandmère mientras ella miraba la placa. Se besó los dedos y se agachó para tocarla. Estaba temblando.

—Me trataron como a una hija —dijo mientras le corrían las lágrimas por las mejillas.

Empezó a gimotear. La tomé de la mano y se la besé con ternura.

Mi madre le cogió la mano a mi padre.

—¿Qué dice la placa? —preguntó en voz baja.

Mi padre se aclaró la voz.

—Aquí descansa Vivienne Beaumier… —tradujo en voz baja—. Y Jean-Paul Beaumier. Madre y padre de Julian Auguste Beaumier, nacido el 10 de octubre de 1930. Muerto en junio de 1944. Que camine para siempre con la frente muy alta por los jardines del Paraíso.

Nueva York

Regresamos a Nueva York una semana antes de que empezaran las clases en mi nuevo colegio. Era agradable volver a estar en mi cuarto. Mis cosas estaban en el mismo sitio de siempre. Pero yo me sentía, no sé, un poco diferente. No puedo explicarlo. De verdad, sentía que estaba volviendo a empezar.

—Te ayudaré a deshacer la maleta dentro de un rato —dijo mi madre y salió pitando al baño en cuanto entramos por la puerta.

—Está bien —respondí. Oí que mi padre estaba en el comedor escuchando los mensajes del contestador automático. Empecé a deshacer la maleta. Y entonces oí una voz que me sonaba en el contestador.

Dejé lo que estaba haciendo y entré en el comedor. Mi padre levantó la vista y paró la grabación. Entonces rebobinó para que yo pudiera escuchar el mensaje.

Era Auggie Pullman.

«Ah, hola, Julian —decía el mensaje—. Sí, bueno…

Esto… Solo quería decir que he recibido tu nota. Y, bueno… sí, gracias por escribirla. No hace falta que me devuelvas la llamada. Solo quería decirte «hola». Ya no pasa nada. ¡Ah!, y, por cierto, no fui yo el que le dijo a Traseronian lo de las notas, solo para que lo sepas. Ni Jack ni Summer. De verdad que no sé cómo se enteró, y no es que eso importe. Bueno, pues eso. Lo dicho. Espero que te guste tu cole nuevo. ¡Buena suerte! ¡Adiós!»

Cling.

Mi padre se quedó mirándome para ver cómo reaccionaba.

—¡Vaya! —exclamé—. No me lo esperaba para nada.

—¿Vas a devolverle la llamada? —me preguntó mi padre.

Negué con la cabeza.

—¡No! —respondí—. Soy demasiado cobarde.

Mi padre se acercó a mí y me puso una mano en el hombro.

—Creo que has demostrado que eres de todo menos cobarde —dijo—. Me siento orgulloso de ti, Julian. Muy orgulloso de ti. —Se inclinó y me abrazó—. *Tu marches toujours le front haut.*

Sonreí.

—Eso espero, papá.

Eso espero.

EL JUEGO DE CHRISTOPHER

Las recientes observaciones están cambiando nuestra manera de entender los sistemas planetarios, y es importante que la nomenclatura de los objetos refleje nuestra manera de entenderlos en la actualidad. Esto hay que aplicarlo, en particular, a la denominación «planetas». En su origen, la palabra «planeta» significaba «errante» y se refería a los cuerpos conocidos únicamente como luces en movimiento en el cielo. Los últimos descubrimientos nos obligan a elaborar una nueva definición, para lo que podemos servirnos de la información científica disponible en la actualidad.

Unión Astronómica Internacional (UAI),
extracto de la Resolución B5

Supongo que nadie tiene la culpa.

Vamos a despegar.

¿Volverán las cosas a ser como antes?

Europe, «The Final Countdown»

Es tan misterioso el país de las lágrimas…

Antoine de Saint-Exupéry,

El Principito

Presentaciones

Yo solo tenía dos días de vida la primera vez que vi a Auggie Pullman. Yo no me acuerdo, claro, pero me lo contó mi madre. Mis padres acababan de llevarme a casa del hospital y los padres de Auggie también acababan de llevarlo a casa por primera vez. Pero Auggie ya tenía tres meses. Había tenido que quedarse todo ese tiempo en el hospital porque necesitaba que lo operasen para que pudiera respirar y tragar. Respirar y tragar son cosas que la mayoría de nosotros hacemos sin pensar, porque las hacemos de manera automática. Pero Auggie, cuando nació, no las hacía de manera automática.

Mis padres me llevaron a su casa para hacer las presentaciones. Auggie estaba en el salón, conectado a un montón de aparatos médicos. Mi madre me cogió y me acercó para que lo viese de cerca.

—August Matthew Pullman —anunció—, te presento a Christopher Angus Blake, tu primer amigo.

Nuestros padres aplaudieron y brindaron por la feliz ocasión.

Mi madre y la madre de Auggie, Isabel, se habían hecho amigas antes de que nosotros naciéramos. Se conocieron en el supermercado de la avenida Amesfort al poco de que se instalaran mis padres en el barrio. Como las dos estaban a punto de dar a luz y vivían la una enfrente de la otra, mi madre e Isabel decidieron formar un grupo de madres. Un grupo de madres es cuando unas cuantas madres se reúnen y quedan para que sus hijos jueguen juntos. Al principio, en el grupo de madres había unas seis o siete madres más. Quedaron un par de veces antes de que naciera ninguno de nosotros. Pero cuando nació Auggie, solo se quedaron en el grupo otras dos madres: la de Zachary y la de Alex. No sé qué pasó con las demás.

Durante los dos primeros años, las cuatro madres del grupo —con nosotros, que éramos bebés— quedaban casi a diario. Las madres salían a correr por el parque con nosotros acomodados en los carritos, daban largos paseos por la orilla del río con nosotros embutidos en mochilas portabebés y comían en el Heights Lounge con nosotros sentados en tronas.

Las únicas ocasiones en las que Auggie y su madre no quedaban con el grupo era cuando Auggie estaba ingresado en el hospital. Tenían que hacerle un montón de operaciones, porque, igual que con lo de respirar y tragar, había otras cosas que no hacía de manera automática. Por ejemplo, no podía comer. Ni hablar. Ni siquiera podía cerrar del todo la boca. Los médicos tuvieron que operarlo para que pudiera hacer todas esas cosas. Pero, incluso después de las operaciones, Auggie no podía comer, ni hablar, ni cerrar la boca del todo como lo hacíamos Zack, Alex y yo. Incluso después de todas aquellas operaciones, Auggie era muy distinto a nosotros.

Creo que no entendí del todo lo distinto que era Auggie hasta que tuve cuatro años. Era invierno y Auggie y yo llevábamos puestas las parkas y las bufandas mientras jugábamos en el parque. En un momento dado, subimos por la escalera hasta la rampa que había en lo alto de la estructura de juegos y nos pusimos a la cola para tirarnos por el tobogán más alto. Cuando estaba a punto de tocarnos, a la niña que teníamos delante le dio miedo tirarse por el tobogán y se dio media vuelta para dejarnos pasar. Entonces vio a Auggie. Abrió los ojos de par en par, se quedó boquiabierta y se puso a gritar y a llorar como una histérica. Estaba tan alterada que no pudo bajar siquiera por la escalera y su madre tuvo que subir por la rampa para cogerla. Entonces Auggie también se echó a llorar, porque sabía que la niña lloraba por su culpa. Se tapó la cara con la bufanda para que no lo viese nadie y su madre también tuvo que subir por la rampa para cogerlo. No me acuerdo de todos los detalles, pero recuerdo que se montó un buen jaleo. Se formó un corrillo de gente alrededor del tobogán y todos se pusieron a hablar en susurros. Recuerdo que nos dimos mucha prisa en abandonar el parque. Recuerdo también que Isabel estaba llorando mientras se llevaba a Auggie a casa.

Esa fue la primera vez que me di cuenta de lo distinto que era Auggie. Pero no fue la última. Igual que con lo de respirar y tragar, llorar es algo que casi todos los niños hacen de manera automática.

Las 7.08 h

No sé por qué me dio por pensar en Auggie nada más levantarme. Hacía tres años que nos habíamos mudado aquí y no lo había visto desde octubre, cuando celebró su fiesta de cumpleaños en la bolera. A lo mejor había soñado con él. No sé. El caso es que estaba pensando en Auggie cuando mi madre entró en mi cuarto unos minutos después de apagar el despertador.

—¿Estás despierto, cielo? —preguntó en voz baja.

Por toda respuesta, me tapé la cabeza con la almohada.

—Ya es hora de levantarse, Chris —añadió alegremente mientras descorría las cortinas.

Hasta con la cabeza debajo de la almohada y los ojos cerrados había demasiada luz en la habitación.

—¡Corre las cortinas! —protesté.

—Parece que se va a pasar todo el día lloviendo —comentó suspirando, sin correr las cortinas—. Venga, no querrás volver a llegar tarde. Además, hoy tienes que ducharte.

—Pero si me duché hace un par de días.

—¡Precisamente!

—¡Uf!

—Vamos, cielo —susurró dando un golpecito en la almohada.

—¡Vale! ¡Ya me levanto! —grité al apartarme la almohada de la cara—. ¿Ya estás contenta?

—Estás hecho un cascarrabias de buena mañana —afirmó mientras negaba con la cabeza—. ¿Qué ha sido del dulce niño que el año pasado estudiaba cuarto de primaria?

—¡Lisa! —protesté.

Mi madre no soportaba que la llamase por su nombre. Pensé que si lo hacía saldría de mi habitación, pero se puso a recoger la ropa del suelo y la metió en el cesto de la ropa sucia.

—Oye, ¿anoche pasó algo? —pregunté, aún con los ojos cerrados—. Te oí hablar por teléfono con Isabel justo cuando iba a acostarme. Era como si hubiera pasado algo malo…

Mamá se sentó en el borde de la cama mientras yo me frotaba los ojos para espabilarme.

—¿Qué? —pregunté—. ¿Tan malo es? Creo que esta noche he soñado con Auggie.

—No, Auggie está bien —contestó torciendo ligeramente el gesto. Luego me apartó el pelo de los ojos—. Iba a esperar un poco para…

—¿Qué? —la interrumpí.

—Cariño, anoche murió Daisy.

—¿Cómo?

—Lo siento, cielo.

—¡Daisy!

Me tapé la cara con las manos.

—Lo siento, cariño. Ya sé lo mucho que la querías.

Darth Daisy

Recuerdo el día que el padre de Auggie llevó a Daisy a su casa por primera vez. Auggie y yo estábamos jugando al Trouble en su habitación cuando, de repente, oímos unos gritos agudos que provenían de la puerta de entrada. La que gritaba era Via, la hermana mayor de Auggie. También oímos a Isabel y a Lourdes, mi canguro, hablando animadamente. Bajamos corriendo por la escalera para ver a qué se debía tanto revuelo.

Nate, el padre de Auggie, estaba sentado en una de las sillas de la cocina y tenía en el regazo un perro de color dorado que no paraba de moverse. Via estaba arrodillada delante del perro e intentaba acariciarlo, pero el perro estaba muy nervioso y no paraba de intentar lamerle la mano, y Via la apartaba todo el rato.

—¡Un perro! —gritó Auggie, emocionado, y echó a correr hacia su padre.

Yo también eché a correr, pero Lourdes me agarró del brazo.

—Ni hablar, *papi* —me advirtió.Por aquel entonces no hacía mucho que era mi canguro, así que no la conocía demasiado bien. Recuerdo que me ponía polvos de talco en las zapatillas de deporte, algo que sigo haciendo porque me recuerda a ella.

Isabel tenía las manos apoyadas en las mejillas. Se notaba que Nate acababa de entrar por la puerta.

—No me lo puedo creer, Nate —repetía una y otra vez desde la otra punta de la cocina, donde estaba junto a Lourdes.

—¿Por qué no puedo acariciarlo? —le pregunté a Lourdes.

—Porque Nate dice que hace tres horas este perro vivía en la calle con un vagabundo —se apresuró a contestar—. Qué asco.

—No da asco. ¡Es preciosa! —exclamó Via, y besó al perro en la frente.

—En mi país, los perros no entran en casa —añadió Lourdes.

—¡Qué bonito es! —gritó Auggie.

—¡Es una hembra! —contestó Via rápidamente, dándole un codazo a su hermano.

—¡Ten cuidado, Auggie! —exclamó Isabel—. Que no te chupe la cara.

Pero el perro ya estaba dándole lametones a Auggie por toda la cara.

—El veterinario dice que está sana, chicas —tranquilizó Nate a Isabel y a Lourdes.

—¡Nate, ha estado viviendo en la calle! —se apresuró a contestar Isabel—. A saber qué tendrá.

—El veterinario le ha puesto todas las vacunas, una loción antipulgas y ha comprobado si tenía parásitos —respondió Nate—. Esta cachorrita está sanísima.

—¡No es ninguna cachorrita, Nate! —señaló Isabel.

Era verdad: la perra no era una cachorra. No era pequeña, ni suave y rechoncha, como suelen ser los cachorros. Estaba flacucha, tenía los ojos desorbitados y una larga lengua negra que le colgaba por un lado de la boca. Tampoco era una perra pequeña: era del mismo tamaño que el perro de mi abuela, un cruce de labrador y caniche.

—Está bien —reconoció Nate—. Bueno, pues parece una cachorrita.

—¿De qué raza es? —preguntó Auggie.

—El veterinario piensa que es un cruce de labrador dorado —contestó Nate—. ¿Quizá con un chow chow?

—Más bien un pitbull —precisó Isabel—. ¿Te ha dicho al menos cuántos años tiene?

Nate se encogió de hombros.

—No lo sabía seguro. ¿Dos o tres? Normalmente se sabe por los dientes, pero esta los tiene bastante mal porque se habrá pasado la vida alimentándose de comida basura.

—Basura y ratas muertas —repuso Lourdes muy segura.

—¡Ay, Dios! —murmuró Isabel frotándose la cara con la mano.

—Le huele bastante mal el aliento —comentó Via agitando la mano ante la nariz.

—Isabel —dijo Nate mirando a su mujer—, estaba destinada a estar con nosotros.

—Espera. Entonces ¿nos la vamos a quedar? —preguntó Via muy emocionada, con los ojos abiertos como platos—. ¡Pensaba que solo íbamos a cuidarla hasta que le encontrásemos casa!

—Creo que esta debería ser su casa —respondió Nate.

—¿De verdad, papá? —preguntó Auggie.

Nate sonrió y miró a Isabel.

—Pero tiene que decidirlo mamá, chicos —añadió.

—Es una broma, ¿verdad, Nate? —exclamó Isabel.

Via y Auggie se le acercaron corriendo y empezaron a suplicarle, juntando las manos como si estuvieran rezando en la iglesia.

—¡Por favor, por favor, por favor, por favor, por favor! —repitieron una y otra vez—. ¡Por favor, por favor, por favor, por favor, por favor!

—¡No me puedo creer que me estés haciendo esto, Nate! —exclamó Isabel negando con la cabeza—. ¿Acaso crees que nuestras vidas no son ya suficientemente complicadas?

Nate sonrió y bajó la vista para mirar a la perra, que a su vez estaba mirándolo a él.

—¡Mírala, cielo! Estaba pasando hambre y frío. El vagabundo me ha dicho que me la vendía por diez dólares. ¿Qué iba a hacer? ¿Decirle que no?

—¡Sí! —contestó Lourdes—. No es tan difícil.

—Salvarle la vida a un perro da buen karma —repuso Nate.

—¡No lo hagas, Isabel! —saltó Lourdes—. Los perros son sucios y huelen mal. Y tienen gérmenes. ¿Y sabes quién acabará paseándola siempre y recogiendo todas las cacas? —añadió señalando a Isabel.

—¡No es verdad, mamá! —intervino Via—. Prometo pasearla todos los días.

—¡Y yo, mamá! —añadió Auggie.

—Nos ocuparemos de ella —prosiguió Via—. Le daremos de comer y lo haremos todo.

—¡Todo! —exclamó Auggie—. ¡Por favor, por favor, por favor, mamá!

—¡Por favor, por favor, por favor, mamá! —suplicó Via al mismo tiempo.

Isabel estaba masajeándose las sienes con los dedos, como si le doliese la cabeza. Al final, miró a Nate y se encogió de hombros.

—A mí me parece una locura, pero… de acuerdo, está bien.

—¿De verdad? —gritó Via, y abrazó a su madre con todas sus fuerzas—. ¡Gracias, mamá! ¡Muchas gracias! Te prometo que nos ocuparemos de ella.

—¡Gracias, mamá! —repitió Auggie abrazando a su madre.

—¡Bien! ¡Gracias, Isabel! —exclamó Nate, y cogió las patas delanteras de la perra para hacer como que esta aplaudía.

—¿Puedo acariciarla ya? Por favor —le supliqué a Lourdes; me aparté de ella antes de que pudiese retenerme de nuevo y me escabullí entre Auggie y Via.

Nate dejó a la perra en la alfombra y ella se tumbó boca arriba para que pudiésemos rascarle la barriga. Cerró los ojos como si estuviera sonriendo mientras la larga lengua negra le colgaba de un lado de la boca hasta la alfombra.

—Así es como me la he encontrado hoy —comentó Nate.

—En toda mi vida he visto una lengua tan larga —explicó Isabel, poniéndose en cuclillas a nuestro lado, pero sin acariciar todavía a la perra—. Se parece al Demonio de Tasmania.

—A mí me parece preciosa —respondió Via—. ¿Cómo se llama?

—¿Qué nombre queréis ponerle? —preguntó Nate.

—¡Creo que deberíamos llamarla Daisy! —contestó Via sin dudarlo—. Es del color de una margarita.

—Es un nombre muy bonito —convino Isabel, y empezó a acariciar a la perra—. Claro que también se parece un poco a una leona. Podríamos llamarla Elsa.

—Yo sé qué nombre podríais ponerle —anuncié dándole un codazo a Auggie—. ¡Deberíais llamarla Darth Maul!

—¡Es el nombre más ridículo del mundo para una perra! —contestó Via, muy indignada.

Pero no le hice caso.

—¿Lo pillas, Auggie? Darth… *Maul*. ¿Lo pillas? Como si la perra maullase.

—¡Ja, ja! ¡Qué gracia! ¡Darth *Maul*! —repitió Auggie.

—¡No vamos a llamarla así! —intervino Via dándose aires de superioridad.

—¡Hola, Darth Maul! —saludó Auggie a la perra, y le dio un beso en el hocico rosado—. Podemos acortárselo a Darth.

Via miró a Nate.

—¡Papá, no podemos llamarla así!

—A mí me parece un nombre gracioso —contestó Nate encogiéndose de hombros.

—¡Mamá! —dijo Via, enfadada, volviéndose hacia Isabel.

—Via tiene razón —respondió Isabel—. Creo que no deberíamos llamar «Maul» a una perra…, y menos a una con esta pinta.

—Pues la llamaremos Darth —insistió Auggie.

—Qué tontería —repuso Via.

—Ya que mamá nos deja quedarnos con la perra, creo que debería ser ella quien le ponga el nombre —contestó Nate.

—¿Podemos llamarla Daisy, mamá? —preguntó Via.

—¿Podemos llamarla Darth Maul? —añadió Auggie.

Isabel fulminó a Nate con la mirada.

—Vas a acabar conmigo, Nate.

Su marido se echó a reír.

Y así fue como acabaron llamándola Darth Daisy.

Las 7.11 h

—¿Cómo ha muerto? —le pregunté a mi madre—. ¿La ha atropellado un coche?

—No —respondió acariciándome el brazo—. Era mayor, cielo. Le había llegado la hora.

—No era tan mayor.

—Estaba enferma.

—¿Y la han sacrificado? —pregunté, indignado—. ¿Cómo han podido hacerlo?

—Cielo, tenía mucho dolor. No querían que sufriese. Isabel me dijo que murió tranquilamente en brazos de Nate.

Intenté visualizar la escena, con Daisy muriéndose en brazos de Nate. Me pregunté si Auggie también había estado allí.

—Como si esa familia no hubiese sufrido ya suficiente —añadió mi madre.

No dije nada. Me limité a parpadear y a mirar hacia arriba, a las estrellas pegadas en el techo que brillaban en la oscuridad. Algunas se estaban despegando y colgaban de una o dos puntas. Unas cuantas me habían caído encima, como gotitas de lluvia puntiagudas.

—Por cierto, no pegaste las estrellas… —espeté sin pensar.

—¿Cómo? —preguntó mi madre, que no tenía ni idea de qué le estaba hablando.

—Me dijiste que volverías a pegarlas —añadí señalando al techo—. Se me siguen cayendo encima.

Miró hacia arriba.

—Ah, es verdad —contestó asintiendo con la cabeza. Creo que no se esperaba que la conversación sobre Daisy acabase tan pronto, pero es que no me apetecía nada seguir hablando del tema.

Se puso de pie encima de la cama, cogió un sable de luz que había apoyado en la estantería e intentó volver a pegar una de las estrellas más grandes con la punta del sable.

—Hay que pegarlas con pegamento, Lisa —precisé mientras la estrella de plástico le caía sobre la cabeza.

—Ya —repuso. Se quitó la estrella del pelo y bajó de un salto de la cama—. ¿Puedes hacer el favor de no llamarme Lisa?

—Vale, Lisa.

Puso los ojos en blanco y me apuntó con el sable de luz, como si fuese a atravesarme con él.

—Ah, y gracias por despertarme con una noticia tan desagradable —añadí sarcásticamente.

—Oye, que has sido tú quien me ha preguntado —contestó mientras ponía el sable en su sitio—. Iba a esperar a esta tarde para contártelo.

—¿Por qué? Ya no soy un niño pequeño, Lisa. Claro que quería a Daisy, pero ni siquiera era mi perra. Además, ya no la veía nunca.

—Pensaba que te llevarías un disgusto —respondió.

—¡Y me lo he llevado! Pero no me voy a echar a llorar, ni nada de eso.

—Vale —dijo asintiendo mientras me miraba.

—¿Qué? —pregunté, impaciente.

—Nada —contestó—. Tienes razón, ya no eres un niño pequeño. —Se quedó mirando la estrella de plástico que aún llevaba pegada al pulgar y, sin mediar palabra, se inclinó hacia delante y me la pegó en la frente—. Deberías llamar a Auggie esta tarde.

—¿Para qué?

—¿Que para qué? —preguntó arqueando las cejas—. Para decirle que sientes mucho lo de Daisy. Para darle el pésame. Es tu mejor amigo.

—Ah, ya —masculié mientras asentía.

—Ah, ya —repitió ella.

—Vale, Lisa. ¡Ya lo pillo!

—Estás hecho un cascarrabias —advirtió cuando ya se iba—. Tienes tres minutos para levantarte, Chris. Voy a abrir el grifo de la ducha.

—¡Cierra la puerta cuando salgas! —grité.

—¡Por favor! —gritó ella desde el pasillo.

—¡Cierra la puerta cuando salgas, POR FAVOR! —protesté.

Cerró dando un portazo.

¡Qué pesada se ponía a veces!

Me despegué la estrella de la frente y me quedé mirándola. Mi madre había pegado esas estrellas en el techo cuando nos mudamos a esta casa. Al principio hizo todo lo que pudo por que me gustase nuestra nueva casa en Bridgeport. Si hasta me prometió que tendríamos un perro cuando ya nos hubiésemos instalado. Pero nunca hemos tenido un perro. Tuvimos un hámster, pero eso no cuenta como perro. Ni siquiera tiene una cuarta parte del tamaño de un perro. Un hámster es como una patata caliente con pelo. A ver…, se mueve, es mono y tal, pero que nadie se lleve a engaño: no es lo mismo que tener un perro. A mi hámster lo llamé Luke, pero nada que ver con Daisy.

¡Pobre Daisy! Me costaba creer que hubiera muerto.

Pero no quería pensar en ella.

Me puse a pensar en todas las cosas que haría por la tarde: ensayaría con el grupo después de clase, estudiaría para el examen de mates del día siguiente, empezaría la reseña del libro que tenía que entregar el viernes, jugaría al *Halo* o a lo mejor me pondría al día con *El Gran Reto*.

Lancé la estrella de plástico y vi cómo cruzaba la habitación dando vueltas hasta aterrizar donde acababa la alfombra, junto a la puerta.

Cuántas cosas que hacer. Iba a ser un día muy largo.

Pero, mientras hacía una lista mental de todas las cosas que tenía que hacer a lo largo del día, sabía que llamar a Auggie no iba a ser una de ellas.

Amistades

No recuerdo en qué momento exacto Zack y Alex dejaron de juntarse con Auggie y conmigo. Creo que fue más o menos cuando empezamos preescolar.

Antes de eso, los cuatro nos veíamos casi a diario. Nuestras madres solían llevarnos a casa de Auggie, ya que muchos días estaba enfermo y no podía salir. No es que sufriese una enfermedad contagiosa ni nada por el estilo, simplemente no podía salir de casa. Pero a nosotros nos gustaba ir. Sus padres habían convertido el sótano en un cuarto de los juguetes gigante. En realidad, aquello era más bien como una tienda de juguetes. Había juegos de mesa, trenes de juguete, hockey de mesa, futbolines y hasta una cama elástica en el jardín. Zack, Alex, Auggie y yo nos pasábamos las horas correteando de aquí para allá, luchando con sables de luz durante todo el día y haciendo carreras con pelotas saltarinas. Si hasta hacíamos guerras de globos. Apilábamos ladrillos de cartón hasta formar montañas gigantescas y hacíamos avalanchas. Nuestras madres nos llamaban los cuatro mosqueteros, ya que todo lo hacíamos juntos. Incluso cuando todas las madres menos Isabel se reincorporaron a sus puestos de trabajo, nuestras canguros siguieron reuniéndonos a diario. Nos llevaban de excursión al zoo del Bronx, o a ver los barcos piratas en el puerto de South Street, o a merendar al parque. Incluso en varias ocasiones pasamos el día entero en Coney Island.

Pero cuando empezamos preescolar, Zack y Alex comenzaron a quedar para jugar con otros niños. No iban al mismo colegio que yo, ya que vivían al otro lado del parque, así que dejamos de verlos con tanta frecuencia. Auggie y yo nos encontramos unas cuantas veces a Zack y a Alex en el parque con sus nuevos amigos e intentamos quedar con ellos en un par de ocasiones, pero, al parecer, a sus nuevos amigos no les caíamos bien. Bueno, eso no es del todo cierto. A sus nuevos amigos no les caía bien Auggie. Lo sé de buena tinta, porque me lo contó el propio Zack. Recuerdo que se lo dije a mi madre y ella me explicó que algunos niños podían «sentirse incómodos» con Auggie por culpa de su aspecto. Esa fue la expresión que utilizó: «sentirse incómodos». Pero no era la misma que habían utilizado Zack y Alex. Ellos habían empleado la palabra «asustarse».

Yo sabía que ni Zack ni Alex se sentían incómodos con Auggie, ni le tenían miedo, y por eso no entendía por qué habían dejado de quedar con nosotros. Quiero decir que yo también había hecho nuevos amigos en mi colegio, pero no había dejado de quedar con Auggie. También es verdad que nunca presenté a Auggie a mis nuevos amigos, porque, bueno, mezclar amigos resulta un poco raro incluso en el mejor de los casos. Supongo que en el fondo yo tampoco quería que nadie se sintiese incómodo ni se asustase al verlo.

Auggie también tenía su propio grupo de amigos. Eran chavales que pertenecían a una organización para niños con «diferencias craneofaciales», que es lo que tiene Auggie. Todos los años, esos niños y sus familias van juntos a Disneylandia o a algún otro sitio por el estilo. A Auggie le encantaba ir a esos viajes. Hacía amigos de todo el país, pero, como no vivían cerca de nosotros, casi nunca quedaba con ellos.

Una vez conocí a uno de sus amigos. Era un niño llamado Hudson. Padecía un síndrome diferente al de Auggie. Tenía los ojos muy separados y algo saltones. Sus padres y él se quedaron un par de días en casa de Auggie mientras estaban en la ciudad reuniéndose con unos médicos del hospital de Auggie. Hudson tenía la misma edad que Auggie y yo. Recuerdo que flipaba con Pokémon.

El caso es que no me lo pasé mal jugando con Auggie y con él aquel día, aunque yo nunca he sido muy fan de Pokémon. Pero luego salimos a cenar todos juntos… y entonces fue cuando la cosa se puso fea. ¡Es increíble lo mucho que nos miraron! Normalmente, cuando salíamos Auggie y yo, todos lo miraban a él y ni siquiera se fijaban en mí. Ya estaba acostumbrado a eso. Pero con Hudson, no sé por qué, la cosa fue mucho peor. Primero miraban a Auggie, luego miraban a Hudson y, automáticamente, me miraban a mí preguntándose qué defecto tendría yo. Un adolescente se quedó mirándome como si estuviese intentando averiguar qué era lo que había fuera de lugar en mi cara. Fue tan desagradable que me entraron ganas de gritar. Me moría de ganas de volver a casa.

Al día siguiente, como sabía que Hudson aún estaba en casa de Auggie, le pregunté a Lourdes si al salir de clase podría ir a jugar a casa de Zack en lugar de ir a casa de Auggie. No es que me cayera mal Hudson, todo lo contrario. Pero a mí no me iba el rollo Pokémon y, sobre todo, no quería que nadie se me quedase mirando si salíamos a algún sitio.

Aquel día me lo pasé genial en casa de Zack. Alex también fue y los tres jugamos al cuatro por cuatro delante del porche. Fue como en los viejos tiempos…, de no haber sido porque Auggie no estaba. Pero fue agradable. Nadie se nos quedó mirando. Nadie se sintió incómodo.

Nadie se asustó. Quedar con Zack y Alex era fácil. Entonces comprendí por qué ya nunca quedaban con nosotros. A veces, ser amigo de Auggie podía resultar difícil.

Menos mal que Auggie no me preguntó por qué no había ido ese día a su casa. No sabéis cuánto me alegro de que no lo hiciera. No habría sabido cómo decirle que, a veces, a mí también me resultaba difícil ser su amigo.

Las 8.26 h

No sé por qué, pero me resulta casi imposible llegar a tiempo a clase. De verdad que no sé por qué. Todos los días, la misma historia. Suena la alarma y yo sigo durmiendo. Luego me despierta mi madre o mi padre. Da igual que me duche o que no me duche, que desayune a lo grande o que me coma una Pop-Tart, el caso es que antes de irnos todo es un caos, con mi madre o mi padre gritándome que me dé prisa y coja el abrigo o que me ate los cordones de los zapatos. Incluso en las contadas ocasiones en que al salir por la puerta vamos bien de tiempo, siempre se me olvida algo, así que al final nos toca volver. Unas veces se me olvida la carpeta de los deberes, otras el trombón. No sé por qué, de verdad que no lo sé. El caso es que es así. Tanto si me quedo a dormir en casa de mi madre como si me quedo en casa de mi padre, siempre llego tarde.

Ese día me di una ducha rápida, me vestí a toda prisa, engullí una Pop-Tart y conseguí salir por la puerta bien de tiempo. Hasta que recorrimos los quince minutos que se tarda en llegar en coche al cole y aparcamos no me di cuenta de que se me habían olvidado el trabajo de ciencias, los pantalones cortos para la clase de gimnasia y el trombón. Creo que batí un nuevo récord en olvidar cosas.

—Estás de broma, ¿no? —espetó mi madre cuando se lo conté, mirándome por el retrovisor.

—¡No! —contesté, y me mordí las uñas, muy nervioso—. ¿Podemos volver?

—¡Chris, ya llegas tarde! Con lo que está lloviendo, tardaremos cuarenta minutos en ir y volver. No. Ve a clase y te escribiré un justificante o lo que sea.

—¡No puedo ir sin el trabajo de ciencias! —protesté—. ¡Tengo ciencias a primera hora!

—Haberlo pensado antes de salir de casa esta mañana —repuso—. Venga, bájate o aún llegarás tarde. ¡Si hasta los autobuses escolares se van ya! —añadió señalando a los autobuses escolares, que estaban empezando a salir del aparcamiento.

—¡Lisa! —exclamé, presa del pánico.

—¿Qué, Chris? —me soltó—. ¿Qué quieres que haga? ¡No puedo teletransportarme!

—¿No puedes volver a casa y traérmelo?

Se pasó la mano por el pelo, mojado por la lluvia.

—¿Cuántas veces tengo que decirte que metas las cosas en la mochila por la noche para que no se te olvide nada?

—¡Lisa!

—Está bien —cedió—. Ve a clase y yo te traeré tus cosas. Vete ya, Chris.

—¡Pero tienes que darte prisa!

—¡Vete! —Se giró y me miró como a veces me mira, con los ojos a punto de salírsele de las órbitas, tanto que parece un Angry Bird—. ¡Baja del coche y ve a clase!

—¡Vale! —contesté. Salí rápidamente del coche. Había empezado a llover con más fuerza y, claro está, no llevaba paraguas.

Mi madre bajó la ventanilla del lado del conductor.

—¡Ten cuidado y camina por la acera!

—¡El trombón, el trabajo de ciencias y los pantalones cortos! —le recordé contando con los dedos.

—Mira por dónde vas. —Asintió—. ¡Esto es un aparcamiento, Chris!

—¡La señora Kastor me bajará medio punto de la nota si no entrego el trabajo al final de la clase! ¡Tienes que volver antes de que termine la clase!

—Ya lo sé, Chris —se apresuró a contestar—. Ve por la acera, cielo.

—¡Trombón, trabajo de ciencias y pantalones cortos! —repetí caminando hacia atrás en dirección a la acera.

—¡Mira por dónde vas, Chris! —gritó justo cuando una bici tuvo que virar bruscamente para no atropellarme.

—¡Perdón! —le dije al ciclista, que llevaba un bebé en el portabebés delantero de la bici. El tipo negó con la cabeza y se alejó pedaleando.

—¡Chris, tienes que mirar por dónde vas! —chilló mi madre.

—¿Quieres dejar de gritar? —grité yo.

Mi madre respiró hondo y se masajeó la frente.

—Ve. Por. La. Acera. POR FAVOR. —Esto último lo dijo apretando los dientes.

Me di media vuelta, miré a ambos lados exagerando el gesto y crucé el aparcamiento hasta llegar al camino que llevaba a la entrada del colegio. El último autobús escolar estaba saliendo del aparcamiento.

—¿Ya estás contenta? —pregunté al llegar a la acera.

La oí suspirar a cinco metros de distancia.

—Dejaré tus cosas en el mostrador de la secretaría —contestó mientras arrancaba el coche. Miró hacia atrás y salió muy despacio del aparcamiento dando marcha atrás—. Adiós, cielo. Que pases un buen…

—¡Espera! —grité, y eché a correr hacia el coche en marcha.

El coche se detuvo con un chirrido de frenos.

—¡Chris!

—Olvidaba la mochila —dije, y abrí la puerta del coche para coger la bolsa, que me había dejado en el asiento de atrás. Con el rabillo del ojo vi que mi madre sacudía la cabeza en señal de desaprobación.

Cerré la puerta, miré otra vez a ambos lados exagerando el gesto para que quedase superclaro que estaba mirando y eché a correr hacia la acera. Había empezado a llover a cántaros, así que me cubrí la cabeza con la capucha.

—¡Trombón! ¡Trabajo de ciencias! ¡Pantalones cortos! —grité sin girarme para mirarla y me puse a correr por la acera hacia la entrada del colegio.

—¡Te quiero! —la oí gritar.

—¡Adiós, Lisa!

Entré justo antes de que sonase el timbre.

Las 9.14 h

Me pasé toda la clase de ciencias mirando el reloj. Cuando faltaban unos diez minutos para que sonase el timbre, pedí permiso para ir al baño. Fui corriendo a la secretaría y le pedí a la señora Denis, la simpática viejecita del mostrador, las cosas que me había dejado mi madre.

—Lo siento, Christopher —se disculpó—. Tu madre no te ha dejado nada.

—¿Cómo?

—¿Tenía que venir a alguna hora en concreto? —preguntó mirándose el reloj—. Llevo toda la mañana aquí. Estoy segura de que no ha venido.

Debió de ver que mi cara era un poema, porque me hizo un gesto con la mano para que pasase al otro lado del mostrador y señaló el teléfono.

—¿Por qué no la llamas, querido?

La llamé al móvil y me saltó el buzón de voz.

—Hola, mamá. Soy yo y… eh… no has venido y son las… —Miré el enorme reloj de la pared—. Son las nueve y catorce. Si no apareces en los próximos diez minutos, soy hombre muerto, así que… eso. Muchas gracias, Lisa.

Y colgué.

—Seguro que llega en cualquier momento —me animó la señora Denis—. Hay mucho tráfico en la autovía por culpa de las obras. Y ahora mismo está diluviando…

—Ya —contesté mientras asentía, y volví a clase.

Al principio pensé que a lo mejor tendría suerte. La señora Kastor no mencionó el trabajo durante toda la clase. Entonces, justo cuando sonaba el timbre, nos recordó que teníamos que dejar los trabajos de ciencias sobre su mesa antes de salir.

Esperé a que todos se marchasen y me acerqué a ella, que estaba junto a la pizarra.

—Eh… Señora Kastor…

—¿Sí, Christopher?

—Sí… Eh… Lo siento, pero ¿esta mañana me he dejado el trabajo de ciencias en casa? —Ella siguió borrando la pizarra—. Mi madre me lo iba a traer al colegio, pero ¿con la lluvia, la habrá pillado algún atasco?

No sé por qué, pero cuando hablo con algún profesor y me pongo un poco nervioso, subo la entonación al final de cada frase, como si estuviese formulando una pregunta.

—Es la cuarta vez este semestre que se te olvida traer un trabajo, Christopher.

—Ya lo sé —contesté. Me encogí de hombros y sonreí—. ¡Aunque lo que no sabía era que usted también lo sabía! Ja.

Ni siquiera esbozó una sonrisa con mi intento de hacerme el gracioso.

—Quiero decir que no sabía que usted llevara la cuenta… —mascullé, pero no acabé la frase.

—Es medio punto menos, Chris.

—¿Aunque se lo traiga en la próxima hora? —pregunté, a sabiendas de que empezaba a sonar quejumbroso.

—Las normas son las normas.

—Qué injusticia —murmuré entre dientes, negando con la cabeza.

Sonó el segundo timbre y salí corriendo hacia la siguiente clase sin darle tiempo a responder.

Las 10.05 h

El señor Wren, mi profesor de música, se enfadó conmigo por haberme olvidado el trombón, tanto como la señora Kastor por haber olvidado el trabajo de ciencias. Para empezar, le había dicho al señor Wren que Katie McAnn, la primera trombonista, podía llevarse mi trombón a casa para ensayar su solo del concierto de primavera del miércoles por la noche. A Katie le estaban arreglando el trombón y el único trombón disponible, aparte del mío, estaba tan destrozado que ni siquiera podías deslizar la vara más allá de la cuarta posición. Así que el señor Wren no fue el único en enfadarse. Katie también se enfadó. Y Katie es la típica chica que bajo ninguna circunstancia deseas que se enfade contigo. Nos saca un palmo a todos y sabe asustar con la mirada a la gente con la que se enfada.

Le dije a Katie que mi madre iba a llegar de un momento a otro con mi trombón, así que al principio me libré de que me mirara mal. El señor Wren le prestó el trombón abollado para que lo tocase durante la clase y no tuviese que quedarse de brazos cruzados. Cuando a uno de nosotros se nos olvida el instrumento, el señor Wren nos hace sentarnos en silencio a un lado para ver cómo ensaya la orquesta. No nos permite leer ni hacer los deberes. Tenemos que sentarnos y escuchar cómo ensaya la orquesta. Desde luego, no es la experiencia más emocionante del mundo. Como no quedaba ningún trombón libre, tuve que quedarme sin tocar.

Durante el descanso, fui corriendo a recepción para recoger las cosas que mi madre ya debería haberme dejado, pero seguía sin aparecer.

—Seguro que habrá encontrado algún atasco —me consoló la señora Denis.

Negué con la cabeza.

—No, creo que ya sé lo que ha pasado —contesté, malhumorado.

Se me había ocurrido mientras veía ensayar a la banda.

Isabel.

¡Pues claro! Daisy acababa de morir. Algo más debía de haber pasado. Puede que algo relacionado con Auggie. Isabel habría llamado a mi madre. Y mi madre, como siempre, habría dejado lo que quiera que estuviese haciendo en ese momento para ir a echarles una mano a los Pullman.

Seguramente debía de estar en casa de los Pullman en aquel momento. Seguro que iba de camino al colegio con mi trombón, mi trabajo de ciencias y mis pantalones cortos en el asiento de atrás del coche cuando la había llamado Isabel y, ¡zas!, mi madre se había olvidado de mí por completo. ¡Pues claro que era eso lo que había pasado! A decir verdad, no sería la primera vez.

—¿Quieres volver a llamarla? —preguntó la señora Denis amablemente, ofreciéndome el teléfono.

—No, gracias —murmuré.

Katie se me acercó cuando volví a clase de música.

—¿Y el trombón? —preguntó. Sus cejas casi se tocaban en mitad de la frente—. ¡Has dicho que tu madre te lo iba a traer!

—¿La habrá pillado un atasco? —repuse a modo de disculpa—. ¿Lo traerá cuando venga a recogerme al salir de clase? —Supongo que Katie me ponía tan nervioso como los profesores—. ¿Nos vemos después de clase, a las cinco y media?

—¿Por qué iba a querer esperar hasta las cinco y media? —preguntó, y chasqueó la lengua. Me miró igual que cuando vacié por error mi válvula de desagüe en su vaso de cartón hace unas cuantas semanas—. ¡Genial! ¡Gracias, Chris! Ahora sí que voy a pifiarla con mi solo en el concierto de primavera. ¡Y va a ser culpa tuya y de nadie más!

—¿No es culpa mía? —pregunté—. ¿Se suponía que mi madre iba a traerme mis cosas?

—Eres… imbécil —murmuró.

—Eso lo serás tú —fue mi brillante respuesta.

—Tienes orejas de soplillo —espetó a su vez. Apretó los puños y se alejó con los brazos pegados a ambos lados del cuerpo.

—¡Uf! —contesté, y puse los ojos en blanco.

Para que lo viese toda la clase, me dirigió la mirada más asesina que uno pueda imaginarse por encima de su atril. Si las miradas matasen, Katie McAnn sería una asesina en serie.

Todo aquello podría habérmelo ahorrado si mi madre no me hubiese dejado en la estacada. Estaba muy enfadado con ella. Por la noche se iba a enterar. Ya podía imaginármelo, cuando me recogiese al salir de clase y me dijese: «¡Lo siento mucho, cielo! He tenido que ir a casa de los Pullman porque necesitaban ayuda con blablablá, blablablá, blablablá». Yo le contestaría: «Blablablá, blablablá, blablablá». Y ella diría: «Vamos, cielo, ya sabes que a veces necesitan nuestra ayuda». «¡Blablablá, blablablá, blablablá!»

El espacio

Cuando Auggie cumplió cinco años, alguien le regaló un casco de astronauta. No recuerdo quién. Pero Auggie empezó a llevarlo puesto a todas horas. A todas partes. Todos los días. Sé que la gente pensaba que era porque quería taparse la cara... y puede que en parte fuese esa la razón. Pero creo que era más bien porque a Auggie le encantaba el espacio exterior. Las estrellas y los planetas. Los agujeros negros. Cualquier cosa relacionada con las misiones Apolo. Empezó a decirle a todo el mundo que de mayor sería astronauta. Al principio, yo no entendía por qué estaba tan obsesionado con el tema. Pero un fin de semana nuestras madres nos llevaron al planetario del Museo de Historia Natural, y entonces fue cuando yo también empecé a flipar con el tema. Fue el comienzo de lo que denominamos nuestra fase espacial.

Para entonces, Auggie y yo ya habíamos pasado por un montón de fases relacionadas con nuestras aficiones: animales de peluche, robots, dinosaurios, ninjas, Power Rangers (aunque me avergüence reconocerlo). Pero, hasta entonces, ninguna había sido tan duradera e intensa como nuestra fase espacial. Veíamos todos los DVD que tratasen del universo y vídeos del espacio, leíamos libros ilustrados sobre la Vía Láctea, hacíamos sistemas solares en 3-D, construíamos maquetas de cohetes. Pasábamos el tiempo jugando a que íbamos de misión al espacio profundo o que aterrizábamos en Plutón. Ese planeta se convirtió en nuestro destino favorito. Plutón era nuestro Tatooine.

Al acercarse mi sexto cumpleaños, seguíamos inmersos en nuestra fase espacial, así que mis padres decidieron celebrarlo en el planetario. Auggie y yo estábamos muy emocionados. Acababan de estrenar el nuevo espectáculo espacial y nosotros aún no lo habíamos visto. Invité a toda la clase de primero. Y a Zack y a Alex, claro. Si hasta invité a Via, pero no pudo ir porque tenía que ir a otra fiesta de cumpleaños ese mismo día.

Pero la mañana del día de mi cumpleaños Isabel llamó a mi madre y le dijo que Nate y ella tenían que llevar a Auggie al hospital. Se había despertado con mucha fiebre y tenía los párpados hinchados y cerrados. Unos días antes se había sometido a una operación «menor» para corregir una operación anterior que haría que los párpados inferiores no le colgasen tanto, pero se le había infectado algo. Auggie no podía ir a la fiesta de mi sexto cumpleaños porque tenía que ir al hospital.

¡Me fastidió un montón! Pero aún me fastidió más cuando mi madre me dijo que Isabel le había preguntado si podía dejar a Via en la otra fiesta de cumpleaños antes de ir a la mía.

Antes de consultarlo conmigo, mi madre ya había soltado: «Sí, faltaría más, cualquier cosa que podamos hacer para echaros una mano», aunque eso supusiese acabar llegando tarde a mi fiesta de cumpleaños.

—¿Y por qué no lleva Nate a Via a la otra fiesta? —le pregunté a mi madre.

—Porque Isabel y él tienen que llevar a Auggie al hospital —contestó mi madre—. No es para tanto, Chris. Llevaré a Via en taxi y luego cogeré el metro.

—¿Es que a Via no puede llevarla nadie más? ¿Por qué tienes que ser tú?

—¡Isabel no tiene tiempo para ponerse a llamar a otras madres, Chris! Si no llevamos a Via, tendrá que irse con ellos al hospital. La pobre Via siempre está perdiéndose.

—¡Mamá! —la interrumpí—. ¡Via me da igual! ¡No quiero que llegues tarde a mi fiesta de cumpleaños!

—¿Qué quieres que te diga, Chris? —contestó mi madre—. Son nuestros amigos. Isabel es mi mejor amiga, igual que Auggie es tu mejor amigo. Cuando los buenos amigos nos necesitan, hacemos todo lo posible para echarles una mano, ¿de acuerdo? No podemos ser amigos solo cuando nos conviene. ¡Por los buenos amigos vale la pena hacer un esfuerzo adicional!

Como no dije nada, me dio un beso en la mano.

—Te prometo que solo me retrasaré unos minutos —murmuró.

Pero no se retrasó solo unos minutos. Al final, llegó más de una hora tarde.

—Lo siento mucho, cielo. La línea A del metro estaba fuera de servicio… y no había taxis por ninguna parte. Lo siento mucho.

Sabía que se sentía fatal, pero yo estaba muy enfadado. Recuerdo que hasta papá estaba algo molesto.

Llegó tan tarde que incluso se perdió el espectáculo espacial.

Las 15.50 h

El resto del día acabó siendo tan horrible como las primeras horas. Tuve que quedarme sin hacer gimnasia, porque no llevaba los pantalones cortos y no tenía otros de repuesto en la taquilla. Todos los que compartían mesa con Katie McAnn se pasaron la comida dirigiéndome miradas asesinas. Ni siquiera recuerdo las otras clases. Menos mates, que fue la última clase del día. Sabía que al día siguiente teníamos un examen importante de mates, para el que no había estudiado durante el fin de semana, como tendría que haber hecho. Pero hasta que la señora Medina no empezó a repasar el temario que saldría en el examen, no me di cuenta de que tenía un problema grave. No entendía qué narices estábamos haciendo. Lo digo en serio: era como si la señora Medina se hubiese puesto a hablar de repente en un idioma que entendía toda la clase menos yo. «Blablablí y blablablá del cociente. Que si patatín que si patatán del divisor.» Cuando acabó la clase, se ofreció a quedarse con quien necesitase ayuda con la materia. «Eh… creo que yo, gracias.» Pero tenía ensayo con el grupo, así que no podía quedarme.

Al acabar la clase fui corriendo al auditorio. El grupo de rock extraescolar se reunía los lunes y los martes por la tarde. Solo hacía unos meses que me había apuntado, al empezar el segundo semestre, pero me gustaba mucho. Había estado yendo a clases de guitarra desde el verano anterior, y mi padre, que toca muy bien la guitarra, me había estado enseñando un montón de punteos guays. Cuando Papá Noel me trajo una guitarra eléctrica por Navidad, pensé que ya estaba listo para unirme al grupo de rock extraescolar. Al principio estaba un poco nervioso. Sabía que los tres chicos que ya estaban en el grupo eran muy buenos músicos, pero luego me enteré de que había un alumno de cuarto llamado John que también iba a unirse al grupo en el segundo semestre, así que no sería el único nuevo. John también tocaba la guitarra. Llevaba unas gafas como las de John Lennon.

Los otros tres chicos del grupo eran Ennio, que tocaba la batería y estaba considerado un genio, Harry a la guitarra solista y Elijah al bajo. Elijah también era el cantante y podría decirse que era el líder del grupo. Los tres iban a sexto. Llevaban en el grupo desde que estaban en cuarto, así que estaban bastante unidos.

No podía decirse que les hiciera mucha ilusión que John y yo nos uniéramos al grupo. No es que no fueran simpáticos, pero tampoco podía decirse que fueran supersimpáticos. Nos trataban como si no tuviéramos la misma categoría que ellos dentro del grupo. Estaba claro que pensaban que no tocábamos tan bien como ellos..., y, en honor a la verdad, no tocábamos tan bien como ellos, pero intentábamos mejorar por todos los medios.

—Señor B —dijo Elijah cuando todos habíamos improvisado un rato por nuestra cuenta—, hemos pensado que queremos tocar «Seven Nation Army» en el concierto de primavera del miércoles.

El señor Bowles era el profesor de la actividad extraescolar del grupo de rock. Tenía el pelo gris, que llevaba recogido en una coleta, y había sido miembro de un grupo famoso de folk rock de los ochenta que mi padre ni siquiera conocía de oídas. Pero el señor Bowles era muy simpático y siempre intentaba que los otros chicos contasen con John y conmigo. Eso, claro está, hizo que a los otros chicos les cayésemos aún peor. Y también hizo que le cogiesen mucha manía al señor Bowles. Se burlaban de cómo hablaba a veces con los ojos cerrados. Se burlaban de su coleta y de sus gustos musicales.

—¿«Seven Nation Army»? —repitió el señor Bowles, como si le impresionase la elección de aquella canción—. Es una canción increíble, Elijah.

—¿Esa también es de Europe? —preguntó John, ya que unas semanas antes todos nos habíamos puesto de acuerdo, después de mucho discutir, en tocar «The Final Countdown», de Europe, en el concierto de primavera.

Elijah soltó una risita y puso mala cara.

—Tío —contestó sin mirarnos ni a John ni a mí—, es de los White Stripes.

—No me suenan de nada —dijo John animadamente, y yo deseé que no lo hubiese hecho.

La verdad es que a mí tampoco me sonaban de nada, pero sabía que lo mejor era hacer como que los conocía…, al menos hasta que pudiese llegar a casa por la noche y bajarme la canción. A John no se le daban demasiado bien las relaciones sociales que se crean dentro de un grupo de rock. Hay que entender muy bien la dinámica de grupos. Tienes que limitarte a asentir y seguirles el rollo si quieres sentirte integrado. Claro que a John no se le daba especialmente bien eso de integrarse.

Elijah se echó a reír y se dio media vuelta para afinar el bajo.

John me miró por encima de sus gafitas redondas y me puso cara de «¿Es cosa mía o están locos?».

Me encogí de hombros por toda respuesta.

John y yo nos habíamos convertido en un grupito aparte dentro de aquel grupo. Nos juntábamos en los descansos y contábamos chistes, sobre todo porque los otros tres chicos se juntaban y contaban sus propios chistes. Todos los jueves, al salir de clase, iba a casa de John y ensayábamos juntos, o escuchábamos clásicos del rock para que pareciese que sabíamos tanto de rock como los demás. Luego proponíamos canciones para tocarlas. Hasta el momento, habíamos propuesto «Yellow Submarine» y «Eye of the Tiger», pero Elijah, Harry y Ennio las habían rechazado.

Pero no pasaba nada, porque a mí me gustaba mucho el tema que había propuesto el señor Bowles, «The Final Countdown». «It's the final countdown!»

—No sé, chicos —dijo el señor Bowles—, no creo que vaya a daros tiempo entre hoy y el miércoles para aprenderos una nueva canción. ¿Y si nos limitamos a «The Final Countdown»?

Tocó los primeros acordes de la canción en el teclado y John rápidamente se puso a mover la cabeza al compás.

Luego Elijah se puso a tocar un riff con el bajo, que resultó ser el comienzo de «Seven Nation Army». Como si alguien les hubiese hecho una señal, Harry y Ennio también se pusieron a tocar. Estaba claro que habían ensayado la canción un montón de veces. Tengo que reconocer que sonaban de maravilla.

En algún momento del segundo estribillo, el señor Bowles levantó la mano para indicarles que dejasen de tocar.

—Muy bien, chicos —dijo mientras asentía—. La tocáis increíblemente bien. Elijah, el bajo suena alucinante. Pero todos tenéis que poder tocar la canción para el concierto de primavera, ¿estamos? Estos dos chicos también tienen derecho a una oportunidad para aprenderse la canción —añadió señalándonos a John y a mí.

—¡Pero si son unos acordes facilísimos! —exclamó Elijah—. ¡Como do y sol! Si, re. Os sabéis el re, ¿no? —Nos miró como si fuéramos una especie alienígena—. ¿De verdad que no sabéis hacerlo?

—Yo sí que sé —me apresuré a contestar mientras formaba los acordes con los dedos.

—¡A mí no me gusta nada el acorde de si! —se quejó John.

—¡Si es muy fácil! —respondió Elijah.

—Pero ¿qué pasa con «The Final Countdown»? —protestó John—. ¡Llevo varias semanas ensayándola!

Se puso a tocar la parte del principio, la que el señor B acababa de tocar, pero la verdad es que no sonó igual de bien.

—¡Chaval, eso ha estado genial! —exclamó el señor B chocándole esos cinco a John.

Vi que Elijah le sonreía a Harry, que miró al suelo como intentando no reírse.

—Chicos, tenemos que ser justos —le dijo el señor B a Elijah.

—Lo que pasa es que solo podemos tocar una canción en el concierto de primavera, y queremos que sea «Seven Nation Army» —contestó Elijah—. Aprobado por mayoría.

—¡Pero eso no es lo que dijimos que íbamos a tocar! —gritó John—. No me parece justo que estuvieseis de acuerdo en tocar «The Final Countdown» y que Chris y yo hayamos pasado un montón de tiempo intentando aprendérnosla.

Tengo que reconocer que John tuvo muchas agallas plantándole cara a un tío de sexto.

—Lo siento, colega —respondió Elijah toqueteando su amplificador, pero no parecía sentirlo en absoluto.

—Vamos a solucionar este tema, chicos —dijo el señor B con los ojos cerrados.

—¿Señor B? —preguntó Ennio, levantando la mano como si estuviese en clase—. Este va a ser nuestro último concierto de primavera antes de que los tres nos graduemos —añadió señalando a Harry, a Elijah y a sí mismo con la baqueta.

—¡Sí, el curso que viene iremos al instituto! —exclamó Elijah.

—Queremos tocar una canción con la que nos sintamos identificados —concluyó Ennio—. «The Final Countdown» no nos representa musicalmente.

—¡Eso no es justo! —exclamó John—. ¡Este es un grupo de rock extraescolar, no vuestro grupo privado! ¡No podéis hacer eso!

—¡Tío, vosotros podréis tocar lo que queráis el curso que viene! —contestó Elijah. Tenía cara de estar deseando quitarle las gafas a John y tirarlas al suelo—. Por mí, como si tocáis «Puff the Magic Dragon».

Eso hizo reír a los demás.

El señor Bowles abrió por fin los ojos.

—Está bien, chicos. Basta ya —dijo levantando las manos—. Esto es lo que vamos a hacer: veamos qué tal se os da a vosotros dos aprenderos «Seven Nation Army» entre hoy y mañana —añadió señalándonos a John y a mí—. Hoy la ensayaremos un poco. También puliremos «The Final Countdown». Mañana veremos cuál de las dos canciones suena mejor. Pero seré yo quien decida qué canción tocamos, ¿de acuerdo? ¿Os parece bien?

John, entusiasmado, asintió, pero Elijah puso los ojos en blanco.

—Vamos a empezar con «The Final Countdown» —dijo el señor Bowles, y dio dos palmadas—. Desde el principio. Vamos, chicos, «The Final Countdown». Desde el principio. ¡Ennio, despierta! ¡Harry! ¡Elijah, empiezas tú! A la de cuatro. Uno, dos, tres...

Tocamos la canción. Aunque Elijah y los otros chicos no estaban por la labor, la clavaron. De hecho, creo que juntos sonamos increíblemente bien.

—¡Nos ha quedado alucinante! —exclamó John al terminar. Levantó la mano para chocarme esos cinco, y lo hice, aunque un poco a regañadientes.

—Lo que tú digas —contestó Elijah apartándose el pelo de la cara.

Nos pasamos el resto de la clase ensayando «Seven Nation Army», pero fue un completo fracaso: John no paró de cometer errores y de pedir que volviésemos a empezar.

—¡Habéis tocado de miedo! —exclamó la madre de John, que acababa de entrar en la sala de ensayo e intentaba aplaudir con el paraguas mojado en la mano.

El señor B miró su reloj.

—¡Eh! ¿Son las cinco y media? ¡Ay, madre! Chicos, esta noche tengo concierto. Tenemos que dejarlo por hoy. Vámonos. Todo al armario.

Me puse a guardar la guitarra en su estuche.

—¡Dadle caña, chicos! —nos apremió el señor B mientras guardaba los micros.

Todos nos dimos prisa y guardamos los instrumentos en el armario.

—¡Hasta mañana, señor B! —exclamó John, que fue el primero en estar listo para marcharse—. Adiós, Elijah. Adiós, Ennio. Adiós, Harry —añadió despidiéndose de ellos con la mano—. ¡Hasta mañana!

Los tres se miraron entre sí, y se despidieron de él con un gesto de cabeza.

—¡Adiós, Chris! —casi gritó John desde la puerta.

—Adiós —murmuré. Me caía bien el chaval, de verdad que sí. En su relación conmigo era un tío increíble, pero socialmente podía llegar a ser un negado. Era como ser amigo de Bob Esponja.

Cuando John y su madre se marcharon, Elijah se acercó al señor Bowles, que estaba enrollando los cables de los micros.

—Señor B —dijo muy educadamente—, por favor, ¿podemos tocar «Seven Nation Army» el miércoles por la noche?

En ese momento llegó la madre de Ennio para recogerlos a los tres.

—Ya veremos mañana, chaval —contestó el señor Bowles distraídamente, mientras guardaba lo que quedaba del equipo en el armario.

—Ya. Seguro que va a elegir «The Final Countdown» —replicó Elijah, y luego salió por la puerta.

—Adiós, chicos —les dije a Harry y a Ennio, que salieron justo después de Elijah.

—Adiós, tío —me contestaron a coro.

El señor B cerró el armario con llave y me miró, sorprendido de que aún estuviese allí.

—¿Y tu madre?

—Se habrá retrasado.

—¿No tienes móvil?

Asentí, rebusqué en la mochila hasta que encontré el móvil y lo encendí. No había ni mensajes de texto ni llamadas perdidas de mi madre.

—¡Llámala! —me apremió al cabo de unos minutos—. Tengo que irme, chico.

Las 17.48 h

Justo cuando iba a llamar por teléfono, mi padre tocó a la puerta de la sala donde ensayaba el grupo. Menuda sorpresa me llevé. Era la primera vez que me recogía del colegio un lunes.

—¡Papá! —exclamé.

Me sonrió y entró.

—Perdón por el retraso —se disculpó sacudiendo el paraguas.

—Este es el señor Bowles —le presenté.

—Encantado de conocerlo —se apresuró a contestar el señor B mientras salía por la puerta—. Lo siento, pero no puedo quedarme a charlar. ¡Su hijo es un buen chico! —añadió, y se fue—. ¡No te olvides de cerrar la puerta con llave cuando salgas, Chris! —gritó un segundo después desde el pasillo.

—¡Vale! —contesté lo bastante alto para que me oyese.

Luego me volví hacia mi padre.

—¿Qué haces tú aquí?

—Mamá me ha pedido que viniera a buscarte —contestó mientras cogía mi mochila.

—A ver si lo adivino —dije con ironía al ponerme la chaqueta—. Está en casa de Auggie, ¿no?

Papá puso cara de sorpresa.

—No —contestó—. No pasa nada, Chris. Ponte la capucha, está lloviendo mucho —dijo mientras salíamos por la puerta.

—Entonces ¿dónde está? ¿Por qué no me ha traído mis cosas? —pregunté, enfadado.

Mi padre me apoyó la mano en el hombro mientras caminábamos.

—No quiero preocuparte, pero mamá ha tenido un pequeño accidente de tráfico.

Tuve que pararme.

—¿Cómo?

—Está perfectamente —me tranquilizó apretándome el hombro—. No tienes de qué preocuparte, te lo prometo. —Me hizo un gesto para que siguiese andando.

—¿Y dónde está? —pregunté.

—Sigue en el hospital.

—¿En el hospital? —grité parándome de nuevo.

—Está bien, Chris. Te lo prometo —contestó, y me agarró del codo para tirar de mí—. Pero se ha roto la pierna. Lleva una buena escayola.

—¿En serio?

—Sí. —Abrió la puerta que daba a la calle y la sujetó para que yo saliese mientras abría el paraguas—. Ponte la capucha, Chris.

Me cubrí la cabeza con la capucha y echamos a correr por el aparcamiento. Estaba diluviando.

—¿La ha atropellado un coche?

—No, iba conduciendo —contestó—. Al parecer, la lluvia ha hecho que se inundase la carretera y un camión de obra se ha salido de la carretera y mamá ha dado un volantazo para no chocar con él, pero entonces ha chocado de refilón con el coche que circulaba por el carril izquierdo. A la mujer del otro coche tampoco le ha pasado nada. Mamá está bien y su pierna también se pondrá bien. Gracias a Dios, a nadie le ha pasado nada grave.

Nos detuvimos ante un coche rojo que no había visto nunca.

—¿Es nuevo? —pregunté, perplejo.

—Es de alquiler —se apresuró a contestar—. El coche de mamá ha quedado destrozado. Vamos, sube.

Me senté en el asiento de atrás. Llevaba las zapatillas empapadas.

—¿Y tu coche?

—He ido al hospital directamente desde la parada de metro.

—Deberíamos denunciar al conductor del camión —mascullé mientras me ponía el cinturón.

—No creo que haya tenido la culpa de nada —murmuró cuando salíamos del aparcamiento.

—¿Cuándo ha sido? —pregunté.

—Esta mañana.

—¿A qué hora?

—No lo sé. ¿Sobre las nueve? Acababa de llegar al trabajo cuando me han llamado del hospital.

—Espera. ¿La persona que te ha llamado sabía que mamá y tú os estáis divorciando?

Me miró por el retrovisor.

—Chris, tu madre y yo siempre nos tendremos para ayudarnos el uno al otro, eso ya lo sabes.

—Ya —contesté encogiéndome de hombros.

Miré por la ventana. El sol ya se había puesto, pero las farolas aún no se habían encendido. La lluvia hacía que el asfalto tuviese un aspecto negro y reluciente. En los charcos de la carretera se veían los reflejos de las luces rojas y blancas de los coches.

Me imaginé a mi madre conduciendo bajo la lluvia por la mañana. ¿Habría tenido el accidente justo después de dejarme o cuando estaba volviendo al colegio con mis cosas?

—¿Por qué pensabas que había ido a casa de Auggie? —preguntó mi padre.

—No sé —contesté sin dejar de mirar por la ventana—. Porque Daisy ha muerto y pensaba que a lo mejor...

—¿Daisy ha muerto? Vaya, no lo sabía. ¿Cuándo ha sido?

—La sacrificaron anoche.

—¿Estaba enferma?

—¡Papá, no conozco los detalles!

—¡Está bien, no me pegues la bronca!

—Es que... ¡tendrías que haberme avisado antes de lo del accidente! Alguien tendría que habérmelo dicho.

Mi padre volvió a mirarme por el retrovisor.

—No hacía falta asustarte, Chris. Todo estaba controlado. De todos modos, no habrías podido hacer nada.

—¡Me he pasado la mañana esperando a que mamá volviese con mis cosas! —grité cruzándome de brazos.

—Ha sido un día de locos, Chris —repuso mi padre—. Me he pasado el día liado con partes de accidente, formularios de seguros, el alquiler del coche, yendo y viniendo del hospital.

—Podría haberte acompañado al hospital.

—Has tenido suerte —dijo tamborileando los dedos sobre el volante—. Porque es justo a donde vamos ahora.

—Espera, ¿vamos al hospital? —pregunté.

—A mamá acaban de darle el alta, así que vamos a recogerla. —Volvió a mirarme por el retrovisor, pero yo aparté la vista—. ¿A que es genial?

—Sí.

Guardamos silencio durante unos minutos. Llovía a cántaros. Papá activó los limpiaparabrisas para que fuesen más rápido. Apoyé la cabeza en la ventana.

—El día de hoy ha sido una mierda —masculló en voz baja. Empañé el cristal de la ventanilla con el aliento y dibujé una cara triste con el dedo.

—¿Estás bien, Chris?

—Sí —murmuré—. Lo que pasa es que no me gustan los hospitales.

La visita al hospital

La primera y única vez que había estado en un hospital había sido para visitar a Auggie cuando teníamos unos seis años. A Auggie ya lo habían operado un montón de veces, pero aquella fue la primera vez que mi madre pensó que ya era lo bastante mayor para hacerle una visita.

Lo habían operado para quitarle el «ojal» del cuello. Así era como se refería él a su tubo traqueal, una cosita de plástico que llevaba metida en el cuello por debajo de la nuez. Aquel «ojal» era lo que los médicos le habían introducido a Auggie al nacer para que pudiera respirar. Los médicos se lo iban a quitar porque estaban seguros de que Auggie podría respirar solo.

Auggie estaba muy emocionado con la operación. No le gustaba nada aquel ojal. Y cuando digo que no le gustaba nada, quiero decir que no le gustaba nada de nada. No le gustaba que se notase tanto, ya que no le dejaban que se lo tapase. No le gustaba que por su culpa no pudiese bañarse en una piscina. Y, sobre todo, no le gustaba que a veces se taponase sin motivo aparente y empezase a toser como si se estuviese ahogando, como si no pudiese respirar. Entonces, Isabel o Nate tenían que introducirle un tubito por el agujero para aspirarlo y que pudiese volver a respirar. Yo lo vi un par de veces y daba mucho miedo.

Recuerdo que me hacía mucha ilusión visitar a Auggie después de la operación. El hospital estaba en el centro y mi madre me sorprendió haciendo una parada en FAO Schwarz para que pudiese elegir un buen regalo para Auggie (un juego de construcción de Lego de *Star Wars*) y un regalito para mí (un peluche de un Ewok). Después de comprar los regalos, mi madre y yo comimos en mi restaurante favorito, donde hacen los mejores perritos calientes de treinta centímetros y los mejores batidos helados de chocolate del mundo.

Después de comer fuimos al hospital.

—Chris, habrá más niños que van a operarse la cara —me explicó mi madre en voz baja mientras entrábamos por la puerta del hospital—. Como Hudson, el amigo de Auggie, ¿vale? Recuerda no quedarte mirándolos.

—¡Yo nunca haría eso! —contesté—. No me gusta nada cuando otros niños se quedan mirando a Auggie, mamá.

Al caminar por el pasillo hacia la habitación de Auggie, recuerdo que vi un montón de globos por todas partes y pósters de princesas de Disney y de superhéroes pegados a las paredes. Aquello me pareció guay. Era como una enorme fiesta de cumpleaños.

Al pasar por delante, miré furtivamente al interior de algunas habitaciones, y entonces fue cuando entendí a qué se refería mi madre. Aquellos eran niños como Auggie. No es que se pareciesen exactamente a él, aunque un par sí que se parecían, sino que tenían otras diferencias faciales. Algunos tenían la cara llena de vendas. Fugazmente vi a una niña que tenía un bulto del tamaño de un limón en la mejilla.

Le apreté la mano a mi madre y recordé que no tenía que quedarme mirando a nadie, así que bajé la vista al suelo mientras andábamos y abracé con fuerza mi peluche de Ewok.

Cuando llegamos a la habitación de Auggie, me puse contento al ver que Isabel y Via ya estaban allí. Las dos se acercaron a la puerta al vernos y nos saludaron alegremente con un beso.

Nos llevaron a donde estaba Auggie, en la cama junto a la ventana. Al pasar por delante de la cama que había más cerca de la puerta, me dio la impresión de que Isabel estaba intentando ponerse en medio para que no viese al niño que había tumbado en ella. Miré furtivamente hacia atrás en cuanto pasamos. El niño de la cama, que tendría unos cuatro años, estaba mirándome. Debajo de la nariz, donde debía estar la parte de arriba de la boca, había un enorme agujero rojo, y dentro del agujero había algo que parecía un trozo de carne cruda. De la carne parecían asomar unos dientes, y por encima del agujero colgaban unos jirones de piel. Aparté la vista lo más rápido que pude.

Auggie estaba durmiendo. ¡Parecía diminuto en aquella cama tan grande! Tenía el cuello envuelto en gasa blanca y la gasa estaba manchada de sangre. Del brazo le salían unos cuantos tubos y uno le entraba por la nariz. Tenía la boca abierta de par en par y por ella le asomaba la lengua, que le colgaba sobre la barbilla. Estaba un poco amarillento y reseco. No era la primera vez que veía a Auggie dormido, pero nunca lo había visto dormir así.

Mi madre e Isabel se pusieron a hablar de la operación en voz baja, como hacían de costumbre cuando no querían que Auggie y yo oyésemos lo que estaban diciendo. Dijeron algo sobre unas «complicaciones» y que durante un rato había estado en «situación crítica». Mi madre abrazó a Isabel y yo dejé de escuchar.

Me quedé mirando a Auggie y deseé que cerrase la boca en sueños. Vía se me acercó y se quedó a mi lado. Por aquel entonces ella tendría unos diez años.

—Has sido muy amable viniendo a ver a Auggie —comentó.

Asentí.

—¿Se va a morir? —susurré.

—No —contestó susurrando ella también.

—¿Por qué está sangrando? —pregunté.

—Es que lo han operado de ahí. Ya se curará.

Asentí de nuevo.

—¿Por qué tiene la boca abierta?

—No puede evitarlo.

—¿Qué le pasa al niño de la otra cama?

—Es de Bangladesh. Tiene el labio y el paladar hendidos. Sus padres lo han mandado aquí para que lo operen. No sabe hablar nuestro idioma.

Pensé en el enorme agujero rojo en la cara del niño y en el jirón de piel.

—¿Te encuentras bien, Chris? —preguntó Via amablemente, dándome un golpecito con el codo—. ¿Lisa? Lisa, creo que Chris no se encuentra bien…

En ese momento algo me explotó por dentro y el perrito caliente de treinta centímetros y el batido helado de chocolate salieron disparados. Me vomité encima, vomité la caja enorme de Lego que le había llevado a Auggie y vomité casi todo el suelo delante de su cama.

—¡Dios mío! —exclamó mi madre mientras buscaba servilletas de papel—. ¡Ay, cielo!

Isabel encontró una servilleta y se puso a limpiarme con ella. Mientras tanto, mi madre limpiaba el suelo a toda velocidad con un periódico.

—¡No, Lisa! No te preocupes por eso —la tranquilizó Isabel—. Via, cariño, ve a buscar a una enfermera y dile que necesitamos que venga alguien a limpiar —añadió mientras me limpiaba trocitos de salchicha de la barbilla.

Via, que parecía que también estaba a punto de vomitar, se dio media vuelta tranquilamente y echó a andar hacia la puerta. Al cabo de unos minutos, unas enfermeras entraron en la habitación con fregonas y cubos.

—¿Podemos irnos a casa, mamá? —recuerdo haber dicho con el sabor a vómito aún reciente en la boca.

—Sí, cielo —contestó mi madre, que relevó a Isabel y acabó de limpiarme.

—Lo siento mucho, Lisa —se disculpó Isabel mientras mojaba otra servilleta en el lavabo. Luego me dio unos toquecitos en la cara con ella.

Empecé a sudar abundantemente. Me di media vuelta para marcharme antes incluso de que mi madre e Isabel acabasen de limpiarme. Pero entonces, sin querer, vi fugazmente al niño de la otra cama, que seguía mirándome. Al mirar el enorme agujero rojo que tenía encima de la boca me eché a llorar.

Entonces mi madre me abrazó y me llevó hasta la puerta. Cuando salimos de la habitación, prácticamente me cogió en brazos y me llevó hasta el vestíbulo que había junto a los ascensores. Tenía la cara escondida en su abrigo y estaba llorando desconsoladamente.

Isabel y Via salieron de la habitación detrás de nosotros.

—Lo siento mucho —nos dijo Isabel.

—Soy yo quien lo siente —contestó mi madre. Las dos se pusieron a farfullar disculpas al mismo tiempo—. Por favor, dile a Auggie que sentimos mucho no poder quedarnos.

—Por supuesto —dijo Isabel. Se arrodilló delante de mí y se puso a limpiarme las lágrimas—. ¿Te encuentras bien, cielo? Lo siento mucho. Sé que cuesta procesar tantas cosas de golpe.

Negué con la cabeza.

—No es por Auggie —intenté decir.

De pronto se le humedecieron los ojos.

—Lo sé —susurró, y me rodeó la cara con las dos manos, como si la estuviera acunando—. Auggie tiene suerte de contar con un amigo como tú.

Entonces llegó el ascensor, Isabel nos abrazó a mamá y a mí, y entramos.

Vi a Via saludándome mientras se cerraban las puertas. Aunque entonces solo tenía seis años, recuerdo haber sentido lástima por ella por no poder marcharse de allí con nosotros.

En cuanto salimos, mi madre hizo que me sentase en un banco y me abrazó durante un buen rato. No dijo nada; se limitó a besarme en la coronilla una y otra vez.

Cuando por fin me calmé, le di el Ewok.

—¿Puedes volver para dárselo? —pregunté.

—Ay, cielo —contestó—. Eres muy amable, pero Isabel puede limpiar la caja de Lego. Cuando se la dé a Auggie, estará como nueva. No te preocupes.

—No, es para el otro niño —repuse.

Durante un segundo me miró como si no supiese qué decir.

—Via dice que no habla nuestro idioma —añadí—. Debe de darle mucho miedo estar en el hospital.

—Sí —susurró asintiendo muy despacio con la cabeza—. Supongo que sí.

Cerró los ojos y me abrazó de nuevo. Luego me llevó al mostrador, donde esperé a que volviese a subir en ascensor y que al cabo de unos cinco minutos bajase de nuevo.

—¿Le ha gustado —pregunté.

—Cielo —respondió en voz baja apartándome el pelo de los ojos—, le has alegrado el día.

Las 19.04 h

Cuando llegamos a la habitación de mamá en el hospital, nos la encontramos sentada en una silla de ruedas viendo la tele. Llevaba una escayola enorme desde el muslo hasta el tobillo.

—¡Este es mi chico! —exclamó muy contenta nada más verme. Abrió los brazos y yo fui hasta ella y la abracé.

Me alivió comprobar que mi padre me había contado la verdad: salvo la escayola y un par de arañazos en la cara, mi madre se encontraba perfectamente. Ya estaba vestida y lista para marcharse.

—¿Cómo te encuentras, Lisa? —preguntó mi padre. Se inclinó hacia delante y la besó en la mejilla.

—Mucho mejor —contestó ella apagando la televisión, y nos dedicó una sonrisa—. Lista para volver a casa.

—Te hemos traído esto —susurré, y le di el jarrón con flores que habíamos comprado en la tienda de regalos de la planta baja.

—¡Gracias, cariño! —exclamó, y me dio un beso—. ¡Son preciosas!

Me quedé mirando la escayola.

—¿Duele? —pregunté.

—No mucho —se apresuró a contestar.

—Mamá es muy valiente —dijo mi padre.

—Muy afortunada es lo que soy —respondió mi madre dándose un golpe con los nudillos en la cabeza.

—Todos hemos tenido mucha suerte —añadió mi padre en voz baja. Volvió a inclinarse hacia delante y le apretó la mano a mamá.

Durante unos segundos, todos guardamos silencio absoluto.

—¿Tienes que firmar los papeles del alta? —preguntó mi padre.

—Ya los he firmado —contestó ella—. Ya puedo irme a casa.

Mi padre se puso detrás de la silla de ruedas.

—Espera. ¿Puedo empujarla yo? —le pregunté a mi padre, agarrando una de las empuñaduras.

—Pero antes deja que la saque por la puerta —contestó mi padre—. Es un poco difícil hacerla maniobrar con la pierna en ese estado.

—¿Cómo te ha ido el día, Chris? —preguntó mi madre mientras la empujábamos por el pasillo.

Pensé en el día tan horrible que había tenido. Todo,

desde el principio hasta el final. Ciencias, música, mates, el grupo de música… El peor día de la historia.

—Bien —contesté.

—¿Qué tal el ensayo con el grupo? ¿Elijah está más simpático? —preguntó.

—Bien. No se ha portado mal —respondí encogiéndome de hombros.

—Siento mucho no haber podido llevarte tus cosas —se disculpó mientras me acariciaba el brazo—. ¡Seguro que habrás estado preguntándote todo el santo día qué me había pasado!

—Pensaba que estarías haciendo recados —contesté.

—Pensaba que estabas en casa de Isabel —dijo mi padre entre risas.

—¡No es verdad! —repliqué.

Habíamos llegado al mostrador de las enfermeras y mi madre se estaba despidiendo de ellas, así que no oyó lo que mi padre había dicho.

—¿No me has preguntado antes si mamá había ido a…? —me dijo mi padre, perplejo.

—Da igual… —le interrumpí, y me volví hacia mi madre—. El ensayo ha ido bien. Vamos a tocar «Seven Nation Army» en el concierto de primavera del miércoles. ¿Podrás ir?

—¡Claro que sí! —contestó—. Pensaba que ibais a tocar «The Final Countdown».

—«Seven Nation Army» es una canción estupenda —intervino mi padre, y se puso a tararear la línea de bajo y a tocar una guitarra imaginaria mientras esperábamos el ascensor.

Mi madre le sonrió.

—Recuerdo que esa la tocabas en el Parlor.

—¿Qué es el Parlor? —pregunté.

—El pub que había en la calle de nuestra residencia de estudiantes —contestó mi madre.

—Antes de que tú nacieras, amiguito —añadió mi padre.

Las puertas del ascensor se abrieron y entramos los tres.

—Estoy muerto de hambre —dije.

—¿Aún no habéis comido? —preguntó mi madre mirando a mi padre.

—Hemos venido directos desde el colegio —contestó—. ¿Cuándo querías que parásemos a comer?

—¿Podemos parar en un McDonald's de camino a casa? —pregunté.

—Me parece bien —respondió mi padre.

Llegamos al vestíbulo y en ese momento las puertas del ascensor se abrieron.

—¿Puedo empujar ya la silla? —pregunté.

—Sí —contestó él—. Vosotros esperadme allí, ¿vale? —Señaló hacia la salida que había más lejos, a la izquierda—. Voy a acercar el coche hasta la puerta.

Salió corriendo por la puerta principal hacia el aparcamiento mientras yo empujaba la silla hasta donde él me había indicado.

—No me puedo creer que siga lloviendo —comentó mi madre mirando por las ventanas del vestíbulo.

—¡Seguro que con este trasto se pueden hacer caballitos! —dije.

—¡Eh! ¡Eh, no! —chilló mamá, y se agarró con fuerza a los lados de la silla cuando la incliné hacia atrás—. ¡Chris! ¡Bastantes emociones he tenido ya por hoy!

Apoyé la silla en el suelo.

—Perdona, mamá —me disculpé, y le di unas palmaditas en la cabeza.

Ella se frotó los ojos con las manos.

—No, perdóname tú a mí. La verdad es que ha sido un día muy largo.

—¿Sabías que en Plutón un día dura 153,3 horas? —pregunté.

—No, no lo sabía.

Nos quedamos unos minutos en silencio.

—Por cierto, ¿has llamado a Auggie? —me preguntó de repente.

—Mamá —protesté, negando con la cabeza.

—¿Qué? —Intentó darse la vuelta en la silla de ruedas para mirarme—. No lo entiendo, Chris. ¿Es que Auggie y tú habéis discutido?

—¡No! Es que ahora mismo tengo demasiadas cosas en la cabeza.

—Chris… —Dejó escapar un suspiro, pero parecía demasiado cansada para decir nada al respecto.

Me puse a tararear la línea de bajo de «Seven Nation Army».

Al cabo de unos minutos, el coche rojo aparcó delante de la puerta y papá salió corriendo de él con un paraguas abierto. Yo salí por la puerta principal empujando la silla de mi madre. Papá le dio el paraguas para que lo llevase ella y luego la empujó por la rampa hasta llegar al lado del copiloto. El viento estaba arreciando, y una fuerte ráfaga hizo que el paraguas que sostenía mi madre se diese la vuelta.

—¡Entra, Chris! —gritó mi padre, y luego levantó a mamá por las axilas para sentarla el asiento del acompañante.

—No está nada mal que se ocupen así de ti —bromeó mi madre, pero se notaba que le dolía.

—¿Compensa romperse el fémur? —preguntó mi padre con tono de broma, entre jadeos.

—¿Qué es un fémur? —pregunté al sentarme en el asiento de atrás.

—El hueso del muslo —contestó mi padre, empapado, mientras intentaba ayudar a mi madre a encontrar el cinturón de seguridad.

—Tiene nombre de animal —advertí—. Leones, tigres y fémures.

Mamá intentó reírse, pero estaba sudando.

Mi padre se dirigió corriendo a la parte posterior del coche y se pasó unos minutos intentando averiguar cómo tenía que plegar la silla de ruedas para que cupiese. Luego volvió al asiento del conductor, se sentó y cerró la puerta. Todos nos quedamos sentados en silencio mientras el viento y la lluvia aullaban del otro lado de las ventanillas. Mi padre arrancó el coche. Los tres estábamos empapados.

—Mamá —dije cuando ya llevábamos unos minutos en marcha—, esta mañana, cuando has tenido el accidente, ¿ibas de camino a casa después de dejarme o ibas de vuelta al colegio con mis cosas?

Mi madre tardó unos segundos en responder.

—La verdad es que no lo recuerdo con claridad, cielo —contestó, y echó el brazo hacia atrás para que pudiese darle la mano. Se la cogí y se la apreté.

—Chris —susurró mi padre—, mamá está bastante cansada. Creo que ahora mismo no le apetece ponerse a pensar.

—Solo quiero saberlo.

—Chris, ahora no —contestó mi padre, y me miró con desaprobación por el retrovisor—. Lo único que importa es que todo ha salido bien y que mamá está sana y salva, ¿de acuerdo? Tenemos que dar gracias por ello. Podría haber sido mucho peor.

Tardé unos segundos en comprender a qué se refería. Y entonces sentí un escalofrío.

FaceChat

Durante el primer año después de mudarnos a Bridgeport, nuestros padres intentaron por todos los medios que
Auggie y yo nos juntásemos como mínimo un par de veces al mes, ya fuese en nuestra casa o en la de Auggie. Me
quedé a dormir un par de noches en casa de Auggie y
Auggie intentó quedarse a dormir una noche en mi casa,
aunque no salió bien. El trayecto en coche entre Bridgeport y North River Heights es bastante largo y, al final,
acabamos quedando solo cada dos meses o así. Por aquel
entonces empezamos a hablar mucho por FaceChat.
Cuando estábamos en tercero, Auggie y yo hablábamos
prácticamente a diario. Antes de la mudanza habíamos decidido dejarnos crecer unas trenzas de Padawan, así que
era una buena manera de ir comprobando cuánto nos
crecían. A veces ni siquiera hablábamos: nos limitábamos
a dejar las pantallas abiertas mientras veíamos algo en la

tele o hacíamos el mismo juego de construcción de Lego al mismo tiempo. A veces nos contábamos acertijos, como, por ejemplo: «¿Qué tiene un pie, pero ninguna pata?», o «¿Qué es lo que un pobre tiene, un rico necesita y tú te morirías si te lo comieses?». Podíamos pasarnos horas y horas con cosas de ese tipo.

En cuarto empezamos a chatear cada vez menos. No es que lo hiciésemos a propósito. Simplemente yo empecé a tener más cosas que hacer en el colegio. Además de tener más deberes, hacía un montón de actividades extraescolares. Fútbol un par de veces a la semana, clases de tenis, robótica en primavera. Nunca estaba disponible cuando Auggie me enviaba una petición para hablar por FaceChat, así que al final decidimos programar nuestras charlas los miércoles y los sábados justo antes de cenar.

Así la cosa fue bien, aunque al final acabó siendo solo los miércoles por la noche, porque los sábados yo tenía demasiadas cosas. Hacia el final de cuarto le conté a Auggie que me había cortado la trenza de Padawan. No dijo nada, pero creo que se ofendió.

Ese año Auggie también empezó a ir al colegio.

Me resultaba casi imposible imaginarme a Auggie en el colegio, o lo que supondría este para él. O sea, si ser el nuevo de la clase ya es bastante difícil de por sí, no quería ni imaginármelo si encima eres el nuevo y tienes la cara de Auggie… Era de locos. Por si fuera poco, no solo iba a ir a clase por primera vez, ¡iba a entrar en el instituto! ¡En su centro, los de quinto se pasean por los mismos pasillos que los de noveno! ¡Una locura total! Si una cosa hay que reconocerle a Auggie es su valor.

En septiembre solo hablé con Auggie por FaceChat unos días después de empezar el curso, pero me dio la impresión de que no quería hablar del tema. También me di cuenta de que se había cortado la trenza de Padawan, pero no le pregunté por qué. Supuse que lo había hecho por la misma razón que yo me había cortado la mía. O sea, para que la gente no pensase: «¡Friki a la vista!».

Sentía curiosidad por ir a la fiesta de cumpleaños de Auggie en la bolera unas semanas antes de Halloween. Conocí a sus nuevos amigos, que parecían bastante majos. Había un chaval llamado Jack Will que era muy gracioso. Luego debió de pasar algo entre Jack y Auggie, porque cuando hablé con él por FaceChat después de Halloween Auggie me dijo que ya no eran amigos.

La última vez que chateé con Auggie fue justo después de las vacaciones de Navidad. Mis amigos Jake y Tyler estaban en casa y estábamos jugando al *Age of War II* en mi portátil cuando apareció en la pantalla la petición de Auggie para hablar por FaceChat.

—Chicos —dije girando el portátil hacia mí—, tengo que contestar.

—¿Podemos jugar en tu Xbox? —preguntó Jake.

—Claro —contesté, y les indiqué dónde podían encontrar los otros mandos. Luego les di la espalda, porque no quería que viesen la cara de Auggie. Le di a «aceptar» en el portátil y, unos segundos después, la cara de Auggie apareció en pantalla.

—Hola, Chris —dijo.

—¿Qué tal, Aug? —pregunté.

—Cuánto tiempo…

—Sí —contesté.

Entonces nos pusimos a hablar de otra cosa, sobre algo de una guerra en su colegio. ¿Jack Will? No me estaba enterando muy bien de lo que me decía, porque Jake y Tyler me estaban distrayendo. Habían empezado a darse codazos, con la boca abierta, medio riéndose, en cuanto Auggie había aparecido en pantalla. Sabía que le habían visto la cara. Me fui a la otra punta de la habitación con el portátil.

—Hummm —susurré a Auggie, intentando dejar de escuchar lo que se cuchicheaban Jake y Tyler, aunque no pude evitar oír algunas cosas.

«¿Has visto eso?»

«¿Era una máscara?»

«¿… consecuencia de un incendio?»

—¿Hay alguien más contigo? —preguntó Auggie.

Debió de darse cuenta de que en realidad no le estaba prestando atención.

—¡Callaos, chicos! —les ordené a mis amigos.

Eso les hizo reírse. Estaban intentando ver la pantalla del portátil más de cerca.

—Sí, estoy con unos amigos —masculle rápidamente, y me fui a otro extremo de la habitación.

—¡Hola, amigo de Chris! —saludó Jake, que me estaba siguiendo.

—¿Nos presentas a tu amigo? —preguntó Tyler en voz alta para que Auggie lo oyese.

—¡No! —contesté negando con la cabeza.

—¡Vale! —convino Auggie desde el otro lado de la pantalla.

Inmediatamente, Jake y Tyler se me pusieron uno a cada lado para que los tres quedásemos frente a la pantalla y pudiésemos verle la cara a Auggie.

—¡Hola! —saludó Auggie.

Yo sabía que estaba sonriendo, pero a veces, para la gente que que no lo conocía, su sonrisa no parecía una sonrisa.

—Hola —contestaron Jake y Tyler en voz baja, asintiendo educadamente.

Me di cuenta de que ya no se reían.

—Estos son mis amigos Jake y Tyler —le dije a Auggie, señalando primero a uno y luego al otro con el pulgar—. Él es Auggie, de mi antiguo barrio.

—Hola —dijo Auggie saludando con la mano.

—Hola —contestaron Jake y Tyler sin mirarlo a la cara.

—Bueno —dijo Auggie asintiendo torpemente—. Bueno, ¿qué estáis haciendo?

—Estábamos encendiendo la Xbox —contesté.

—¡Ah, guay! —exclamó Auggie—. ¿Qué juego?

—*House of Asterion*.

—Mola. ¿En qué nivel estás?

—Eh… No estoy muy seguro —contesté rascándome la cabeza—. Creo que en el segundo laberinto.

—Ah, ese es difícil —dijo Auggie—. Yo casi he abierto el Tártaro.

—Guay.

Con el rabillo del ojo vi que Jake estaba dándole codazos a Tyler detrás de mí.

—Sí, bueno —dije—. Creo que vamos a ponernos a jugar ya.

—¡Ah! —contestó Auggie—. Claro. ¡Buena suerte con el segundo laberinto!

—Vale. Adiós —me despedí—. Espero que se solucione eso de la guerra.

—Gracias. Encantado de conoceros, chicos —añadió Auggie educadamente.

—¡Adiós, Auggie! —se despidió Jake con una sonrisita burlona.

Tyler se echó a reír, así que lo aparté de un codazo para que no apareciese en la pantalla.

—Adiós —se despidió Auggie, pero noté que los había visto reírse. Auggie siempre se daba cuenta de esas cosas, incluso cuando hacía como que no se daba cuenta.

Cerré la ventana de conversación, e inmediatamente Jake y Tyler soltaron una carcajada.

—Pero ¿qué narices hacéis? —les pregunté, molesto.

—¡Eh, tío! —dijo Jake—. ¿Qué le pasa a ese chaval?

—No había visto nada tan feo en toda mi vida —añadió Tyler.

—¡Eh! —contesté a la defensiva—. Venga ya.

—¿Le pasó en un incendio? —preguntó Jake.

—No, nació así —expliqué—. No puede evitar tener ese aspecto. Es una enfermedad.

—Espera, ¿es contagioso? —preguntó Tyler fingiendo miedo.

—Anda ya —contesté negando con la cabeza.

—¿Y eres amigo suyo? —preguntó Tyler mirándome como si fuese un marciano—. ¡Hala, tío! —añadió entre risas.

—¿Qué? —pregunté muy serio.

Abrió mucho los ojos y se encogió de hombros.

—Nada, tío. Si yo no digo nada.

Vi que miraba a Jake, que frunció los labios como un pez. Se hizo un incómodo silencio.

—Jugamos, ¿sí o no? —pregunté al cabo de unos segundos, cogiendo uno de los mandos.

Nos pusimos a jugar, pero no me lo pasé bien. Estaba de malhumor, y ellos siguieron haciendo el tonto. Me resultó muy molesto.

Cuando se fueron, pensé en Zack y en Alex, y en cómo habían pasado de quedar con Auggie hace años.

Aunque haya pasado mucho tiempo, a veces todavía me resulta difícil ser amigo de Auggie.

Las 20.22 h

Mi padre entró en casa empujando la silla de ruedas, donde iba sentada mamá. Yo me dejé caer en el sofá delante del televisor con mi Happy Meal de McDonald's a medio comer. Lo encendí con el mando.

—Espera —dijo mi padre sacudiendo el paraguas—. Pensaba que tenías deberes.

—Solo quiero ver lo que queda de *El Gran Reto* mientras como —contesté—. Haré los deberes cuando termine.

—¿Puede? —le preguntó mi padre a mi madre.

—¡Si está a punto de terminar, mamá! —le supliqué a mi madre—. ¡Por favor!

—Pero tienes que ponerte a hacer los deberes en cuanto termine el programa —contestó, aunque se notaba que no me estaba prestando mucha atención. Estaba mirando la escalera que subía a la primera planta mientras negaba lentamente con la cabeza—. ¿Cómo voy a hacerlo, Angus? —le preguntó a mi padre. Parecía muy cansada.

—Para eso estoy yo aquí —contestó mi padre. Giró la silla de ruedas hacia él, metió las manos por debajo de mi madre, le pasó el otro brazo por detrás de la espalda y la levantó de la silla de ruedas. Eso hizo que mi madre chillase entre risas.

—¡Hala, papá! ¡Qué fuerte eres! —dije, y me metí una patata frita en la boca mientras los miraba—. Deberíais participar en *El Gran Reto*. Salen un montón de parejas divorciadas.

Mi padre empezó a subir por la escalera con mamá en brazos. Los dos se echaron a reír al chocarse contra la barandilla y la pared mientras subían. Resultaba agradable verlos así. La última vez que habíamos estado todos juntos, no pararon de gritarse el uno al otro.

Me di media vuelta y vi el resto del programa. Justo cuando Phil, el presentador, le decía a la última pareja en llegar al punto de control que habían quedado eliminados, me sonó el móvil.

Era un mensaje de texto de Elijah.

«Hola, Chris. los chicos y yo hemos decidido dejar el grupo extraescolar. montamos otro grupo. vamos a tocar 7NationArmy el miércoles.»

Volví a leer el mensaje. Estaba estupefacto. ¿Iban a dejar el grupo? ¿De verdad podían hacerlo? John se pondría hecho una furia cuando viera que ninguno de ellos se presentaba al ensayo al día siguiente. ¿Qué suponía eso para el grupo de rock extraescolar? ¿John y yo tendríamos que tocar solos «The Final Countdown»? ¡Eso sería horrible!

Entonces me llegó otro mensaje.

«¿quieres unirte a nuestro grupo? te queremos en el grupo. pero a john NO. NI HABLAR. es lo peor. mañana por la tarde ensayamos en mi casa. tráete la guitarra.»

Entonces bajó mi padre.

—Tienes que hacer los deberes, Chris —dijo en voz baja, pero cuando vio mi cara me preguntó—: ¿Qué te pasa?

—Nada —contesté bloqueando el móvil. Estaba en estado de shock. ¿Querían que me uniese a su grupo?—. Acabo de acordarme de que tengo que ensayar para el concierto de primavera.

—Está bien, pero tiene que ser muy bajito —advirtió mi padre—. Mamá está durmiendo como un tronco y tenemos que dejarla descansar, ¿de acuerdo? No hagas mucho ruido al subir por la escalera. Si necesitas algo, estaré en el cuarto de invitados.

—Espera, ¿te quedas a dormir? —pregunté.

—Me quedaré unos días —contestó—. Hasta que mamá pueda arreglárselas sola.

Volvió a subir por la escalera con las muletas que le habían dado a mi madre en el hospital.

—¿Puedes imprimirme los acordes de «Seven Nation Army»? —pregunté—. Tengo que aprendérmelos para mañana.

—Claro —respondió desde el rellano—. ¡Pero recuerda que tienes que tocar bajito!

North River Heights

Nuestra nueva casa es mucho más grande que la antigua de North River Heights. La antigua en realidad era una casa adosada de la cual solo ocupábamos la planta baja. Teníamos un solo cuarto de baño y un jardín diminuto, pero me encantaba nuestro apartamento. Y también nuestro edificio. Al mudarnos, echaba de menos poder ir andando a todas partes. Hasta echaba de menos los ginkgos. Si no sabéis qué árboles son los ginkgos, son esos que sueltan unos pequeños frutos blandos que, cuando los pisas, huelen a caca de perro mezclada con meado de gato y residuos tóxicos. Auggie decía que olían a vómito de orco, y a mí eso siempre me había hecho gracia. El caso es que de nuestro antiguo vecindario lo echaba de menos todo, incluidos los ginkgos.

Cuando vivíamos en North River Heights, mi madre tenía una pequeña floristería en la avenida Amesfort llamada Earth Laughs in Flowers. Trabajaba muchas horas, por eso contrataron a Lourdes para que cuidase de mí. Esa era otra de las cosas que echaba de menos: Lourdes. Echaba de menos sus empanadas. Echaba de menos cómo me llamaba «papi». Pero al mudarnos a Bridgeport ya no necesitamos más a Lourdes, porque mi madre vendió la floristería y dejó de trabajar todo el día. Ahora mi madre me recoge en el colegio de lunes a miércoles. El jueves por la noche me recoge en casa de John y me deja en casa de mi padre, que es donde me quedo hasta el domingo.

Cuando vivíamos en North River Heights, mi padre llegaba a casa a eso de las siete de la tarde, pero ahora nunca llega antes de las nueve porque tiene que hacer un largo camino de vuelta en tren desde la ciudad. En un principio, solo iba a tratarse de algo temporal, porque a mi padre iban a trasladarlo a una oficina de Connecticut, pero han pasado tres años y aún tiene su antiguo trabajo en Manhattan. Antes mis padres discutían mucho por eso.

Los viernes mi padre sale pronto de trabajar para poder ir a recogerme al colegio. Normalmente pedimos comida china para cenar, improvisamos un poco los dos juntos con nuestras guitarras y vemos una peli. A mamá le molesta que mi padre no me obligue a hacer los deberes durante el fin de semana cuando estoy con él, así que cuando vuelvo a casa el domingo por la noche siempre me pongo en plan cascarrabias y discuto con ella porque tengo que acabar los deberes. Ese fin de semana, por ejemplo, tendría que haber estudiado para el examen de mates, pero mi padre y yo nos fuimos a jugar a los bolos y no encontré el momento de ponerme a hacerlo. Culpa mía.

Al final me acabé acostumbrando a la casa nueva de Bridgeport. Y a mis nuevos amigos. Y a Luke el hámster, que no es un perro. Pero lo que más echaba de menos de North River Heights era que por aquel entonces mis padres parecían unidos.

Mi padre se fue de casa el verano pasado. Mis padres llevaban un tiempo discutiendo mucho, pero no sé por qué se fue en verano. Un buen día, sin esperármelo, me dijeron que iban a separarse. Necesitaban «estar un tiempo separados» para saber si querían seguir viviendo juntos. Me dijeron que aquello no tenía nada que ver conmigo, y que los dos seguirían queriéndome y viéndome tanto como antes. Dijeron que aún se querían, pero que a veces los matrimonios son como las amistades cuando las pones a prueba, y que la gente tiene que solucionar las cosas.

«Por los buenos amigos vale la pena hacer un esfuerzo adicional», recuerdo haberles dicho.

Creo que mi madre ni siquiera recordó que ella misma había sido quien me había dicho esas palabras un buen día.

Las 21.56 h

Estuve escuchando «Seven Nation Army» mientras hacía los deberes. Intenté no pensar demasiado en cómo reaccionaría John al día siguiente cuando le dijese que iba a unirme al otro grupo. Quiero decir que ni siquiera me planteaba que tuviese elección. Si me quedaba en el grupo de extraescolar, John y yo acabaríamos tocando «The Final Countdown» en el concierto de primavera, con el señor B a la batería, y pareceríamos los memos más memos del mundo. No éramos lo bastante buenos para tocar solos. Recordé a Harry intentando contener la risa al escuchar a John tocar el solo de guitarra. Si tocábamos únicamente nosotros dos, sería el público entero el que intentaría contener la risa.

Lo que no conseguía imaginarme era qué haría John cuando se enterase. Cualquier persona en su sano juicio se olvidaría de la posibilidad de tocar en el concierto de primavera del miércoles, pero, conociendo a John, me habría jugado cualquier cosa a que tocaría «The Final Countdown». En ese sentido, le daba igual hacer el ridículo. Me lo imaginaba cantando a grito pelado, tocando la guitarra, con el señor Bowles tocando el teclado detrás de él. «¡Señoras y señores, el grupo de rock extraescolar!» La gente ya se encargaría de que no lo olvidase nunca.

Me costó mucho concentrarme en los deberes, así que tardé más de la cuenta. No me puse a estudiar para el examen de mates hasta casi las diez. Entonces recordé que en mates era hombre muerto. Me había esperado al último momento para estudiar y no entendía nada.

Mi padre estaba en la cama trabajando con el portátil cuando abrí la puerta del cuarto de invitados. Llevaba en las manos el libro de texto de mates de quinto, que pesaba un montón.

—Hey, papá.

—¿Aún no te has acostado? —preguntó mirándome por encima de las gafas de leer.

—Necesito que me ayudes a estudiar para el examen de mates de mañana.

Miró el reloj que había en la mesita de noche.

—Un poco tarde para darte cuenta, ¿no?

—Tenía muchos deberes —contesté—. Y tenía que aprenderme la nueva canción para el concierto de primavera, que es pasado mañana. Son muchas cosas, papá.

Asintió con la cabeza. Dejó el portátil a un lado y dio una palmadita en la cama para que me sentase junto a él. Me senté y abrí el libro por la página 151.

—Pues… me cuesta entender los problemas —admití.

—Genial. ¡Los problemas se me dan muy bien! —contestó sonriendo—. Dispara.

Me puse a leer del libro.

—Jill quiere comprar miel en el mercado. En un puesto venden un tarro de un kilo por 3,12 dólares, y en otro puesto venden un tarro de medio kilo por 2,40. ¿Cuál le sale más barato y cuánto dinero por kilo se ahorra Jill al comprarlo?

Dejé el libro y miré a mi padre, que me devolvió la mirada como si no hubiese entendido nada.

—Vale, eh… —dijo rascándose la oreja—. A ver, era un kilo por… ¿cuánto? Voy a necesitar un trozo de papel. ¿Me pasas mi cuaderno?

Me estiré hasta la otra punta de la cama y le pasé el cuaderno. Se puso a garabatear algo, me pidió que le repitiese la pregunta y volvió a garabatear.

—Vale. Vale, eh… —titubeó dándole la vuelta al cuaderno para que viese los números que había garabateado—. Primero tienes que dividir los números para averiguar a cuánto sale el kilo y luego…

—Espera, espera —contesté negando con la cabeza—. Esa es la parte que no entiendo. ¿Cuándo sabes que tienes que dividir? ¿Qué es lo que necesitas saber? ¿Cómo lo sabes?

Se quedó mirando lo que había garabateado en su cuaderno, como si la respuesta estuviese escondida allí mismo.

—¿Me dejas ver la pregunta? —dijo. Se recolocó las gafas de leer y miró hacia donde yo le señalaba en el libro—. Vale. A ver… sabes que tienes que dividir porque… eh… porque quieres averiguar cuál es el precio por kilo… porque lo pone aquí —añadió señalando el problema.

Miré rápidamente a donde me señalaba, pero negué con la cabeza.

—No lo entiendo.

—Mira, Chris. Lo pone aquí. Pregunta cuánto cuesta el kilo.

Volví a negar con la cabeza.

—¡No lo entiendo! —casi grité—. No soporto las mates. Se me dan fatal.

—No es verdad, Chris —contestó con calma—. Solo tienes que respirar hondo y…

—¡No! Tú no lo entiendes —exclamé—. ¡Es que no lo pillo!

—Y por eso mismo estoy intentando explicártelo.

—¿Puedo preguntárselo a mamá?

Se quitó las gafas y se frotó los ojos con la muñeca.

—Chris, está durmiendo. Esta noche deberíamos dejarla descansar —contestó muy despacio—. Seguro que podremos encontrar la solución nosotros solos.

Empecé a meterme los nudillos en los ojos y mi padre me apartó las manos de la cara con cuidado.

—¿Por qué no llamas a uno de tus amigos del colegio? A John, por ejemplo.

—¡Está en cuarto! —grité, impaciente.

—Vale. Pues a otro —respondió.

—¡No! —dije negando con la cabeza—. No puedo llamar a nadie. No soy tan amigo de nadie este curso. Quiero decir que mis amigos de verdad no están en la misma clase de mates que yo. Y no conozco demasiado bien a los que están en mi clase de mates.

—Pues llama a tus otros amigos, Chris —repuso mi padre, e hizo ademán de coger su móvil—. ¿Qué me dices de Elijah y de los otros chicos del grupo? Seguro que ellos habrán tenido esa asignatura.

—¡No, papá! ¡Uf! —Me tapé la cara con las manos—. Voy a suspender el examen. No lo entiendo. Soy incapaz de entenderlo.

—Venga, tranquilízate —susurró—. ¿Y Auggie? Él es un genio de las mates, ¿no?

—¡Déjalo! —contesté negando con la cabeza. Le quité el libro de texto—. ¡Ya lo averiguaré yo solo!

—Christopher —dijo.

—No pasa nada, papá —respondí—. Ya se me ocurrirá la solución. O le escribiré un mensaje a alguien. No pasa nada.

—¿Y ya está?

—No pasa nada, papá. —Cerré el libro y me levanté.

—Siento no haber podido ayudarte —contestó. Por un segundo, sentí pena por él. Parecía derrotado—. A ver, creo que podemos encontrar la solución juntos si me das otra oportunidad.

—¡No, no pasa nada! —exclamé mientras caminaba hacia la puerta.

—Buenas noches, Chris.

—Buenas noches, papá.

Fui a mi habitación, me senté a la mesa y volví a abrir el libro por la página 151. Intenté leer otra vez el problema, pero lo único que oía en mi cabeza era la letra de «Seven Nation Army» y, a decir verdad, tampoco le encontraba el sentido.

Por más que mirara el problema, no se me ocurría ninguna solución.

Plutón

Unas semanas antes de mudarnos a Bridgeport, los padres de Auggie fueron a nuestra casa para ayudar a mis padres a embalarlo todo para la mudanza. Teníamos la casa llena de cajas.

Auggie y yo estábamos lanzando dardos de juguete en el salón y hacíamos como que las cajas eran alienígenas enemigos en Plutón. De vez en cuando, uno de nuestros dardos alcanzaba a Via, que estaba intentando leer un libro en el sofá. Bueno, está bien, lo hacíamos más o menos a propósito.

—¡Basta! —gritó por fin cuando uno de mis dardos pasó silbando junto a su libro—. ¡Mamá!

Pero Isabel y Nate estaban en la otra punta de la casa con mis padres, porque habían hecho una pausa para tomar café en la cocina.

—¿Podéis hacer el favor de parar? —nos advirtió Via, muy seria.

Asentí, pero Auggie le disparó otro dardo al libro.

—Ese es un dardo de pedo —anunció Auggie, y los dos nos desternillamos de risa.

Via estaba muy enfadada.

—Sois un par de frikis —comentó negando con la cabeza—. Mira que jugar a *Star Wars*.

—¡No es *Star Wars*, es Plutón! —contestó Auggie apuntándola con la pistola de dardos.

—Ni siquiera es un planeta de verdad —repuso ella, y abrió el libro para ponerse a leer.

Auggie le disparó otro dardo al libro.

—Pero ¿qué dices? Sí que lo es.

—Para, Auggie, o te juro que…

Auggie bajó la pistola de dardos.

—Sí que lo es —repitió.

—No —contestó Via—. Antes era un planeta. ¡No me puedo creer que dos cerebritos como vosotros no lo sepáis, con todos los vídeos del espacio que habéis visto!

Auggie esperó un poco para contestar, como si estuviese procesando lo que Via acababa de decir.

—¡«Mi Vieja Tía Marta Jamás Supo Usar Ninguna Pala»! Así es como decía mamá que la gente recordaba los planetas del sistema solar.

—¡«Mi Vieja Tía Marta Jamás Supo Usar Nada»! —rectificó Via—. Buscadlo y veréis como tengo razón —añadió, y se puso a buscarlo en el móvil.

Era posible que en los libros de ciencias que habíamos leído y en los vídeos que habíamos visto nos hubiésemos encontrado con aquella información, pero supongo que no habíamos llegado a entender qué significaba. Aún éramos muy pequeños cuando estábamos en nuestra fase espacial. Apenas sabíamos leer.

Via se puso a leer del móvil en voz alta:

—De la Wikipedia: «La Unión Astronómica Internacional entendió que Plutón es tan solo uno más de varios cuerpos helados de un tamaño considerable en el sistema solar exterior y eso le hizo definir formalmente el concepto de "planeta" en 2006. Esa definición excluyó a Plutón y lo clasificó dentro de la nueva categoría de "planeta enano" (en concreto como un plutoide)». ¿Hace falta que siga? En resumen, consideraron que Plutón era demasiado insignificante para ser un planeta de verdad. ¿Lo veis? Tenía razón.

Auggie parecía muy alterado.

—¡Mamá! —gritó.

—No es para tanto, Auggie —dijo Via al ver el disgusto que se había llevado.

—¡Claro que sí! —exclamó él, y echó a correr por el pasillo.

Via y yo lo seguimos hasta la cocina, donde estaban nuestros padres sentados alrededor de la mesa. Sobre esta había unos panecillos y queso para untar.

—¡Me dijiste que era «Mi Vieja Tía Marta Jamás Supo Usar Pala»! —le espetó Auggie a Isabel.

A Isabel casi se le derramó el café.

—¿Cómo…?

—¿Por qué le das tanta importancia, Auggie? —la interrumpió Via.

—¿Qué pasa, chicos? —preguntó Isabel mirando primero a Auggie y luego a Via.

—¡Es que tiene mucha importancia! —gritó Auggie a voz en cuello. Gritó tan alto y de manera tan inesperada que todos los presentes nos miramos unos a otros.

—Tranquilo, Auggie —susurró Nate apoyando una mano en su hombro, pero Auggie se apartó.

—¡Me dijiste que Plutón era uno de los nueve planetas! —le gritó Auggie a Isabel—. ¡Me dijiste que era el planeta más pequeño del sistema solar!

—Y así es, cielo —contestó Isabel, intentando que se calmase.

—No lo es, mamá —explicó Via—. En 2006 cambiaron de categoría a Plutón. Ya no está considerado uno de los nueve planetas del sistema solar.

Isabel miró a Via y parpadeó. Acto seguido, miró a Nate.

—¿En serio?

—Yo sí lo sabía —contestó Nate muy serio—. Hace unos años hicieron lo mismo con Goofy-ón.

Todos los adultos soltaron una carcajada.

—¡Papá, no tiene gracia! —gritó Auggie. Y entonces, sin que nadie se lo esperase, se echó a llorar a lágrima viva.

Nadie entendía lo que estaba pasando. Isabel abrazó a Auggie y él se puso a sollozar contra su cuello.

—Auggie, Canito —dijo Nate acariciándole la espalda—. ¿Qué ha pasado?

—Via, ¿qué ha pasado? —preguntó Isabel con dureza.

—¡No tengo ni idea! —repuso Via abriendo los ojos de par en par—. ¡Yo no he hecho nada!

—¡Algo habrá pasado! —exclamó Isabel.

—Chris, ¿sabes por qué está tan disgustado Auggie? —me preguntó mi madre.

—Por lo de Plutón —respondí.

—¿Y qué significa eso? —preguntó mi madre.

Me encogí de hombros. Entendía por qué estaba tan disgustado, pero no sabía explicarlo con palabras.

—Me dijiste… que era… un planeta… —dijo por fin Auggie entrecortadamente. En circunstancias normales, a veces no era fácil entender lo que decía Auggie. Y en pleno ataque de llanto, era aún más difícil.

—¿Cómo dices, cariño? —susurró Isabel.

—Me dijiste… que era… un planeta —repitió Auggie mirándola.

—Y pensaba que lo era, Auggie —contestó enjugándole las lágrimas con la punta de los dedos—. No sé, cariño. No soy profesora de ciencias. Cuando yo era pequeña había nueve planetas. No se me había ocurrido pensar que algo así podía cambiar.

Nate se arrodilló a su lado.

—Pero, Auggie, aunque ya no se considere un planeta, no entiendo por qué te disgusta tanto.

Auggie miró al suelo, pero yo sabía que no podía explicar sus lágrimas plutonianas.

Las 22.28 h

A eso de las diez y media estaba desesperado con el examen de mates del día siguiente. Le había escrito un mensaje de texto a Jake, que iba a mi clase de mates, y también les había escrito por Facebook a unos cuantos chicos. Cuando sonó mi móvil, di por hecho que sería alguno de ellos, pero no. Era Auggie.

«Hola, Chris. Acabo de enterarme de que tu madre ha estado en el hospital. Lo siento, espero que esté bien.»

No me podía creer que estuviese escribiéndome un mensaje justo cuando había estado acordándome de él. Me había leído el pensamiento.

«Hola, Aug. Gracias. Está bien. Se ha roto el fémur. Lleva una buena escayola», le contesté.

Me envió un emoticono de una cara triste.

«Mi padre ha tenido que subirla por la escalera! Iban dándose golpes contra la pared», escribí.

«Ja,ja», contestó, y me envió un icono de una cara riéndose.

«Iba a llamarte hoy para decirte que siento lo de Daisy. :(((((», escribí.

«Ya. Gracias.» Puso un montón de emoticonos con una cara llorando.

«Te acuerdas de las Aventuras Galácticas de Darth Daisy?», escribí.

Era una tira cómica que dibujábamos entre los dos sobre dos astronautas llamados Gleebo y Tom que vivían en Plutón y tenían una perra llamada Darth Daisy.

«Ja,ja. Sí, comandante Gleebo.»

«Comandante Tom.»

«Los buenos tiempos», contestó.

«Daisy era la MEJOR PERRA DEL UNIVERSO!», escribí tecleando enérgicamente, y sonreí.

Me envió una foto de Daisy. Hacía mucho tiempo que no la veía. En la foto tenía la cara totalmente blanca y los ojos empañados. Pero seguía teniendo la nariz rosada, y la lengua, superlarga, le colgaba de un lado de la boca.

«Qué guapa! Daisy!!!!!!», escribí.

«DARTH Daisy!!!!!!!!!!!!!!!»

«Ja,ja. Chúpate esa, Via!», contesté.

«Te acuerdas de los dardos de pedos?»

«Jajajajajaja.» Estaba sonriendo. La verdad es que aquel rato estaba siendo el mejor del día. «Entonces aún estábamos en la fase de Plutón. Ya estábamos en la fase Star Wars?»

«Estábamos empezando. Aún tienes todas tus miniaturas?»

«Sí, pero algunas las he guardado. Gleebo, mi madre dice que tengo que acostarme. Me alegro de que tu madre esté bien.»

Asentí. En aquel momento no podía pedirle ayuda con las mates. Habría quedado fatal. Me senté en el borde de la cama y empecé a responder a su mensaje.

Antes de que me diese tiempo a terminar, me escribió otro:

«Mi madre quiere hablar contigo por FaceChat. Estás disponible?».

«Claro», dije levantándome.

Dos segundos después, recibí una petición para hablar por FaceChat y vi a Isabel en el móvil.

—Hola, Isabel —saludé.

—¡Hola, Chris! —contestó. Vi que estaba en la cocina—. ¿Cómo estás? Antes he hablado con tu madre. Quería asegurarme de que habíais llegado bien a casa.

—Sí, claro que sí.

—¿Y ella está bien? No quería despertarla si estaba durmiendo.

—Sí, está durmiendo —contesté.

—Bien. Necesita descansar. ¡Menuda escayola lleva!

—Mi padre se queda a dormir esta noche.

—¡Genial! —contestó muy contenta—. Me alegro mucho. ¿Cómo te va, Chris?

—Bien.

—¿Y en el colegio?

—Bien.

Isabel sonrió.

—Lisa me ha dicho que hoy le has regalado unas flores muy bonitas.

—Sí —respondí sonriendo y asintiendo.

—Muy bien. Bueno, solo quería saludarte y ver cómo estabas, Chris. Quiero que sepas que podéis contar con nosotros si necesitáis cualquier cosa…

—Siento lo de Daisy —le espeté.

Isabel asintió.

—Oh. Gracias, Chris.

—Debéis de estar muy tristes.

—Sí, es triste. Su presencia era muy importante en casa. Bueno, ya lo sabes. Tú estabas aquí el día que la trajimos, ¿te acuerdas?

—¡Estaba superflaca! —exclamé. Estaba sonriendo, pero, de pronto, me tembló un poco la voz.

—¡Con esa lengua tan larga que tenía! —contestó entre risas.

Asentí. Se me hizo un nudo en la garganta, como si estuviese a punto de llorar.

Isabel me miró atentamente.

—Ay, cielo. No pasa nada —dijo en voz baja.

La madre de Auggie siempre había sido como una segunda madre para mí. Sin contar a mis padres, y puede que a mi abuela, Isabel Pullman me conocía mejor que nadie.

—Ya lo sé —susurré. Seguía sonriendo, pero me temblaba la barbilla.

—Cielo, ¿dónde está tu padre? —preguntó—. ¿Puedes decirle que se ponga?

Me encogí de hombros.

—Creo… que ya estará durmiendo.

—Seguro que no le importa que lo despiertes —contestó en voz baja—. Llámalo. Yo no cuelgo.

Auggie se coló en la imagen de la pantalla.

—¿Qué pasa, Chris? —preguntó.

Negué con la cabeza e intenté contener las lágrimas. No podía hablar. Sabía que si hablaba me echaría a llorar.

—Christopher —dijo Isabel acercándose a la pantalla—, tu madre va a ponerse bien, cielo.

—Ya lo sé —contesté con voz temblorosa, pero entonces exploté—. Pero ¡estaba en el coche por mi culpa! ¡Porque se me había olvidado el trombón! ¡Si no se me hubiese olvidado nada, ella no habría tenido un accidente! ¡Ha sido culpa mía, Isabel! ¡Ahora podría estar muerta!

Todo esto lo solté confusamente entre sollozos.

Las 22.52 h

Isabel puso a Auggie al teléfono mientras ella llamaba al móvil de mi padre para contarle que estaba llorando como un histérico en mi habitación. Un minuto después, mi padre entró en mi habitación y le colgué a Auggie. Mi padre me abrazó con fuerza.

—Chris.

—¡Ha sido culpa mía, papá! Yo he tenido la culpa de que estuviera conduciendo.

Se soltó de mi abrazo y me miró a la cara.

—Mírame, Chris —me ordenó—. No ha sido culpa tuya.

—Iba de vuelta al colegio con mis cosas —contesté sorbiéndome la nariz—. Yo le metí prisa. Seguro que iba más rápido de la cuenta.

—No es verdad, Chris. Te lo prometo. Lo que ha pasado hoy ha sido un accidente. Nadie tiene la culpa. Ha sido una triste coincidencia, ¿de acuerdo?

Miré para otro lado.

—¿De acuerdo? —repitió.

Asentí con la cabeza.

—Y lo más importante de todo es que nadie ha salido gravemente herido. Mamá está bien, ¿de acuerdo, Chris?

Me enjugó las lágrimas mientras yo asentía.

—No paraba de llamarla Lisa —expliqué—. No soporta que la llame así. Lo último que ha dicho ha sido: «¡Te quiero!», y yo le he contestado: «Adiós, Lisa». ¡Y ni siquiera me he vuelto para mirarla!

Mi padre carraspeó.

—Chris, no te tortures, por favor —susurró muy despacio—. Mamá sabe que la quieres mucho. Lo que ha pasado hoy es terrible. Es normal que te sientas disgustado. Cuando uno se lleva un susto de estos, es como una llamada de atención, ¿sabes? Nos hace replantearnos cuáles son las cosas verdaderamente importantes en esta vida. Nuestra familia. Nuestros amigos. La gente a la que queremos. —Me miraba mientras hablaba, pero era como si estuviese hablando solo. Tenía los ojos húmedos—. Está bien, y debemos dar gracias por eso, ¿de acuerdo, Chris? Vamos a cuidarla muy bien los dos juntos, ¿eh?

Asentí, pero no intenté decir nada, porque sabía que solo conseguiría llorar más.

Papá me abrazó, pero tampoco dijo nada, quizá por el mismo motivo que yo.

Las 22.59 h

Cuando mi padre consiguió que me calmase un poco, llamó a Isabel para decirle que todo estaba en orden. Hablaron durante un rato y luego mi padre me pasó el teléfono.

Era Auggie.

—Oye, tu padre le ha dicho a mi madre que necesitas un poco de ayuda con las mates —dijo.

—Sí —contesté tímidamente, y me soné la nariz—. Pero es muy tarde. ¿No tienes que acostarte?

—A mi madre le parece bien que te eche una mano. Vamos a hablar por FaceChat.

Dos segundos después, Auggie estaba en la pantalla.

—Me cuesta mucho entender los problemas —expliqué mientras abría el libro de texto—. Es que… no sé qué operación hay que hacer. No sé cuándo hay que multiplicar y cuándo hay que dividir. Es un lío.

—Ah, eso —contestó asintiendo con la cabeza—. Sí, a mí también me costó entender eso. ¿Has memorizado las palabras clave? A mí eso me ayudó mucho.

No sabía de qué me estaba hablando.

—Te voy a enviar un pdf —añadió.

Unos segundos después, imprimí el pdf que me había enviado, que era una lista de un montón de palabras de mates.

—Si sabes qué palabras clave tienes que buscar en el problema —explicó Auggie—, sabrás qué operación hacer. Por ejemplo, «por» o «cada uno» o «equitativamente» significan que tienes que dividir. Y «a este ritmo» o «doble» significan que tienes que multiplicar. ¿Lo entiendes?

Repasó conmigo toda la lista de palabras, una por una, hasta que empezaron a tener sentido. Luego repasamos los problemas del libro. Empezamos por los problemas de ejemplo y resultó que tenía razón: en cuanto encontraba la palabra clave en cada problema, sabía qué hacer. Supe hacer yo solo casi todos los problemas de la hoja de ejercicios, aunque los repasamos todos al terminar para estar seguros de que lo había pillado de verdad.

Las 23.46 h

Mis libros favoritos siempre han sido los de misterio. O sea, al principio del libro hay algo que no sabes, y al final del libro ya lo sabes. Y las pistas estaban ahí desde el principio, solo que no sabes interpretarlas. Así fue como me sentí después de hablar con Auggie. Como si se tratase de un misterio colosal que antes era incapaz de entender y que, de pronto, había quedado resuelto.

—No me puedo creer que por fin lo haya entendido —le dije al terminar el último problema—. Muchas gracias, Aug. En serio, gracias.

Sonrió y se acercó a la pantalla.

—No es nada —contestó.

—Te debo una.

Auggie se encogió de hombros.

—No es nada. Para eso están los amigos, ¿no?

—Sí —respondí asintiendo.

—Buenas noches, Chris. ¡Hablamos pronto!

—¡Buenas noches, Aug! ¡Gracias de nuevo! ¡Adiós!

Auggie colgó y yo cerré el libro de texto.

Fui al cuarto de invitados para decirle a mi padre que Auggie me había ayudado a entender los problemas de mates, pero no estaba. Llamé a la puerta del cuarto de baño, pero tampoco estaba allí. Entonces vi que la habitación de mi madre tenía la puerta abierta. Vi las piernas de mi padre estiradas en el sillón que hay junto al tocador. Desde el pasillo no le veía la cara, así que entré sin hacer ruido para decirle que había acabado de hablar con Auggie.

Entonces vi que se había quedado dormido en el sillón. Tenía la cabeza caída hacia un lado, las gafas descansaban en la punta de la nariz y tenía el portátil sobre las piernas.

Me acerqué al armario de puntillas, cogí una manta y se la puse por encima de las piernas. Lo hice con mucho cuidado para no despertarlo. Cogí el ordenador y lo puse sobre el tocador.

Luego me acerqué al lado de la cama donde estaba durmiendo mi madre. Cuando era pequeño, mi madre solía quedarse dormida mientras me leía un cuento en la cama. Yo la despertaba de un codazo si se quedaba dormida antes de terminar el cuento, pero a veces ella no podía evitarlo. Se quedaba dormida a mi lado y yo escuchaba su respiración hasta que yo también me dormía.

Había pasado mucho tiempo desde la última vez que la había visto dormida. Al mirarla, me pareció bastante pequeña. No recordaba el lunar de la mejilla. Nunca me había fijado en las pequeñas arrugas que se le formaban en la frente.

Me quedé mirando cómo respiraba durante unos segundos.

—Te quiero, mamá.

Pero no lo dije en voz alta, porque no quería despertarla.

Las 23.59 h

Eran casi las doce cuando volví a mi habitación. Todo estaba tal cual lo había dejado por la mañana. La cama seguía sin hacer y el pijama estaba arrugado en el suelo. La puerta del armario estaba abierta de par en par. Normalmente, mi madre adecentaba mi cuarto después de dejarme en el colegio por la mañana, pero ese día no había podido hacerlo.

Era como si hubiesen pasado varios días desde que mi madre me había despertado por la mañana.

Cerré la puerta del armario y vi el trombón apoyado contra la pared. ¡O sea, que no había tenido el accidente por ir a buscar mis cosas y llevármelas! No sé muy bien por qué, pero eso me hizo sentirme mucho mejor.

Dejé el trombón junto a la puerta de mi habitación para que no se me volviese a olvidar al día siguiente y guardé el trabajo de ciencias y los pantalones cortos en la mochila.

Entonces me senté a la mesa y contesté al mensaje de Elijah sin darle más vueltas.

«Hola, Elijah. Gracias por ofrecerme unirme a tu grupo, pero voy a tocar con John en el concierto de primavera. Buena suerte con "Seven Nation Army".»

Aunque quedase como un auténtico memo en el concierto de primavera, no podía dejar tirado a John. Para eso están los amigos, ¿no? «It's the final countdown!»

A veces no es fácil conservar una amistad.

Me puse el pijama, me cepillé los dientes y me acosté. Luego apagué la lámpara de la mesita de noche. Las estrellas del techo brillaron con un intenso color verde neón, como siempre después de apagar la luz.

Me di la vuelta y me quedé tumbado de lado. Me llamó la atención una pequeña luz verde con forma de estrella que había en el suelo. Era la estrella que mi madre me había pegado en la frente por la mañana y que yo había lanzado por los aires.

Me levanté, la cogí y me la pegué en la frente. Luego volví a acostarme y cerré los ojos.

> *Nos vamos juntos,*
> *Pero aun así es una despedida.*
> *Quizá volvamos*

A la Tierra, quién sabe.

Supongo que nadie tiene la culpa.

Vamos a despegar.

¿Volverán las cosas a ser como antes?

Es la última cuenta atrás…

CHARLOTTE TIENE
LA PALABRA

Pero cada primavera
vuelve a hacerse joven,
y cantan las hadas.

CICELY MARY BAKER,
*Hadas flores
de la primavera,* 1923

Nadie baila el shingaling como yo.

THE ISLEY BROTHERS,
«Nobody But Me»

Donde cuento que iba andando al colegio

Había un ciego que tocaba el acordeón en Main Street al que veía todos los días de camino al colegio. Se sentaba en un taburete debajo del toldo del supermercado A&P que hay en la esquina con Moore Avenue, y su perro lazarillo se tumbaba sobre una manta delante de él. El animal llevaba un pañuelo rojo al cuello. Era una labrador negra. Lo sé porque mi hermana Beatrix se lo preguntó un día.

—Disculpe, señor, ¿de qué raza es ese perro?

—Joni es una labrador negra, señorita —contestó.

—Es muy guapa. ¿Puedo tocarla?

—Mejor que no. Ahora mismo está trabajando.

—Vale, gracias. Que pase un buen día.

—Adiós, señorita.

Mi hermana se despidió con la mano. Él no tenía modo de saberlo, claro, así que no le devolvió el saludo.

Beatrix tenía ocho años. Lo sé porque era mi primer curso en Beecher, o sea, que estaba en preescolar.

Yo no llegué a hablar con el hombre del acordeón. Me fastidia reconocerlo, pero por aquel entonces me daba algo de miedo. Siempre tenía los ojos abiertos, y a mí me parecían vidriosos y empañados. Eran color crema y recordaban a unas canicas beis. Me asustaba solo con verlos. Si hasta me daba un poco de miedo su perro, y eso que a mí me encantan los perros. ¡Si hasta tengo uno! El caso es que su perro me daba miedo; tenía el hocico gris, y sus ojos parecían viscosos. Pero —y este es un gran «pero»—, aunque me daban miedo los dos, el hombre del acordeón y su perro, siempre dejaba un billete de un dólar en la funda abierta del instrumento. No sé cómo, porque estaba tocando el acordeón, pero por más silenciosamente que me acercase a él, el hombre siempre oía el «flap» del billete al caer en la funda.

—Que Dios bendiga a América —decía haciendo un gesto con la cabeza hacia donde yo estaba.

Era algo que me dejaba maravillada. ¿Cómo podía oírlo? ¿Cómo sabía en qué dirección debía hacer aquel gesto?

Mi madre me explicó que los ciegos desarrollan sus otros sentidos para compensar el que han perdido. Como estaba ciego, tenía un superoído.

Eso, claro está, hizo que me preguntara si también tendría otros superpoderes. Por ejemplo: en invierno, cuando hacía un frío que pelaba, ¿tenía alguna manera mágica de calentarse los dedos mientras pulsaba las teclas? ¿Y cómo se las apañaba para mantener el calor del resto del cuerpo? En aquellos días de frío glacial, en los que me castañeteaban los dientes tan solo con recorrer a pie unas cuantas manzanas contra el viento helado, ¿cómo se las apañaba él para entrar en calor y ser capaz de tocar el acordeón? A veces había llegado a ver unos hilillos de hielo formándose en algunas partes de su bigote y su barba, o lo había visto agacharse para comprobar que su perra estaba tapada con la manta. O sea, que sabía que podía sentir frío, pero ¿cómo se las apañaba para no dejar de tocar? ¡Si ese no es un superpoder…!

En invierno siempre le pedía a mi madre dos dólares, en lugar de uno, para dejarlos en la funda del acordeón.

Flap. Flap.

—Que Dios bendiga a América.

Siempre tocaba las mismas ocho o diez canciones. Menos en Navidad, cuando introducía «Rudolph the Red-Nosed Reindeer» y «Hark! The Herald Angels Sing». Si no, repetía las mismas canciones, una y otra vez. Mi madre se sabía los títulos de algunas. «Delilah», «Lara's Theme», «Those Were the Days». Me descargué todos los temas que me dijo, y tenía razón: aquellas eran las canciones. Pero ¿por qué solo esas? ¿Eran las únicas que había aprendido o eran las únicas que recordaba? ¿O conocía un montón más pero había decidido tocar solo esas?

Tantas preguntas me llevaron a hacerme muchas más. ¿Cuándo aprendió a tocar el acordeón? ¿De niño? ¿Aún no era ciego por aquel entonces? Si no podía ver, ¿cómo podía leer partituras? ¿Dónde vivía de pequeño? ¿Dónde vivía cuando no estaba en la esquina de Main Street con Moore Avenue? A veces lo veía caminando con su perro, sujetando el arnés del animal con la mano derecha y la funda del acordeón con la izquierda. ¡Qué despacio avanzaban! No parecía que pudiesen llegar muy lejos. ¿Adónde iban?

Si no me hubiese dado miedo, le habría hecho muchas preguntas. Pero nunca se las hice. Me limitaba a darle billetes de un dólar.

Flap.

—Que Dios bendiga a América.

Siempre igual.

Cuando me fui haciendo mayor y ya no me daba tanto miedo, las preguntas que me hacía sobre él dejaron de tener tanta importancia. Supongo que acabé tan acostumbrada a verlo que ya no pensaba en sus ojos vidriosos ni en si tenía superpoderes. No dejé de echarle un dólar cada vez que pasaba por delante, pero el gesto se había convertido en una costumbre, como la de pasar la tarjeta del metro por el lector del torniquete.

Flap.

—Que Dios bendiga a América.

Cuando empecé quinto dejé de verlo, porque ya no pasaba delante de él de camino al colegio. La escuela de secundaria Beecher está unas cuantas manzanas más cerca de casa que el colegio de los pequeños, así que iba andando a clase con mis hermanas Beatrix y Aimee, que es la mayor de las tres, y volvía andando del colegio con mi mejor amiga, Ellie, y también con Maya y con Lina, que viven cerca de mí. De vez en cuando, a principio de curso, íbamos al A&P a comprar algo de comer cuando salíamos de clase, antes de volver a casa, y al ver al hombre del acordeón le daba un dólar y oía cómo bendecía a América. Pero al llegar el frío, prácticamente dejamos de hacerlo. Por eso, hasta que ya llevábamos unos días de vacaciones de Navidad y una tarde fui al A&P con mi madre, no me di cuenta de que el ciego que tocaba el acordeón en Main Street ya no estaba allí.

Había desaparecido.

Donde cuento cómo pasé las vacaciones
de Navidad

Los que me conocen siempre me dicen que soy muy dramática. No tengo ni idea de por qué lo dicen, porque yo no soy nada, pero nada de nada, dramática. Sin embargo, cuando vi que el hombre del acordeón no estaba, se me fue la olla. No sé por qué, pero el caso es que me obsesioné y no podía parar de darle vueltas a qué podría haberle pasado. ¡Era como un misterio que tenía que resolver! ¿Qué narices le habría sucedido al ciego que tocaba el acordeón en Main Street?

Nadie parecía saberlo. Mi madre y yo les preguntamos a las cajeras del supermercado, a la señora de la tintorería y al hombre de la óptica de la acera de enfrente para ver si sabían algo de él. Hasta le preguntamos al policía que ponía multas en esa manzana. Todos lo conocían, pero nadie sabía qué le había pasado, solo que un día, ¡puf!, había desaparecido. El policía me dijo que en los días de mucho frío a la gente sin hogar se la llevaban a los albergues municipales para que no muriesen congelados. Según él, al hombre del acordeón seguramente le habría pasado eso. Pero la señora de la tintorería nos dijo que sabía a ciencia cierta que el hombre del acordeón no era una persona sin hogar. Pensaba que vivía en alguna parte de Riverdale, porque alguna vez lo había visto bajar del autobús Bx3 a primera hora de la mañana con su perro. El tipo de la óptica nos dijo que estaba seguro de que el hombre del acordeón había sido un músico de jazz famoso y que en realidad estaba forrado, así que no debía preocuparme por él.

¿Pensáis que todas aquellas respuestas me ayudaron a calmarme? ¡Pues no! Solo me llevaron a preguntarme un montón de cosas más que me hicieron sentir aún más curiosidad por él. Por ejemplo: ¿estaría pasando el invierno en un albergue para personas sin hogar? ¿Estaría viviendo en su preciosa casa de Riverdale? ¿De verdad había sido un músico de jazz famoso? ¿Era rico? Si era rico, ¿por qué tocaba para ganar dinero?

Por cierto, toda mi familia se hartó de oírme hablar del tema.

—¡Charlotte, si vuelves a hablarme del acordeonista, voy a vomitarte encima! —dijo Beatrix.

—Charlotte, ¿quieres dejarlo estar de una vez? —dijo Aimee.

Fue mi madre quien me sugirió que una buena manera de «canalizar» mi energía podía ser organizar una recogida de abrigos en el barrio en beneficio de las personas sin hogar. Pegamos carteles en los que pedíamos a la gente que donase abrigos «en buen estado» y los depositase en bolsas de plástico en un contenedor enorme que dejamos delante de nuestro edificio. Cuando ya habíamos recogido unas diez bolsas de basura gigantes llenas de abrigos, mis padres y yo fuimos en coche al centro, a la Bowery Mission, para donar los abrigos. Reconozco que me sentó muy bien entregar todos aquellos abrigos para gente que de verdad los necesitaba. Cuando estaba en la misión con mis padres, busqué al hombre del acordeón por si estaba allí, pero no hubo suerte. De todos modos, sabía que él ya tenía un buen abrigo: una parka naranja de Canada Goose que a mi madre le hacía pensar que los rumores de que era rico podían ser ciertos.

—No se ve a mucha gente sin hogar llevando una parka de Canada Goose —observó mi madre.

Cuando volví a clase después de las vacaciones de Navidad, el señor Traseronian, que es el director del colegio de secundaria, me felicitó por haber organizado una recogida de abrigos. No sé cómo se había enterado, pero el caso es que se había enterado. Casi todo el mundo estaba de acuerdo en que el señor Traseronian tenía alguna especie de dron secreto de vigilancia que estaba al tanto de todo lo que sucedía en la escuela de secundaria Beecher: no había otro modo de que supiese todas las cosas que parecía saber.

—Ha sido una manera preciosa de pasar las vacaciones de Navidad, Charlotte —dijo.

—¡Gracias, señor Traseronian!

Me encantaba el señor Traseronian. Siempre era muy amable. Me gustaba de él que fuera uno de esos profesores que nunca te hablan como a un niño pequeño. Siempre utilizaba palabras difíciles, dando por hecho que las conocías y las entiendías, y nunca apartaba la vista cuando le hablabas. Otra cosa que también me encantaba era que llevara tirantes, pajarita y unas zapatillas de deporte rojas.

—¿Crees que podrías ayudarme a organizar una recogida de abrigos en Beecher? —me preguntó—. Ahora que eres una experta, me encantaría contar con tu ayuda.

—¡Pues claro! —contesté.

Así acabé participando en la primera recogida anual de abrigos del colegio de secundaria Beecher.

El caso es que entre la recogida de abrigos y todos los sucesos dramáticos que se produjeron en el colegio cuando volví de las vacaciones de Navidad (¡enseguida hablo de eso!), no tuve ocasión de resolver el misterio de qué le había pasado al ciego que tocaba el acordeón en Main Street. Ellie no parecía nada interesada en ayudarme a averiguarlo, aunque era el tipo de cosa que podría haberla motivado tan solo unos meses antes. Además, ni Maya ni Lina parecían acordarse de él. De hecho, a nadie parecía importarle un rábano lo que le hubiese sucedido, así que acabé por dejarlo estar.

Sin embargo, algunos días me acordaba del hombre del acordeón. De vez en cuando recordaba una de las canciones que tocaba y me pasaba el día entero tarareándola.

Donde cuento cómo empezó la guerra
entre los chicos

Cuando volvimos de las vacaciones de Navidad, el único tema de conversación era «la guerra», también llamada «la guerra entre los chicos». Todo empezó justo antes de que empezaran las vacaciones. Unos pocos días antes de que acabasen las clases, a Jack Will lo expulsaron temporalmente por haberle pegado un puñetazo en la boca a Julian Albans. ¡Y luego dicen que yo soy dramática! Todo el mundo cotilleaba sin parar sobre el tema, pero nadie sabía exactamente por qué Jack había hecho lo que había hecho. Casi todo el mundo pensaba que tenía algo que ver con Auggie Pullman. Para poneros en antecedentes, tenéis que saber que Auggie Pullman es un chico del colegio que nació con unos problemas faciales muy graves. Y cuando digo graves, quiero decir graves. O sea, muy graves. Ninguno de sus rasgos está donde debería estar.

Cuando lo ves por primera vez asusta un poco, porque parece que lleve una máscara o yo qué sé. Por eso, cuando empezó a ir a clase al colegio de secundaria Beecher, todo el mundo se fijó en él. Era imposible no fijarse.

Unos cuantos —Jack, Summer y yo— fuimos simpáticos con él desde el principio. Por ejemplo, cuando nos cruzábamos por el pasillo siempre le decía: «Hola, Auggie, ¿qué tal?», y otras cosas por el estilo. En parte, porque el señor Traseronian me había pedido que fuese una de las amigas de bienvenida para Auggie antes de que empezaran las clases, pero habría sido simpática con él aunque no me lo hubiese pedido.

Sin embargo, casi todos los demás —como Julian y su grupo— no fueron nada simpáticos con Auggie, sobre todo al principio. No creo que intentasen ser desagradables a propósito. Creo que su cara los asustaba un poco, nada más. Decían tonterías a sus espaldas. Lo llamaban Monstruo. Jugaban a una cosa llamada «la Peste», en la que yo nunca quise participar, que conste. (Si nunca he tocado a Auggie Pullman es solo porque nunca he tenido un motivo para hacerlo, nada más.) Nadie quería relacionarse con él ni incluirlo en su equipo para un trabajo de clase. Al menos, al inicio de curso. Un par de meses después, la gente empezó a acostumbrarse. No es que empezasen a ser especialmente simpáticos con él, pero al menos dejaron de ser desagradables. Todos menos Julian, claro, que siguió dándole al tema una importancia que no tenía. Era como si no pudiera superar el hecho de que Auggie tiene la pinta que tiene. ¡Como si el pobre chaval pudiera hacer algo para evitarlo!

El caso es que todo el mundo piensa que Julian le dijo a Jack algo horrible sobre Auggie. Y Jack, como el buen amigo que es, le dio un puñetazo a Julian. ¡Zas!

Y luego expulsaron temporalmente a Jack. ¡Zas!

Y ahora ha vuelto a clase. ¡Zas!

¡Toma dramatismo!

¡Pero aún hay más!

Porque lo que sucedió fue lo siguiente: durante las vacaciones de Navidad, Julian celebró una superfiesta y, básicamente, puso a todos los de quinto en contra de Jack. Hizo correr el rumor de que el psicólogo del colegio le había dicho a su madre que Jack era inestable emocionalmente. Y que la presión de ser amigo de Auggie había hecho que se le fuera la olla y se volviera un maníaco agresivo. ¡Qué locura! Por supuesto, nada era cierto, y casi todo el mundo lo sabía, pero eso no evitó que Julian difundiese la mentira.

Y ahora todos los chicos están en guerra. Así fue como empezó. ¡Menuda tontería!

Donde cuento cómo me mantuve neutral

Sé que la gente dice de mí que soy una santita. No tengo
ni idea de por qué lo hacen, porque no soy ninguna santa, pero tampoco voy a ser desagradable con alguien solo
porque otra persona lo diga. No soporto que la gente
haga esas cosas.

Por eso, cuando todos los chicos empezaron a hacerle
el vacío a Jack y él no sabía por qué, pensé que lo menos
que podía hacer era contarle lo que estaba pasando. A ver,
conozco a Jack desde que íbamos a preescolar y sé que es
un buen chaval.

La cuestión es que no quería que nadie me viese hablando con él. Algunas chicas, como las del grupo de
Savanna, habían empezado a tomar partido por el bando
de Julian, y yo deseaba con todas mis fuerzas mantenerme neutral, porque no quería que ninguna se enfadase

conmigo. Aún tenía esperanzas de entrar en ese grupo algún día. Lo último que quería era hacer algo que echase por tierra mis posibilidades de lograrlo.

Un día, antes de la última hora, le pasé una nota a Jack donde le decía que se reuniese conmigo en el aula 301 al salir de clase. Y lo hizo. Y yo le conté todo lo que estaba sucediendo. ¡Tendríais que haberle visto la cara! ¡Se puso rojo como un tomate! ¡En serio! ¡Pobre chaval! Los dos estuvimos de acuerdo en que aquella situación era un rollo. Me dio mucha pena.

Cuando terminamos de hablar, salí disimuladamente del aula, sin que nadie me viese.

Donde cuento que estaba deseando contarle a Ellie que había hablado con Jack Will

Al día siguiente, a la hora de comer, iba a contarle a Ellie que había hablado con Jack. Ellie y yo habíamos estado coladas por Jack Will en secreto en cuarto, cuando él hizo de Artful Dodger en la obra de teatro *Oliver,* y a las dos nos pareció que estaba encantador con chistera.

Me acerqué a ella mientras estaba vaciando la bandeja de la comida. Dejamos de compartir mesa en el comedor cuando ella se pasó a la mesa de Savanna, allá por Halloween. Aun así, seguía confiando en Ellie. ¡Habíamos sido íntimas desde primero, y eso no es moco de pavo!

—Hola —le dije, tocándola suavemente con el codo.

—¡Hola! —contestó, devolviéndome el gesto.

—¿Por qué no fuiste ayer a coro?

—Ah, ¿no te lo había dicho? Cambié de optativas al volver de las vacaciones de Navidad. Ahora estoy en la banda de música.

—¿En la banda? ¿En serio?

—¡Toco el clarinete! —contestó.

—¡Hala! —exclamé asintiendo con la cabeza—. Qué guay.

La noticia me sorprendió mucho, y por muchos motivos.

—¿Tú qué tal, Charly? —dijo—. Tengo la impresión de que casi no te he visto desde que volvimos de vacaciones —añadió, y me agarró de la muñeca para echarle un vistazo a mi nueva pulsera.

—Sí, ¿verdad? —contesté, aunque no le dije que era porque ella me había dado calabazas todas las veces que habíamos hecho planes para vernos al salir de clase.

—¿Cómo va el torneo de los cuadraditos de Maya?

Se refería a la obsesión que tenía Maya por crear el mayor juego de cuadraditos del mundo para jugar a la hora de comer. Sin que ella se enterase, nos burlábamos bastante del tema.

—Bien —contesté, sonriendo—. Quería hablar contigo del asunto ese de la guerra entre los chicos. Vaya rollo, ¿no?

Puso los ojos en blanco.

—¡Se les ha ido mogollón de las manos!

—Sí, ¿no te parece? —dije—. Me da pena Jack. ¿No crees que Julian debería dejarlo estar de una vez?

Ellie se retorció un mechón de pelo con un dedo. Cogió un cartón de zumo fresco del mostrador y metió la pajita en el agujero.

—No sé, Charly. Fue Jack quien le pegó un puñetazo a él. Julian tiene todo el derecho del mundo a estar enfadado. —Le dio un buen sorbo al zumo y añadió—: Empiezo a pensar que Jack tiene un serio problema de autocontrol.

¿Cómo? Conozco a Ellie de toda la vida, y la Ellie que conozco nunca utilizaría una expresión del tipo «problema de autocontrol». No es que Ellie no sea lista, pero no es «tan» lista. ¿Un «problema de autocontrol»? Eso le pegaba más decirlo a Ximena Chin con ese tono sarcástico tan habitual en ella. Desde que Ellie había empezado a relacionarse con Ximena y Savanna se comportaba de un modo cada vez más raro.

¡Un momento! Entonces me acordé de una cosa: ¡Ximena toca el clarinete! ¡Eso explicaba por qué Ellie había cambiado de optativa! ¡Ahora todo tenía sentido!

—De todos modos, creo que no debemos meternos. Es algo entre los chicos —dijo Ellie.

—Sí, ya —contesté. Decidí que era mejor no contarle a Ellie que había hablado con Jack.

—¿Estás lista para la prueba de baile de hoy? —preguntó, muy contenta.

—Sí —respondí, fingiendo que estaba emocionada—. Creo que la señora Atanabi va a…

—¿Estás lista, Ellie? —nos interrumpió Ximena Chin, que acababa de aparecer de la nada. Me saludó brevemente con un gesto de la cabeza sin llegar a mirarme, se dio media vuelta y echó a andar hacia la puerta del comedor.

Ellie tiró a la papelera el cartón de zumo sin terminar, se echó torpemente la mochila al hombro derecho y salió corriendo detrás de Ximena.

—¡Hasta luego, Charly! —masculló desde el centro del comedor.

—Hasta luego —contesté mientras la veía alcanzar a Ximena.

Las dos juntas se reunieron con Savanna y Gretchen, una de sexto, que estaban esperándolas junto a la puerta.

Las cuatro eran más o menos igual de altas, y todas tenían el pelo superlargo y con ondas en las puntas. Cada una tenía un color de pelo, eso sí. El de Savanna era rubio dorado. Ximena era morena. Gretchen era pelirroja. Y Ellie era castaña. A veces me preguntaba si Ellie habría entrado en aquel grupo tan guay gracias a su pelo, que era del color y la longitud perfectos para no desentonar.

Yo soy rubia platino, y tengo el pelo tan lacio y liso que no hay manera humana de que acabe en ondas sin echarme cantidades industriales de laca. Y lo llevo corto. Y soy bajita.

Donde cuento cómo funcionan
los diagramas de Venn
(Primera parte)

En la clase de ciencias de la señorita Rubin aprendimos
qué eran los diagramas de Venn. Los diagramas de Venn
se dibujan para ver qué relaciones hay entre distintos grupos de cosas. Por ejemplo, si quieres saber cuáles son las
características comunes de los mamíferos, los reptiles y
los peces, dibujas un diagrama de Venn y dentro de un
círculo haces una lista con todos los atributos de cada
uno. En la intersección de los círculos queda lo que tienen en común. En el caso de los mamíferos, los reptiles y
los peces, todos tienen columna vertebral.

mamíferos

reptiles

- sangre caliente
- tienen pelo o piel
- vivíparos
- casi todos viven en tierra
- tienen pulmones
- algunos viven en el agua
- vertebrados
- agua
- ponen huevos
- piel con escamas
- sangre fría
- todos viven en el agua
- tienen branquias

peces

El caso es que me encantan los diagramas de Venn.
Son muy útiles para explicar un montón de cosas. A veces
los dibujo para explicar las relaciones de amistad.

En primero

Charlotte

Ellie

- deja
- prefiere los perros
- animal favorito: caballo
- pelo rubio
- ♥ ¡bailar!
- ♥ ¡las Hadas Flores!
- ♥ helado favorito: vainilla
- ♥ Big Time Rush
- amigas de Maya
- Elsa
- alta
- prefiere los gatos
- animal favorito: koala
- pelo castaño
- Anna

Ellie y yo en primero.

Como se puede observar, Ellie y yo teníamos muchas cosas en común. Somos amigas desde el primer día de primero, cuando la señorita Diamond nos sentó en la misma mesa. Recuerdo aquel día perfectamente. Yo me pasé el rato intentando hablar con Ellie, pero ella era muy tímida y no quería. Luego, a la hora del almuerzo, me puse a hacer como que patinaba sobre hielo con los dedos por la mesa que compartíamos. Por si no sabéis lo que es, es cuando haces el gesto de la paz, pero al revés, y dejas que los dedos se deslicen sobre la superficie lustrosa de la mesa, como si hiciesen patinaje artístico. El caso es que Ellie se pasó un rato mirando cómo lo hacía y luego ella también empezó a patinar sobre hielo con los dedos. Enseguida nos pusimos las dos a trazar ochos por toda la mesa. A partir de entonces nos hicimos inseparables.

Ellie y yo ahora.

Donde cuento cómo seguí
manteniéndome neutral

Al salir de clase, cuando llegué a la prueba de baile, Ellie, Savanna y Ximena estaban delante de las taquillas que hay junto a la puerta del salón de actos. En cuanto me miraron supe que habían estado hablando de mí.

—No irás a ponerte de parte de Jack en la guerra de los chicos, ¿verdad? —dijo Savanna e hizo un gesto de asco con los labios.

Miré a Ellie, que obviamente había compartido parte de nuestra conversación de la hora de comer con Savanna y Ximena. Se mordió un mechón de pelo y miró hacia otro lado.

—No estoy de parte de Jack —respondí con calma. Abrí mi taquilla y metí la mochila dentro—. Lo único que digo es que creo que esta guerra entre los chicos es una tontería. Todos los chicos se comportan como memos.

—Sí, pero fue Jack quien empezó —dijo Savanna—. ¿O es que te parece bien que le pegase un puñetazo a Julian?

—No, lo que hizo no estuvo bien —contesté mientras sacaba la ropa de baile.

—Entonces ¿cómo puedes estar de parte de Jack? —se apresuró a preguntar Savanna, y repitió el mismo gesto de asco con la boca.

—¿Es porque te gusta? —preguntó Ximena sonriendo maliciosamente.

Ximena, que seguramente no me había dirigido más de treinta palabras en todo el curso, ¿me estaba preguntando si me gustaba Jack?

—No —contesté, pero noté que las orejas se me ponían rojas.

Mientras me sentaba para ponerme las zapatillas levanté la vista para mirar a Ellie. Estaba retorciendo otro mechón de pelo para metérselo en la boca. ¡No me podía creer que les hubiese contado lo de Jack! ¡Qué traidora!

En ese momento la señora Atanabi entró en la sala y dio una palmada para llamar la atención de todo el mundo de un modo algo teatral, como es habitual en ella.

—Muy bien, chicas. Si no habéis firmado en la hoja de la prueba, hacedlo ahora, por favor —dijo señalando la tablilla con sujetapapeles que había sobre la mesa. Ha-

bía unas ocho chicas más haciendo cola para firmar—.
Y si ya habéis firmado, haced el favor de colocaros en la
pista de baile para hacer estiramientos.

—Yo firmaré por ti —le dijo Ximena a Savanna mientras echaba a andar hacia la mesa.

—¿Quieres que firme por ti, Charly? —me preguntó
Ellie. Sabía que ese era el modo de comprobar si estaba
enfadada con ella. ¡Vaya si lo estaba!

—Ya he firmado —contesté con mucha calma, sin
mirarla.

—Pues claro que ha firmado —se apresuró a decir
Savanna, poniendo los ojos en blanco—. Charlotte siempre es la primera en firmar.

Donde cuento que me encanta bailar
(y por qué)

Voy a clases de baile desde que tenía cuatro años. Ballet. Claqué. Jazz. No porque quiera ser una primera bailarina de mayor, sino porque tengo intención de convertirme en una estrella de Broadway algún día. Para hacerlo hay que aprender a cantar, a bailar y a actuar. Por eso me esfuerzo tanto en las clases de baile. Y en las clases de canto. Me las tomo muy en serio porque sé que algún día, cuando se presente mi gran oportunidad, estaré lista para aprovecharla. ¿Que por qué estaré lista? Porque me he matado a trabajar… ¡toda la vida! La gente cree que las estrellas de Broadway salen de la nada…, ¡pero no es verdad! ¡Practican hasta que les duelen los pies! ¡Ensayan como locas! Si quieres ser una estrella, tienes que estar dispuesta a currártelo más que nadie para alcanzar tus objetivos y hacer realidad tus sueños. Yo lo veo así: un sueño es como un dibujo en tu cabeza que cobra vida. Primero tienes que imaginártelo. Luego tienes que matarte a trabajar para hacerlo real.

Por eso, cuando Savanna dice: «Charlotte siempre es la primera en firmar», por una parte es una especie de cumplido, porque en realidad está diciendo: «Charlotte siempre controla la situación porque se ha matado a trabajar». Pero cuando dice: «Charlotte siempre es la primera en firmar» con esa expresión de asco, en realidad es como si dijera: «Charlotte solo consigue lo que quiere porque es la primera en hacerlo». O al menos así lo interpreto yo. Como un desprecio.

A Savanna se le da muy bien hacer esa clase de desaires; la clave está en los ojos y en las comisuras de los labios. Es una pena, porque antes no era así. En primaria, Savanna, Ellie, Maya, Summer y yo éramos todas amigas. Jugábamos juntas al salir de clase. Merendábamos juntas. Pero desde que empezamos la secundaria —desde que se volvió guay—, Savanna es mucho menos simpática.

Donde cuento cómo presentó su baile
la señora Atanabi

—Bueno, señoritas —dijo la señora Atanabi dando una palmada. Nos hizo un gesto para que nos acercásemos a ella—. ¡Todas a la pista de baile, por favor! Ocupad vuestros puestos. Abríos un poco. Hoy os voy a enseñar un par de bailes diferentes de los años sesenta que me gustaría que probaseis. El twist, el hully gully y el mambo. Esos tres. ¿Os parece bien?

Me había colocado detrás de Summer, que me sonrió y me saludó con esa manera tan simpática y alegre que tiene de hacerlo. Cuando era pequeña y aún me gustaban las hadas Flores, pensaba que Summer Dawson era clavadita al hada Lavanda. Solo le faltaba haber nacido con unas alas de color violeta.

—¿Desde cuándo te gusta el baile? —le pregunté, porque a Summer nunca la había visto entre el público en los espectáculos de baile.

Summer se encogió de hombros tímidamente.

—He empezado a ir a clases este verano.

—¡Genial! —contesté, y sonreí para animarla.

—Señora Atanabi —dijo Ximena alzando la mano—, ¿para qué es esta prueba?

—¡Ay, madre! —respondió la señora Atanabi dándose un golpe en la frente con los dedos—. Por supuesto. Se me ha olvidado por completo contaros de qué va esto.

A mí siempre me ha encantado la señora Atanabi, con sus largos vestidos, sus pañuelos para el cuello y su moño descuidado. Me encanta que siempre tenga el aspecto de alguien que acaba de regresar de un largo viaje. Eso me gusta. Pero mucha gente la considera rara y extravagante. La manera que tiene de echar la cabeza hacia atrás cuando se ríe. La manera que tiene de hablar sola a veces. Hay quien dice que es clavada a la señora Puff de *Bob Esponja*. Hay quien la llama señora Patanabi a sus espaldas, lo cual me parece bastante cruel.

—Me han pedido que monte una pieza de baile para representarla en la gala benéfica del colegio de secundaria Beecher —explicó—. Eso será a mediados de marzo. Será una actuación que no verán otros alumnos. Es para padres, profesores y antiguos alumnos. Pero es algo grande. ¡Este año va a celebrarse en el Carnegie Hall!

Todas soltamos una exclamación emocionada.

La señora Atanabi se echó a reír.

—¡Ya suponía que os haría ilusión! —dijo—. Estoy adaptando una pieza que coreografié hace años y que, si me lo permitís, obtuvo bastante reconocimiento en su día. Creo que será muy divertido. ¡Pero habrá que trabajar mucho! Eso me recuerda una cosa: si resultáis elegidas para este baile, supondrá un gran compromiso en lo que a tiempo se refiere. Quiero dejarlo claro desde el principio, chicas. Noventa minutos de ensayo, después de clase, tres días a la semana. Desde ahora hasta marzo. Así que si no podéis comprometeros, no os molestéis en realizar la prueba. ¿Entendido?

—Pero ¿y si tenemos entrenamiento de fútbol? —preguntó Ruby en mitad de un *plié*.

—Chicas, en la vida a veces hay que elegir —contestó la señora Atanabi—. No podéis entrenar al fútbol y participar en este baile. Es así de sencillo. No quiero oír excusas que tengan que ver con trabajos de clase, exámenes ni nada por el estilo. ¡Si faltáis a un solo ensayo ya será demasiado! Recordad: esto no es obligatorio para clase. Nadie os obliga a estar aquí, chicas. Esto no va a serviros para subir ninguna nota. Si no os basta con la posibilidad de bailar en uno de los escenarios más famosos del mundo, no hagáis la prueba, por favor. —Extendió el brazo y señaló la puerta—. No voy a enfadarme.

Nos miramos las unas a las otras. Ruby y Jacqueline le sonrieron a la señora Atanabi a modo de disculpa, dijeron adiós con la mano y se marcharon. Me pareció increíble que alguien pudiera hacer algo así. ¿Renunciar a la oportunidad de bailar en el Carnegie Hall? ¡Pero si es tan famoso como Broadway!

La señora Atanabi parpadeó, pero no dijo nada. Luego se frotó la sien, como si intentara librarse de un dolor de cabeza.

—Una última cosa —dijo—: si no resultáis elegidas, por favor, recordad que aún queda el número de baile para el espectáculo de variedades de primavera, y en ese puede participar todo el mundo. Así que si no conseguís plaza en este baile, por favor, no les pidáis a vuestras madres que me escriban un correo electrónico. Solo hay plaza para tres chicas.

—¿Solo tres? —exclamó Ellie, y se tapó la boca con la mano.

—Sí, solo tres —contestó la señora Atanabi, y sonó igual que cuando la señora Puff dice: «Ay, Bob Esponja».

Sabía lo que estaba pensando Ellie: «Por favor, que seamos Ximena, Savanna y yo».

Pero, aunque lo desease, seguramente sabía que las cosas no iban a salir como ella quería. Todo el mundo sabe que Ximena es la mejor bailarina del colegio. La seleccionaron para el curso intensivo de verano en la Escuela de Ballet Americano. Sí, ese es el nivelazo que tiene. Podía preverse con bastante seguridad que Ximena saldría elegida.

Y todo el mundo sabe que Savanna llegó a la final en dos concursos regionales el año pasado, y que acabó bastante bien clasificada en uno nacional…, así que había bastantes probabilidades de que también entrase.

Y todo el mundo sabe que… Bueno, no es que quiera fardar, pero el baile es lo mío, y en mi estantería tengo un montón de trofeos que lo demuestran.

Pero ¿Ellie? Sintiéndolo mucho, no tiene el nivel de Ximena ni de Savanna. Ni el mío. Sí, lleva unos cuantos años bailando, pero siempre ha sido bastante perezosa. No sé, a lo mejor si hubiese habido plaza para cuatro chicas… Pero si solo podían ser tres, no.

Mientras recorría la sala con la mirada para evaluar la competencia, tuve claro que las tres elegidas seríamos Ximena, Savanna ¡y yo! ¡Lo siento, Ellie!

Y quizá, solo quizá, esa sería mi oportunidad para entrar en el grupo de Savanna de una vez por todas. Ellie volvería a ser mi mejor amiga. Savanna podía quedarse con Ximena. Todo acabaría bien.

El twist, el hully gully y el mambo.

Ya lo pillo.

Donde cuento cómo funcionan
los diagramas de Venn
(Segunda parte)

En secundaria, tu grupo de la mesa del comedor no siempre se corresponde con tu grupo de amigas. Por ejemplo, es posible —en realidad, es muy probable— que acabes en la mesa del comedor con un grupo de chicas de las que eres amiga… pero que no son necesariamente «tus amigas más amigas». ¿Que por qué has acabado en esa mesa? Eso es algo totalmente aleatorio: a lo mejor no había espacio suficiente en la mesa donde se sentaban las chicas con las que de verdad querías sentarte. O a lo mejor simplemente has acabado con ese grupo de chicas por culpa de la clase que tenías justo antes de comer. Eso me pasó a mí. El primer día de clase, Maya, Megan, Lina, Rand, Summer, Ellie y yo estábamos en matemáticas avanzadas con la señora Petosa. Cuando sonó la campana de la hora de comer, bajamos corriendo por la escalera todas juntas. No teníamos muy claro cómo se llegaba al comedor. Cuando por fin lo encontramos, nos sentamos todas en la misma mesa. Fue como si jugáramos a las sillas musicales, con todas peleándonos por un asiento. En teoría, solo podían sentarse seis personas a una mesa, pero conseguimos apretujarnos las siete.

Lina Summer Megan Rand

Ellie Charlotte Maya

Al principio pensé que aquella era la mejor mesa de todo el comedor. Estaba sentada entre Ellie, mi mejor amiga de primero, y Maya, mi otra mejor amiga de primaria. Estaba sentada enfrente de Summer y Megan, a las que conocía de primaria, aunque no fuéramos necesariamente buenas amigas. Además, conocía a Lina del campamento de verano de Beecher. La única persona a la que no conocía de nada era Rand, pero daba la impresión de ser bastante maja. Así que, en conjunto, parecía una mesa superalucinante.

Pero ese mismo día, Summer cambió de mesa y fue a sentarse con Auggie Pullman. ¡Qué impresión! Estábamos todas allí sentadas, hablando de él y viéndolo comer. Lina dijo algo con muy mala leche que no pienso repetir y, antes de que nos diéramos cuenta, Summer, sin decirle nada a nadie, cogió su bandeja con la comida y echó a andar hacia él. ¡Aquello no se lo esperaba nadie! Recuerdo que Lina puso la cara de quien está viendo un accidente de coche.

—¡No te quedes mirándolos! —le dije.

—No me puedo creer que Summer esté comiendo con él —susurró, horrorizada.

—No es para tanto —contesté, poniendo los ojos en blanco.

—Entonces ¿por qué no comes tú con él? —me dijo—. ¿No se supone que eras su amiga de bienvenida?

—Eso no implica que tenga que sentarme con él durante la comida —me apresuré a contestar.

Me arrepentí de haberle contado a alguien que el señor Traseronian me había elegido para ser una de las amigas de bienvenida de Auggie. Sí, para mí era un honor que

298

me lo hubiese pedido, igual que a Julian y a Jack..., pero tampoco quería que me lo estuviesen restregando por la cara.

Todo el mundo estaba haciendo lo mismo que nosotras: mirar fijamente a Auggie y a Summer mientras comían juntos. Solo llevábamos unas horas en secundaria, pero la gente ya había empezado a llamarlo Chico Zombi y Monstruo.

«La Bella y el Monstruo», susurraba la gente refiriéndose a Summer y Auggie.

¡No pensaba permitir que la gente cuchichease sobre mí a mis espaldas! ¡Ni hablar!

—Además —le dije a Lina mientras me comía la ensalada César—, me gusta esta mesa. No quiero cambiar de sitio.

Y era cierto. ¡Vaya si me gustaba aquella mesa!

Bueno, al menos al principio.

Luego, a medida que las fui conociendo a todas un poco mejor, me di cuenta de que quizá no tenía tanto en común con ellas como me hubiera gustado. Resultó que Lina, Megan y Rand eran todas superdeportistas (Maya jugaba al fútbol, pero nada más). Había todo un mundo de partidos de fútbol, competiciones de natación en equipo y «partidos fuera de casa» del que Ellie y yo no sabíamos qué decir. Además, todas habían elegido la optativa de orquesta, mientras que Ellie y yo habíamos elegido coro. Por último, a ellas no les gustaban muchas de las cosas que a nosotras nos encantaban. Nunca veían *La Voz*, ni *American Idol*. No les chiflaban las estrellas de cine ni las películas antiguas. ¡Nunca habían visto *Los miserables*, madre mía! A ver, ¿cómo iba a tener una relación seria de amistad con alguien que no tenía ningún interés en ver *Los miserables*?

Pero mientras pudiese hablar con Ellie, y Maya estuviese para completar el grupo, no tenía ningún problema. Las tres hablábamos de cosas que nos interesaban en nuestro lado de la mesa, y Megan, Lina y Rand hablaban de cosas que les interesaban a ellas en su lado de la mesa. Luego, entre todas comentábamos las cosas que teníamos en común: los trabajos para clase, los deberes, los profesores, los exámenes, la bazofia que servían en el comedor.

Por eso aquella situación me parecía bien. ¡Hasta que Ellie se cambió de mesa!

Ahora estoy yo sola. Con Maya.

En realidad, con Maya solo me gustaba hablar cuando estaba Ellie. Bueno, con ella siempre puedes jugar una emocionante partida a los cuadraditos.

Veréis, no es que esté enfadada con Ellie por haberse cambiado de mesa. De verdad que no la critico por eso.

Desde que nos enteramos de que Amos estaba colado por ella, fue como si hubiese recibido un pase gratis para entrar en el grupo de las chicas guais. Savanna le había pedido que se sentase con ellas en su mesa del comedor, y lo organizó todo para que Amos y Ellie se sentasen juntos. Así era como se juntaban todas las «parejas» del curso. Ximena y Miles, Savanna y Henry y, ahora, Amos y Ellie. En grupitos cerrados. Los chicos guais con las chicas guais. Era normal que quisieran estar todos juntos. ¡En nuestro curso nadie más sale con nadie, ni nada que se le parezca! Sé de buena tinta que las chicas de mi mesa siguen comportándose como si los chicos tuvieran piojos. Por lo que veo, parece que casi todos los chicos hacen como si las chicas no existieran.

Por eso entiendo perfectamente que Ellie se cambiase de mesa. De verdad que sí. No pienso cabrearme con ella, como hace Maya. No tiene que ser fácil que te inviten a una mesa mejor. No hay vuelta atrás.

No me queda otra que esperar sentada, hablar con Maya y confiar en que algún día Savanna me pida que me siente a la mesa de las chicas guais.

Mientras tanto, dibujo diagramas de Venn y juego un montón a los cuadraditos.

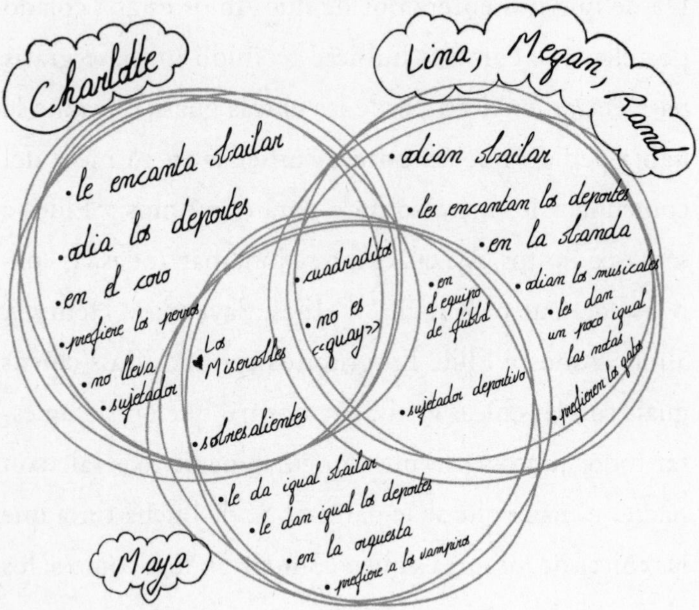
Charlotte
Lina, Megan, Rand
Maya
• le encanta bailar
• odia los deportes
• en el coro
• prefiere los perros
• no lleva
• sujetador
Los Miserables
• sobresalientes
• cuadraditos
• no es «guay»
• en el equipo de fútbol
• sujetador deportivo
• odian bailar
• les encantan los deportes
• en la banda
• odian los musicales
• les dan un poco igual las notas
• prefieren los gatos
• le da igual bailar
• le dan igual los deportes
• en la orquesta
• prefiere a los vampiros

Donde cuento cómo se formó
un nuevo subgrupo

Al día siguiente, justo antes de la hora de comer, esta nota estaba clavada con chinchetas en el tablón de anuncios que hay junto a la biblioteca:

Enhorabuena a las chicas de la lista. Habéis sido elegidas para participar en el número de baile de los años sesenta de la señora Atanabi. He colgado un horario de ensayos en la página web. ¡Marcad los días en vuestro calendario! No se aceptarán faltas ni excusas. El primer ensayo será mañana a las cuatro de la tarde en el salón de actos. ¡NO SE OS OCURRA LLEGAR CON RETRASO!

SEÑORA ATANABI

Ximena Chin
Charlotte Cody
Summer Dawson

¡Hala! ¡Me habían seleccionado! ¡¡¡Viva!!! Cuando leí mi nombre en la lista me alegré mucho. Me puse super-contenta. ¡Eufórica! ¡Yuju!

Nos habían seleccionado a mí, a Ximena y a… ¿Summer?

¿Cóóómo? ¿A Summer? ¡Menuda sorpresa! ¡Estaba segurísima de que elegirían a Savanna! A ver… Summer acababa de empezar a ir a clases de baile. ¿De verdad lo había hecho mejor que Savanna?

Vaya tela. No alcanzaba a imaginarme lo enfadada que podía estar Savanna. Me juego algo a que el gesto de asco se le extendió por toda la cara al ver aquella lista. ¿Y qué pasaba con Ellie? Estaba segura de que para ella había sido un alivio. Le habría costado mucho estar a la altura de Ximena y Savanna; además, a Ellie nunca le había apasionado de verdad el baile. Siempre he pensado que solo le gustaba porque me gustaba a mí. Me alegró pensar que así ya le iba bien. En el fondo, aunque no lo parezca por cómo se comporta, sigue siendo mi mejor amiga.

¡Y también me alegraba por mí! Porque, aunque tenía la esperanza de acercarme un poco más al grupo de Savanna, también me estresaba un poco que Savanna y Ximena pudieran hacerme el vacío.

¡Pero que Summer estuviera en el grupo con Ximena iba a ser alucinante! Tal vez el poder combinado de mi simpatía y de la simpatía de Summer haría que Ximena se pasase a nuestro bando. Como mínimo, podría evitar que fuese la chica desagradable que todo el mundo piensa que es. No es que yo piense que es desagradable. De hecho, apenas la conozco. En cualquier caso, me puso muy contenta que Summer fuera la tercera chica seleccionada para el baile. Casi no pude parar de sonreír en todo el día.

Donde cuento que vi a Savanna

A la hora de comer me apretujé junto a Maya y Rand, que estaban concentradas en otro de los gigantescos juegos de cuadraditos de Maya, cada vez más elaborados.

—¡Bueno! —exclamé, muy contenta—. ¡Buenas noticias, chicas! ¡Me han elegido para participar en el baile de los años sesenta de la señora Atanabi para la gala benéfica de marzo! ¡Viva!

—¡Viva! —contestó Maya sin levantar la vista del juego de cuadraditos—. ¡Genial, Charlotte!

—¡Viva! —repitió Rand—. Enhorabuena.

—A Summer también la han cogido.

—Guay, me alegro por ella —dijo Maya—. Summer me cae bien. Es muy simpática.

Rand, que estaba marcando una fila de cuadrados que acababa de cerrar con su inicial, miró a Maya y sonrió.

—¡Quince! —exclamó.

—¡Argh! —contestó Maya rechinando los dientes. Acababan de ponerle un corrector y se pasaba el día haciendo movimientos raros con la boca.

Les lancé la goma de borrar.

—Estáis jugando una intensa partida de cuadraditos —dije con sorna.

—¡Ja, ja! —contestó Maya apoyándose en mi hombro—. Tiene tanta gracia que se me ha olvidado reírme.

—Las de la mesa de las chicas malas te están mirando —dijo Rand.

—¿Cómo? —pregunté.

Maya y yo nos dimos la vuelta para comprobarlo, pero Savanna, Ximena, Gretchen y Ellie se giraron cuando miré hacia donde estaban.

—¡Estaban hablando de ti! —exclamó Maya, y les lanzó una mirada asesina a través de sus gafas de pasta negra.

—Déjalo, Maya —le dije.

—¿Por qué? Me da igual —contestó—. Deja que me vean.

Les enseñó los dientes como si fuera un hurón rabioso.

—¡Deja de mirarlas, Maya! —susurré entre dientes.

—Vale —dijo.

Retomó su colosal partida de cuadraditos con Rand, y yo me concentré en comerme los raviolis. Hubo un momento en el que noté que una mirada me perforaba la espalda, así que me giré para echar otro vistazo a la mesa de Savanna. Esta vez, Ximena, Gretchen y Ellie hablaban entre ellas, totalmente ajenas a mí. ¡Pero Savanna me estaba fulminando con los ojos! Y no apartó la vista cuando nuestras miradas se cruzaron, sino que siguió mirándome fijamente. Y entonces, justo antes de apartar la vista, me sacó la lengua. Sucedió tan rápido que nadie más pudo haberlo visto. ¡Me pareció tan infantil que casi no podía ni creérmelo!

Entonces comprendí que me había equivocado al reflexionar sobre la tercera plaza que Summer había ocupado en la pieza de baile de la señora Atanabi. Yo pensaba que esa plaza debería haber sido para Savanna y no para Summer. ¡Pero Savanna no pensaba que ese puesto se lo había quitado Summer, sino yo! «Charlotte siempre es la primera en firmar», había dicho.

¡Savanna me acusaba a mí de haberle robado la plaza del baile que le correspondía por derecho propio!

Donde cuento que empezamos con mal pie

Durante el día siguiente, la amenaza de una tormenta de nieve tuvo a todo el mundo confundido e inseguro, ya que se comentaba que el colegio cerraría antes de la hora si nevaba tanto como anunciaba el parte meteorológico. Por suerte —lo último que deseaba en el mundo era que se cancelase nuestro primer ensayo—, no empezó a nevar hasta última hora de la tarde y nevó mucho menos de lo que habían pronosticado. Cuando sonó el timbre del final de las clases, fui al salón de actos lo más rápido que pude. Teniendo en cuenta que la señora Atanabi había amenazado a quien llegase tarde, no me sorprendió que Summer y Ximena ya estuviesen allí.

Nos saludamos y nos pusimos la ropa de baile. Al principio se me hizo un poco raro. Nunca nos habíamos juntado las tres solas. Pertenecíamos a grupos diferentes y éramos una especie de versión de los mamíferos, los reptiles y los peces. Summer y yo solo coincidíamos en una clase y, como ya he dicho, a Ximena apenas la conocía. La conversación más larga que habíamos tenido se remontaba a diciembre y había sido en clase de la señorita Rubin, cuando me preguntó —sin el menor remordimiento— si no me importaría cambiar de compañero para que ella pudiera tener de compañera a Savanna. Así fue como acabé haciendo el trabajo de la exposición de ciencias con Remo, pero esa es otra historia que no vale la pena contar.

Empezamos a calentar y a realizar estiramientos para hacer tiempo. ¡La señora Atanabi llevaba ya casi media hora de retraso!

—¿Pensáis que va a ser así siempre? —preguntó Ximena en pleno *battement*—. ¿Que la señora Atanabi va a llegar tarde ?

—A las clases de teatro nunca llega puntual —le respondí.

—Sí, ¿verdad? —contestó Ximena—. Eso es lo que me temo.

—A lo mejor ha pillado un atasco por culpa de la nieve —dijo Summer, que no perdía la esperanza—. Está empezando a nevar con más fuerza.

Ximena hizo una mueca.

—Sí, a lo mejor necesita un trineo tirado por perros —se apresuró a contestar.

—¡Ja, ja, ja! —me reí yo.

Pero noté que me había salido una risa un poco tonta.

«Dios mío, por favor, no me dejes quedar como una boba delante de Ximena Chin.»

La verdad era que Ximena Chin me ponía un poco nerviosa. No sé por qué exactamente. Era tan guay, tan guapa y tan perfecta en todo… Qué bien se liaba la bufanda al cuello, qué bien le quedaban los vaqueros, qué bien se recogía el pelo en una trenza. ¡Todo en ella era perfecto!

Recuerdo que cuando Ximena empezó el curso en Beecher, todo el mundo quería ser amiga suya. ¡Incluida yo! Estoy segura de que ella no se acordará, pero fui yo quien la ayudó a encontrar su taquilla el primer día de clase. Y fui yo quien le prestó un lápiz en la tercera hora (que nunca me devolvió, ahora que lo pienso). Pero fue Savanna quien se convirtió en su mejor amiga. Savanna se fijó en ella en el primer nanosegundo del curso y, a partir de ese momento, se acabó. Fue como el Big Bang de las amistades. Explotó y creó un universo instantáneo de miradas cómplices, risitas, ropa y secretos compartidos.

Después de aquello, ya no tuve ocasión de conocer a Ximena un poco mejor. A decir verdad, ella tampoco hizo muchos esfuerzos por abrirse a nadie que no fuese del grupo de Savanna. A lo mejor pensó que no tenía por qué hacerlo. La gente decía que era una esnob.

Yo lo único que sabía era que nadie hacía la extensión de pierna tan bien como ella, que nadie sacaba mejores notas en clase y que era sarcástica. O sea, que hacía muchos «comentarios ingeniosos» sobre la gente a sus espaldas. Había unas cuantas —Maya, por ejemplo— que no la soportaban, pero yo estaba deseando conocerla mejor. ¡Y hasta hacerme amiga suya, si era posible! Y reírme con sus pullas sarcásticas. Pero lo que más, más, más deseaba era caerle bien.

—Espero que nos compense la inversión de tiempo —dijo Ximena—. ¡Este mes hay un montón de cosas que hacer! ¿Qué me decís del trabajo para la exposición de ciencias?

—Yo aún no he empezado el mío —contestó Summer.

—¡Ni yo! —añadí, aunque no era verdad: Remo y yo habíamos acabado nuestro diorama de una célula la primera semana después de las vacaciones de Navidad.

—Quiero estar segura de que podemos ensayar el tiempo suficiente para este baile —dijo Ximena mirando el móvil—. No quiero actuar en el Carnegie Hall y parecer una idiota total solo porque no hemos ensayado suficiente... Y todo porque la señora Atanabi es demasiado extravagante para llegar puntual a los ensayos.

—¿Sabéis qué? —comenté, intentando que pareciese que le daba poca importancia—, si alguna vez necesitamos un sitio donde ensayar, aparte del colegio, podéis venir a mi casa. En el sótano tengo una pared con espejos y una barra. Hace tiempo mi madre daba clases de ballet en casa.

—¡Ya me acuerdo de tu sótano! —exclamó Summer, muy contenta—. ¡Una vez celebraste allí tu cumpleaños y recuerdo que todo estaba decorado con cosas de las hadas Flores!

—Fue en segundo —contesté, algo avergonzada de que nombrase a las hadas Flores delante de Ximena.

—¿Vives lejos de aquí? —me preguntó Ximena mientras pasaba con el dedo los mensajes de texto en el móvil.

—A diez manzanas.

—Vale, envíame un mensaje con tu dirección —dijo.

—¡Claro! —contesté mientras me apresuraba a sacar el móvil y pensaba: «Voy a mandarle un mensaje con mi dirección a Ximena Chin», como la grandísima idiota que soy—. Eh…, perdona, ¿me das tu número?

No levantó la vista del móvil, pero me enseñó la palma de la mano, como un guardia de tráfico. Allí, en vertical, estaba escrito su teléfono con tinta de bolígrafo azul. Metí su número en mis contactos y le envié un mensaje con la dirección.

—¿Sabéis qué? —dije mientras tecleaba—, si queréis, podéis venir mañana después de clase. Podemos empezar a ensayar.

—Vale —masculló Ximena con indiferencia, y a punto estuve de pegar un grito. «¡Ximena Chin va a ir mañana a mi casa!»

—Yo no puedo —dijo Summer, y entornó los ojos a modo de disculpa—. Mañana he quedado con Auggie.

—¿Y el viernes? —pregunté.

—Yo no puedo —contestó Ximena. Ya había acabado de escribir un mensaje y levantó la vista.

—¿Qué tal la semana que viene? —dije.

—Ya se nos ocurrirá algún otro momento —respondió Ximena con indiferencia, y empezó a pasarse los dedos por el pelo—. Se me había olvidado que eras amiga del Monstruo —le dijo a Summer con una sonrisa—. ¿Qué se siente?

Creo que lo dijo sin intención de resultar desagradable. Era la manera que tenía mucha gente de referirse instintivamente a Auggie Pullman.

Miré a Summer. «No digas nada», pensé.

Pero sabía que lo diría.

Donde cuento que nadie se enfada con el hada Lavanda

Summer dejó escapar un suspiro.

—¿Podrías hacer el favor de no llamarlo así? —preguntó, casi con timidez.

Ximena hizo como que no lo entendía.

—¿Por qué no? Si no está aquí —dijo mientras se recogía el pelo en una coleta—. Solo es un mote.

—Pues es un mote horrible —contestó Summer—. Me hace sentir fatal.

Con Summer Dawson pasa una cosa: tiene una manera de hablar que le permite decir cosas así y que a nadie le importe. ¿Qué habría pasado si yo hubiese dicho algo parecido? Ni hablar, todo el mundo se me habría echado encima y me habría criticado por ser una santita. Pero cuando lo hace el hada Lavanda, con sus bonitas cejas arqueadas a modo de sonrisas en la frente, no suena nada sermoneadora. Parece dulce, y ya está.

—Ah, vale. Perdona —contestó Ximena disculpándose, con los ojos como platos—. De verdad que no tenía intención de ofender a nadie, Summer. Te prometo que no volveré a llamarlo así.

Al decirlo, pareció que lo lamentaba de verdad, pero mostraba la típica expresión que siempre te hace preguntarte si estará siendo sincera al cien por cien. Creo que es por el hoyuelo que tiene en la mejilla izquierda, que la hace parecer maliciosa.

Summer la miró con recelo.

—No pasa nada.

—Lo siento de verdad —insistió Ximena. Parecía que estuviese intentando que no se le notase el hoyuelo.

Summer sonrió.

—Tranqui —dijo.

—Ya lo he dicho antes y volveré a decirlo —contestó Ximena dándole un pequeño apretón a Summer—. De verdad que eres una santa, Summer.

Por un segundo sentí una punzada de celos: a Ximena parecía caerle muy bien Summer.

—Yo también pienso que nadie debería llamarlo Monstruo —dije distraídamente.

Aquí tengo que hacer un inciso y decir algo en mi defensa: ¡NO TENGO NI IDEA DE POR QUÉ DIJE ESO! ¡Esa estúpida secuencia de palabras se me escapó, me salió disparada de la boca como si fuera vómito! Inmediatamente me di cuenta de lo odiosa que me hacía parecer lo que acababa de decir.

—O sea, que tú nunca lo has llamado así —dijo Ximena arqueando una ceja. Por cómo me miraba, parecía que estuviese desafiándome a parpadear.

—Pues... eh... —contesté. Noté cómo se me ponían rojas las orejas.

«No, siento mucho haberlo dicho. ¡No me odies, Ximena Chin!»

—Dime una cosa —se apresuró a decir—: ¿saldrías con él?

No me esperaba la pregunta y por un momento no supe qué contestar.

—¿Qué? ¡No! —respondí inmediatamente.

—Exacto —dijo ella, como si acabase de demostrar algo.

—Pero no por su aspecto —contesté, aturullada—, sino porque no tenemos nada en común.

—¡Anda ya! —exclamó Ximena, y se echó a reír—. Eso no es verdad.

No sabía adónde quería ir a parar.

—¿Y tú, saldrías con él? —pregunté.

—Claro que no —contestó con mucha calma—. Pero yo no soy ninguna hipócrita.

317

Miré a Summer, que me devolvió una mirada que parecía decir: «Au, eso ha dolido».

—Mira, no quiero ser desagradable —prosiguió Ximena con toda naturalidad—, pero cuando dices que nunca lo llamarías Monstruo me haces parecer imbécil, porque obviamente yo acabo de llamarlo así, y eso me molesta porque todo el mundo sabe que el señor Traseronian te pidió que fueses su amiga de bienvenida y por eso no lo llamas Monstruo como todos los demás. Summer se hizo amiga suya sin que nadie la obligase a ser su amiga de bienvenida, y por eso es una santa.

—No soy ninguna santa —se apresuró a contestar Summer—. Y tampoco creo que Charlotte lo hubiese llamado así aunque el señor Traseronian no le hubiese pedido que fuese su amiga de bienvenida.

—¿Lo ves? Incluso ahora te comportas como una santa —dijo Ximena.

—Creo que no lo habría llamado Monstruo —respondí con calma.

Ximena se cruzó de brazos y me miró con una sonrisa de complicidad.

—¿Sabes?, eres más simpática con él cuando hay profesores delante —dijo muy seria—. Nos hemos fijado.

Antes de que me diese tiempo a contestar —aunque no tenía ni idea de qué podía responder a aquello—, la señora Atanabi entró de sopetón en el salón de actos por la puerta doble que hay al fondo del auditorio.

—¡Siento mucho llegar tarde! ¡Siento mucho llegar tarde! —exclamó jadeando, cubierta de nieve. Mientras bajaba las escaleras acarreando cuatro bolsas llenas a reventar, parecía un muñequito de nieve.

Ximena y Summer echaron a correr escaleras arriba para ayudarla, pero yo me di media vuelta y salí al pasillo. Hice como que bebía agua de la fuente, aunque lo que de verdad necesitaba era respirar aire helado, porque las mejillas me ardían como si se hubiesen prendido. Me sentía como si me acabasen de dar una bofetada en la cara. Por la ventana del pasillo vi que estaba empezando a nevar con fuerza y, en parte, me entraron ganas de salir corriendo y alejarme patinando sobre hielo.

¿De verdad me veían así los demás? ¿Pensaban que era una falsa, una hipócrita o yo qué sé? ¿O era simplemente cosa de Ximena y de su sarcasmo habitual?

«Eres más simpática con él cuando hay profesores delante. Nos hemos fijado.»

¿Era verdad? ¿Alguien se había fijado en eso? Quiero decir, ¿en un par de ocasiones había sido especialmente simpática con Auggie Pullman porque sabía que así el señor Traseronian se enteraría de que estaba siendo una buena amiga de bienvenida? Puede ser. ¡No lo sé!

Pero aunque hubiese sido así, ¡yo al menos puedo decir que he sido simpática con él! ¡Eso es más de lo que puede decir casi todo el mundo! ¡Es más de lo que puede decir Ximena! Aún recuerdo el día en que la pusieron de pareja de Auggie en clase de baile y parecía que estaba a punto de vomitar. ¡Yo nunca le he hecho nada así a Auggie!

Vale, a lo mejor soy un poco más simpática con Auggie cuando hay profesores delante. ¿Tan horrible es eso?

¿«Nos hemos fijado»? ¿Y eso qué significa? ¿Quién se ha fijado? ¿Savanna? ¿Ellie? ¿Eso es lo que dicen de mí? ¿De eso hablaban el día anterior en el comedor, cuando era tan evidente que estaban comentando sobre mí que hasta a Maya —que es una torpe social— le di pena?

Daba por hecho que Ximena Chin ni siquiera sabía quién era yo y resultaba que «se había fijado» en mí. Más de lo que me habría gustado.

Donde cuento cómo me llevé la primera
sorpresa del día

Volví a entrar en el salón de actos, mientras la señora Atanabi acababa de despojarse de todas sus capas invernales. Su abrigo, su bufanda y su jersey estaban tirados por el suelo, que estaba mojado por la nieve que había traído consigo.

—¡Madre mía, madre mía! —repetía una y otra vez mientras se daba aire con las dos manos—. Está empezando a nevar de lo lindo.

Se dejó caer en el banco del piano que había en la parte frontal del escenario para recobrar el aliento.

—¡Madre mía, con lo poco que me gusta llegar tarde!

Vi que Ximena y Summer intercambiaban una mirada de complicidad.

—Cuando era pequeña —prosiguió la señora Atanabi, que hablaba como una cotorra; había gente a la que le gustaba esa manera de hablar y había gente que pensaba que la hacía parecer una loca—, mi madre nos cobraba un dólar a mi hermana y a mí cada vez que llegábamos tarde a algo. Así, como suena: cada vez que llegaba tarde, aunque fuese a cenar, ¡tenía que pagarle un dólar a mi madre! —Se echó a reír y comenzó a rehacerse el moño, sosteniendo un par de horquillas entre los dientes mientras hablaba—. ¡Cuando tu paga para toda la semana es de solo tres dólares, aprendes a administrarte el tiempo! ¡Por eso estoy condicionada a que no me guste llegar tarde!

—Y aun así —señaló Ximena sonriendo con malicia—, hoy ha llegado tarde. A lo mejor deberíamos cobrarle un dólar a partir de ahora.

—¡Ja, ja, ja! —La señora Atanabi rió afablemente mientras se quitaba las botas—. Sí, he llegado tarde, Ximena. Y no es mala idea. ¡A lo mejor debería daros un dólar a cada una!

Ximena se echó a reír, dando por hecho que se trataba de una broma.

—De hecho —prosiguió la señora Atanabi cogiendo el bolso—, creo que a partir de ahora voy a daros un dólar a cada una cada vez que llegue tarde a un ensayo. ¡Eso me obligará a ser puntual!

Summer me dirigió una mirada socarrona. Empezábamos a darnos cuenta de que la señora Atanabi, que acababa de sacar la cartera, lo decía en serio.

—No, señora Atanabi —dijo Summer, negando con la cabeza—. No tiene por qué hacerlo.

—¡Ya lo sé! Pero voy a hacerlo de todos modos —contestó la señora Atanabi, sonriente—. Este es el planteamiento: me comprometo a daros un dólar a cada una cada vez que llegue tarde a un ensayo, si vosotras os comprometéis a darme un dólar a mí cada vez que lleguéis tarde a un ensayo.

—¿Tiene permiso para hacer eso? —le preguntó Ximena con incredulidad—. ¿Puede aceptar dinero de un alumno?

Eso mismo me preguntaba yo.

—¿Y por qué no? —contestó la señora Atanabi—. Estáis en un colegio privado. ¡Os lo podéis permitir! Seguramente, más que yo. —Esta última frase la dijo entre dientes. Acto seguido, soltó una carcajada.

La señora Atanabi era famosa por reírse de sus propios chistes. No te quedaba más remedio que acostumbrarte.

Sacó tres billetes nuevecitos de un dólar de la cartera y los levantó para que los viéramos.

—¿Qué me decís, chicas? ¿Trato hecho?

Ximena nos miró a Summer y a mí.

—Sé que nunca voy a llegar tarde —nos dijo.

—¡Yo tampoco! —contestó Summer.

Me encogí de hombros. Aún no me atrevía a mirar a Ximena a los ojos.

—Ni yo —añadí.

—¡Pues trato hecho! —exclamó la señora Atanabi—. Para ti, *mademoiselle* —le dijo a Ximena al entregarle un flamante billete de un dólar.

—*Merci!* —respondió Ximena, y nos dedicó una sonrisa que hice como que no veía.

Entonces la señora Atanabi se nos acercó a Summer y a mí.

—Para ti y para ti —dijo dándonos un dólar a cada una.

—Que Dios bendiga a América —contestamos las dos al unísono.

Un momento. ¿Cómo?

Nos miramos la una a la otra, boquiabiertas y con los ojos como platos. De repente, lo que había sucedido durante la última media hora pareció perder toda importancia…, si lo que creía que acababa de pasar había pasado de verdad.

—¿El hombre del acordeón? —susurré emocionada.

Summer dio un grito ahogado y asintió con la cabeza, muy contenta.

—¡El hombre del acordeón!

Donde cuento cómo viajamos a Narnia

Es curioso: puedes conocer a alguien toda tu vida sin llegar a conocerlo en absoluto. Llevaba todo este tiempo viviendo en un mundo paralelo al de Summer Dawson, una chica simpática que conocía desde preescolar y de la que siempre he pensado que parece el hada Lavanda. ¡Pero nunca hemos sido amigas de verdad! No por nada, simplemente las cosas han sucedido así. Igual que Ellie y yo estábamos destinadas a ser amigas porque la señora Diamond nos hizo sentarnos juntas el primer día de clase, Summer y yo estábamos destinadas a no conocernos mejor porque nunca coincidíamos en las mismas clases. Salvo en educación física, natación, la asamblea, los conciertos y cosas así, nuestros caminos no se cruzaron en primaria. Nuestras madres tampoco eran amigas, por eso nunca fuimos a jugar la una a casa de la otra. Es verdad que la invité a mi fiesta de cumpleaños de las hadas Flores, pero fue porque Ellie y yo pensábamos que se parecía al hada Lavanda. Coincidíamos en alguna fiesta de cumpleaños que alguien celebraba en la bolera, o cuando nos quedábamos a dormir unas cuantas en casa de alguien y tal. Éramos amigas en Facebook. Teníamos un montón de amigos en común. Nos llevábamos bien.

Pero nunca habíamos sido amigas de verdad.

Por eso cuando dijo: «Que Dios bendiga a América» fue casi como si la viese por primera vez en toda mi vida. ¡Imaginaos que descubrís que alguien más en el mundo conoce un secreto que solo vosotros sabéis! Era como si de un momento a otro se hubiese construido un puente invisible que nos ponía en contacto a las dos. O como si hubiésemos encontrado una puerta diminuta al fondo de un armario y un fauno que tocaba el acordeón nos hubiese dado la bienvenida a Narnia.

Donde cuento cómo me llevé la segunda sorpresa del día

Antes de que Summer y yo pudiésemos seguir hablando del hombre del acordeón, la señora Atanabi se frotó las manos y dijo que ya era hora de ponerse «manos a la obra». Nos pasamos el resto del tiempo del ensayo, ya que solo quedaba media hora, escuchando a la señora Atanabi, que nos dio una perspectiva general del baile mientras consultaba de vez en cuando la previsión meteorológica en el móvil. En realidad no llegamos a bailar: solo dimos unos pasos básicos y trabajamos la colocación en el escenario.

—¡Ya entraremos en materia el próximo día! —nos aseguró la señora Atanabi—. ¡Os prometo que no llegaré tarde! ¡Nos vemos el viernes! ¡Abrigaos! ¡Tened cuidado al volver a casa!

—¡Adiós, señora Atanabi!

—¡Adiós!

En cuanto se fue, Summer y yo nos pegamos como imanes mientras hablábamos, muy emocionadas.

—No me puedo creer que sepas de quién estoy hablando —dije.

—¡Que Dios bendiga a América! —contestó.

—¿Tienes idea de qué fue de él?

—¡No! Pregunté por ahí y todo.

—¡Y yo! Nadie sabe qué le ha pasado.

—¡Es como si hubiera desaparecido de la faz de la Tierra!

—¿Quién ha desaparecido de la faz de la Tierra? —preguntó Ximena mirándonos con curiosidad. Supongo que, por cómo estábamos gritando, debía de parecer que acababa de suceder algo muy importante.

Yo aún estaba intentando mantener las distancias con ella por lo que había pasado antes, así que dejé que contestara Summer.

—Un tipo que tocaba el acordeón en Main Street —dijo Summer—, delante del A&P, en la esquina con Moore Avenue. Uno que estaba siempre con su perro lazarillo. Seguro que has tenido que verlo. Siempre que le echabas dinero en la funda del acordeón, decía: «Que Dios bendiga a América».

—Que Dios bendiga a América —dije al mismo tiempo que ella.

—El caso es que estaba allí desde hace una eternidad —prosiguió—, pero hace un par de meses desapareció.

—¡Y nadie sabe qué le ha pasado! —añadí—. Es un misterio.

—Espera. ¿Estáis hablando de una persona sin hogar? —preguntó Ximena, poniendo la misma cara de asco que pone Savanna a veces.

—No sé si Gordy tiene casa o no, la verdad —contestó Summer.

—¿Sabes cómo se llama? —pregunté, sorprendidísima.

—Claro —respondió con toda naturalidad—. Gordy Johnson.

—¿Cómo lo sabes?

—No sé. Mi padre hablaba con él —contestó, encogiéndose de hombros—. Era un veterano de guerra, y mi padre era marine. Siempre decía: «Ese hombre es un héroe, Summer. Sirvió a su país». A veces le llevábamos café y una rosquilla de camino al colegio. Mi madre le dio la antigua parka de mi padre.

—Espera, ¿era una parka naranja de Canada Goose? —dije, señalando a Summer.

—¡Sí! —contestó ella, muy contenta.

—¡Me acuerdo de esa parka! —grité agarrándola de las manos.

—¡Madre mía, chicas! Estáis flipando —comentó Ximena entre risas—. ¿Todo esto es por un tipo sin hogar que lleva una parka naranja?

Summer y yo nos miramos.

—Es difícil explicarlo —dijo Summer, pero noté que ella también podía sentir la conexión que se había establecido entre nosotras. Nuestro vínculo. Era nuestra versión del Big Bang.

—¡Madre mía, Summer! —exclamé agarrándola del brazo—. ¡A lo mejor podríamos intentar encontrarlo! ¡Podríamos averiguar dónde está y comprobar si se encuentra bien! ¡Si sabes cómo se llama, seguro que podemos hacerlo!

—¿Tú crees? —preguntó Summer. Parecía que le bailaban los ojos. Se le ponían así siempre que estaba supercontenta—. ¡Me encantaría!

—Esperad, esperad, esperad —dijo Ximena, negando con la cabeza—. ¿Vais en serio? ¿Queréis encontrar a un tipo sin hogar al que apenas conocéis? —Hablaba como si no diera crédito a lo que estaba oyendo.

—Sí —contestamos a coro y nos miramos muy contentas.

—¿Alguien que apenas os conoce?

—¡A mí sí me conocerá! —respondió Summer con seguridad—. Sobre todo si le digo que soy hija del sargento Dawson.

—¿Y a ti te conocerá, Charlotte? —me preguntó Ximena mirándome con recelo, con los ojos entornados.

—¡Claro que no! —me apresuré a contestar. Deseaba que se callase—. ¡Es ciego, idiota!

En cuanto lo dije, se hizo el silencio. Hasta el radiador del salón de actos, que había estado haciendo un montón de ruido, se calló de repente. Parecía que toda la sala quería oír el eco de mis palabras.

«Es ciego, idiota. Es ciego, idiota. Es ciego, idiota.»

Había vuelto a vomitar palabras. ¡Parecía que estaba intentando caerle mal a Ximena Chin!

Esperé a que me respondiese con un comentario sarcástico, algo con lo que darme una bofetada en la cara con una mano invisible.

Pero no. Para mi grandísimo asombro, se echó a reír.

Summer también se echó a reír.

—¡Es ciego, idiota! —dijo imitando a la perfección mi manera de decirlo.

—¡Es ciego, idiota! —repitió Ximena.

Las dos se partieron de risa. Creo que la cara de horror que puse hizo que les pareciera más gracioso. Cada vez que me miraban, se reían con más ganas.

—Siento mucho haberte dicho eso, Ximena —susurré.

Ximena negó con la cabeza y se secó los ojos con la palma de la mano.

—No pasa nada —contestó recobrando el aliento—. Me lo tenía merecido.

Lo dijo sin el menor asomo de sarcasmo. Estaba sonriendo.

—Mira, antes no he querido insultarte —dijo—. Con lo que he dicho sobre Auggie. Ya sé que no solo eres simpática con él cuando hay profesores delante. Siento mucho haberlo dicho.

No me podía creer que estuviese disculpándose.

—No pasa nada —contesté, tartamudeando.

—¿De verdad? —preguntó—. No quiero que te enfades conmigo.

—¡Claro que no!

—A veces soy una estúpida —dijo con pesar—. Pero quiero que seamos amigas.

—Vale.

—¡Oooh! —exclamó Summer abriendo los brazos—. Venid, chicas. Abrazo de grupo.

Nos envolvió con sus alas de hada y, por unos segundos, nos fundimos en un torpe abrazo que duró más de la cuenta y acabó en más risas. Esa vez yo también me reí.

Aquella resultó ser la mayor sorpresa del día. No hablo de enterarme que había gente que se había fijado en mí, ni de que Summer sabía cómo se llamaba el hombre del acordeón, sino de comprender que Ximena Chin, por debajo de capas y más capas de sarcasmo y malicia, podía ser bastante dulce. Cuando no intentaba resultar desagradable, claro.

Donde cuento cómo llegamos
a conocernos mejor

¡Las siguientes semanas pasaron volando! Tengo un recuerdo borroso de tormentas de nieve, ensayos de baile y trabajos para la exposición de ciencias, además de tener que estudiar para los exámenes e intentar resolver el misterio de qué había sido de Gordy Johnson (luego sigo hablando de este tema).

¡La señora Atanabi resultó ser una sargento! Encantadora, con sus andares de pato, pero muy mandona. Para ella, nunca ensayábamos suficiente. Ejercicios, ejercicios y más ejercicios. ¡*En pointe*! ¡Shimmy! ¡Movimientos de cadera! ¡Ballet clásico! ¡Danza moderna! ¡Un poco de jazz! ¡Nada de claqué! ¡*Demi-pointe*! Pero todo a su manera, porque tenía un montón de rarezas muy específicas de cada baile. Cosas con las que estaba obsesionada. Los bailes en sí no eran difíciles. El twist. El monkey. El watusi.

El pony. El hitchhike. El swim. El hucklebuck. El shinga-ling. Lo difícil era hacerlos exactamente como ella quería: como parte de una coreografía más amplia. Y hacerlos sincronizadas. Eso era a lo que más tiempo le dedicába-mos. A cómo movíamos los brazos. A cómo chasqueába-mos los dedos. A la primera posición. A los saltos. ¡Tenía-mos que esforzarnos en aprender a bailar «parecido», no solo «juntas»!

El baile que más nos absorbía era el shingaling. Era la pieza central del número de baile de la señora Atanabi, lo que empleaba para pasar de un estilo de baile al siguiente. Pero había tantas variaciones del shingaling —el latino, el R&B, el funk— que era difícil no confundirlas. Además, la señora Atanabi era muy exigente con cómo se bailaba cada uno. Hay que ver, lo laxa que podía ser con algunas cosas —como, por ejemplo, no llegar puntual a un solo ensayo— y luego qué estricta era con otras: ¡más te valía no hacer un *chassé* diagonal en lugar de un *chassé* de lado! ¡Oh, oh! ¡Cuidado, podría ser el fin del mundo tal como lo conocemos!

Ojo, que no estoy diciendo que la señora Atanabi no fuera simpática. Seré sincera: era supersimpática. Nos tranquilizaba si teníamos algún problema con un paso nuevo: «¡Pasito a pasito, chicas! ¡Todo empieza pasito a pasito!». Nos sorprendía con unos *brownies* después de un ensayo especialmente intenso. Nos llevaba a casa en coche cuando hacía que nos quedáramos ensayando hasta tarde. Nos contaba historias graciosas de otros profesores. E historias personales de su propia vida. Nos contó que se había criado en Harlem. Y que algunas de sus amigas habían ido por «mal» camino. Y que ver el show de televisión *American Bandstand* le había salvado la vida. Y que había conocido a su marido, que también era bailarín, mientras actuaba con el Cirque du Soleil en Quebec: «Nos enamoramos haciendo arabescos sobre la cuerda floja a nueve metros de altura».

Pero todo era muy intenso. ¡Cuando me acostaba por la noche tenía muchísima información dándome vueltas en la cabeza! Fragmentos de música. Cosas que memorizar. Ecuaciones matemáticas. Listas de tareas pendientes. A la señora Atanabi diciendo con su suave acento del East Harlem: «¡Es el shingaling, nena!». A veces me ponía los auriculares para ahogar el ruido de tanta cháchara en mi cabeza.

Pero me lo estaba pasando tan bien que no habría cambiado nada. La mejor parte de aquella locura de ensayos, de los ejercicios de la señora Atanabi y de todo lo demás —y no quiero que suene cursi— era que Ximena, Summer y yo estábamos empezando a conocernos mejor. Vale, esto ha sonado cursi. Pero ¡es que es verdad! No estoy diciendo que nos hiciésemos amigas íntimas ni nada de eso. Summer seguía relacionándose con Auggie, Ximena seguía relacionándose con Savanna, y yo seguía jugando a los cuadraditos con Maya. Pero estábamos haciéndonos amigas. Amigas de verdad.

Por cierto, el sarcasmo de Ximena era totalmente fingido; algo de lo que podía desprenderse siempre que lo deseaba. Como una bufanda que usas como complemento hasta que empieza a picarte el cuello. Cuando estaba con Savanna llevaba puesta la bufanda. Con nosotras se la quitaba. Con esto no quiero decir que a veces no siguiera poniéndome nerviosa estar cerca de ella. ¡Madre mía! ¿Y la primera vez que vino a mi casa? ¡Estaba hecha un desastre! Me ponía nerviosa que mi madre fuese a hacerme pasar vergüenza. Me ponía nerviosa que los animales de peluche de mi cama fuesen demasiado rosados. Me ponía nerviosa el póster de *Big Time Rush* que tenía pegado en la puerta de mi habitación. Me ponía nerviosa que mi perra, Suki, fuera a mearse encima de ella.

Por supuesto, todo salió bien. Ximena fue superamable. Me dijo que tenía una habitación guay. Se ofreció a lavar los platos después de cenar. Se rió de una foto especialmente graciosa en la que salgo yo con tres años, pero no me importó, porque en ella parezco una de esas marionetas que se hacen con un calcetín. En algún momento de la tarde, ya no recuerdo cuándo, dejé de pensar: «¡Ximena Chin está en mi casa! ¡Ximena Chin está en mi casa!», y empecé a pasármelo bien. Fue algo importante para mí por lo que tuvo de momento crucial: dejé de comportarme como una idiota cuando estaba con Ximena. Se acabó lo de vomitar palabras. Supongo que fue entonces cuando yo también me quité la «bufanda».

El caso es que febrero fue un mes intenso, pero alucinante. Y para finales de febrero nos reuníamos en mi casa casi a diario al salir de clase, bailábamos delante de la pared con espejos, corregíamos nuestros errores y hacíamos coincidir nuestros movimientos. Cuando nos cansábamos, o nos desanimábamos, una de las tres decía con el acento de la señora Atanabi: «¡Es el shingaling, nena!», y eso nos daba fuerzas para seguir.

A veces no ensayábamos. A veces nos relajábamos en el salón, junto a la chimenea, haciendo los deberes juntas. O pasando el rato. De vez en cuando, buscábamos a Gordy Johnson.

Donde cuento que prefiero los finales felices

Una de las cosas que más echo de menos de ser una niña pequeña es que, cuando eres pequeña, todas las películas que ves tienen un final feliz. Dorothy vuelve a Kansas, Charlie consigue la fábrica de chocolate, Edmund repara sus errores. Eso me gusta. Me gustan los finales felices.

Pero a medida que te vas haciendo mayor empiezas a ver que a veces las historias no tienen un final feliz. A veces, hasta tienen un final triste. Claro que eso permite que la narración sea más interesante, porque no sabes qué va a pasar. Pero también da un poco de miedo.

En fin, que si saco el tema es porque cuanto más buscábamos a Gordy Johnson, más consciente era de que esa historia podría no tener un final feliz.

Habíamos empezado a buscar *googleando* su nombre, pero resulta que hay cientos de Gordy Johnson, Gordon

Johnson y Gordie Johnson. Hay un músico de jazz famoso llamado Gordy Johnson (pensamos que eso podría explicar el rumor que el hombre de la óptica había oído sobre nuestro Gordy Johnson). Hay Gordon Johnson políticos. Hay Gordon Johnson trabajadores de la construcción. Y veteranos de guerra. Y muchas necrológicas. Internet no distingue entre los nombres de los vivos y los nombres de los muertos. Cada vez que pinchábamos en uno de esos nombres, respirábamos aliviadas al comprobar que no se trataba de «nuestro» Gordy Johnson, pero también nos ponía tristes saber que se trataba de algún otro Gordy Johnson.

Al principio, Ximena no se animó a buscar con nosotras. Se ponía a hacer los deberes o a escribirle mensajes a Miles en un rincón de la habitación, mientras Summer y yo nos sentábamos frente a mi portátil y visitábamos una página tras otra de callejones sin salida. Pero un buen día Ximena acercó su silla a las nuestras y se puso a mirar por encima de nuestros hombros.

—A lo mejor deberíais intentar buscar en imágenes —sugirió.

Y eso fue lo que hicimos. Llegamos a otro callejón sin salida, pero después de aquel día a Ximena empezó a interesarle tanto como a nosotras qué podía haberle sucedido a Gordy Johnson.

Donde cuento cómo descubrí algo
sobre Maya

Mientras tanto, en el colegio, todo seguía su curso normal. En la exposición de ciencias, Remo y yo sacamos un notable alto por nuestro diorama de una célula. Es más de lo que esperaba, teniendo en cuenta el poco tiempo que le había dedicado a ese trabajo. Ximena y Savanna construyeron un reloj de sol. Pero el trabajo más interesante fue probablemente el de Auggie y Jack. Era una lámpara que funcionaba con la energía que recibía de una patata. Supongo que Auggie hizo casi todo el trabajo, ya que Jack nunca fue lo que podríamos llamar un «alumno superdotado», pero estaba como unas castañuelas por haber sacado un sobresaliente. ¡Estaba supermono! Como un emoticono contento pero despistado. ☺

Este era mi emoticono cuando lo vi: ☺.

Para finales de febrero, la guerra entre los chicos se había intensificado. Summer me iba contando todo lo que pasaba, ya que tenía información privilegiada desde el punto de vista de Auggie y de Jack. Al parecer —me hizo prometer que no diría nada—, Julian había empezado a dejar unas notas muy desagradables en pósits amarillos en las taquillas de Jack y Auggie.

¡Me dieron mucha pena!

A Maya también le daban mucha pena. Se había obsesionado con la guerra entre los chicos, aunque al principio yo no sabía muy bien por qué. ¡Tampoco es que hubiese intentado en ningún momento hacerse amiga de Auggie! Y siempre le había parecido que Jack era un memo. En la época en que Ellie y yo hablábamos de lo mono que estaba con su chistera de Artful Dodger, Maya se metía los dedos en los oídos y se ponía bizca, como si el mero hecho de pensar en él ya le provocase rechazo. Por eso me figuré que su interés en la guerra tenía que ver con el hecho de que, por rara que fuese, Maya tenía buen corazón.

Un día, a la hora de comer, la vi muy concentrada elaborando una especie de lista y entendí por qué se preocupaba tanto. En su libreta, donde diseña sus juegos de cuadraditos, tenía tres filas de pósits pequeños con los nombres de todos los chicos de la clase. Los estaba clasificando en columnas: el bando de Jack, el bando de Julian y los neutrales.

—Creo que a Jack le ayudará saber que no está solo en esta guerra —me explicó.

Entonces lo entendí: ¡Maya estaba un poco colada por Jack Will! ¡Oooh, qué bonito!

—Guay —contesté, porque no quería que se sintiese cohibida.

La ayudé a organizar la lista. No nos poníamos de acuerdo sobre algunos de los neutrales, pero al final me dio la razón. Luego copió la lista a una hoja de papel y la dobló por la mitad, luego en cuatro, luego en ocho, luego en dieciséis.

—¿Qué vas a hacer con ella? —le pregunté.

—No lo sé —dijo poniéndose bien las gafas—. No quiero que caiga en malas manos.

—¿Quieres que se la dé a Summer?

—Sí.

Le entregué la lista a Summer para que ella, a su vez, se la diese a Jack y a Auggie. Creo que Summer pensó que la lista la había hecho yo, pero no la saqué de su error porque, al fin y al cabo, había ayudado a Maya a elaborarla, así que me parecía bien.

—¿Cómo va la cosa del baile? —me preguntó Maya ese mismo día con su tono de voz monótono.

Sabía que solo intentaba ser educada, ya que no le importaba un pimiento, pero a mí me daba igual. Al menos se esforzaba en parecer interesada.

—¡Una locura! —contesté mientras le daba un bocado al sándwich—. ¡La señora Atanabi está como una auténtica cabra!

—Ja. La señora Locatanabi —dijo Maya.

—Sí —contesté—. Esa es buena.

—¡Es como si te hubieras pasado todo el mes de febrero hibernando! —dijo Maya—. Apenas te he visto. Ya nunca vuelves andando a casa con nosotras después de clase.

Asentí.

—Ya lo sé. Últimamente estamos ensayando a la hora de comer, pero ya no falta mucho, solo unas cuantas semanas: la gala es el 15 de marzo.

—«Guárdate de los idus de marzo» —dijo.

—¡Sí, claro! Ya —contesté, aunque no tenía ni idea de qué me estaba hablando.

—¿Quieres ver los bocetos para mi nuevo y colosal juego de cuadraditos?

—Claro —dije, y respiré hondo.

Sacó la libreta y se lanzó a darme una explicación detallada de cómo había dejado de utilizar patrones de cuadrícula y ahora utilizaba dibujos artísticos con tiza para crear murales. Así, al hacer los cuadraditos, tendrían «un flujo dinámico». O algo así. La verdad es que me estaba costando entender lo que me decía. Lo único que oí con seguridad fue cuando dijo:

—Aún no me he traído mi nuevo juego de cuadraditos al colegio porque quiero estar segura de que el día que lo traiga estarás para jugar.

—Ah, guay —contesté, rascándome la cabeza. No me podía creer hasta qué punto me aburría el tema.

Se puso a decirme algo más sobre los cuadraditos, y miré a la mesa de Summer para distraerme. Jack, Auggie y ella se estaban riendo. Una cosa estaba clara: ¡no estaban hablando de cuadraditos! A veces deseaba con todas mis fuerzas tener el valor necesario para sentarme con ellos.

Luego miré la mesa de Savanna. Ellas también estaban riéndose y pasándolo bien. Savanna, Ellie, Gretchen y Ximena hablaban con los chicos de la mesa de al lado: Julian, Miles, Henry y Amos.

—¿A que es horrible? —dijo Maya al ver hacia dónde estaba mirando.

—¿Ellie? —pregunté, porque era a quien observaba en ese momento.

—No, Ximena Chin.

Me giré para mirar a Maya. Sabía que no soportaba a Ximena, pero por algún motivo me sorprendió el tono de indignación con que lo había dicho.

—¿Qué tienes tú contra Ximena Chin? —pregunté—. Fue Ellie quien pasó de nosotras, ¿recuerdas? Es Savanna quien no ha sido nada simpática con nosotras.

—Eso no es verdad —replicó Maya—. Savanna siempre ha sido simpática conmigo. Cuando estábamos en primaria continuamente quedábamos para jugar la una en casa de la otra.

Negué con la cabeza.

—Ya, Maya, pero eso no cuenta —dije—. La mitad de las veces eran nuestras madres las que quedaban. Ahora somos nosotras las que decidimos con quién queremos relacionarnos. Savanna ha decidido que no quiere relacionarse con nosotras. Y Ellie ha decidido que no quiere relacionarse con nosotras. Igual que nosotras hemos decidido no relacionarnos con otra gente. No es para tanto. Pero, desde luego, la culpa no la tiene Ximena Chin.

Maya miró por encima de las gafas hacia la mesa de Savanna. Al verla me di cuenta de que seguía teniendo el mismo aspecto que en preescolar, cuando jugaba a la pelota en el patio o buscaba hadas en el parque al atardecer.

En cierto modo, Maya no había crecido tanto desde entonces. Su cara, sus gafas y su pelo eran casi idénticos a como eran antes. Ahora era más alta, claro, pero casi todo lo demás seguía igual. Sobre todo las caras que ponía. Eran idénticas.

—No, antes Ellie era simpática conmigo —contestó, muy segura—. Y Savanna también. Toda la culpa la tiene Ximena Chin.

Donde cuento que en febrero ganamos dinero

¡A finales de febrero habíamos ganado treinta y seis dólares!

La señora Atanabi había llegado tarde a todos los ensayos.

A todos y cada uno.

Tanto era así que ya entraba en el ensayo con billetes nuevecitos de un dólar en la mano para dárnoslos. ¡Llegaba, se ponía a hablar, nos repartía el dinero sin reconocerlo y empezaba la clase de baile! Era como si estuviese pagando el precio de la entrada. Como si pagase para que la dejásemos pasar por la puerta. ¡Qué gracia!

En algún momento, a mediados de mes, ella misma propuso subir la cantidad de la multa por llegar tarde de un dólar a cinco dólares. Nos aseguró que eso haría que no volviese a llegar tarde en el futuro.

Por supuesto, tampoco funcionó. En lugar de llegar al ensayo con billetes nuevecitos de un dólar en la mano, llegaba con billetes nuevecitos de cinco dólares y los dejaba sobre nuestras mochilas, que estaban junto a la puerta, sin mediar palabra. El precio de la entrada.

Flap. Flap. Flap.

—Que Dios bendiga a América.

Hasta Ximena lo decía ya.

Donde cuento que Ximena se enteró de una cosa

Ascension trasciende
Por Melissa Crotts, NYT *MuseTech*, febrero de 1978

Ascension, en su estreno mundial en el teatro Nelly Regina, es el apabullante debut de la coreógrafa Petra Echevarri, recientemente graduada en Juilliard y ganadora del Princess Grace Award. Una cautivadora reinterpretación de los bailes de moda de los años sesenta —vistos en Kodachrome, a través de la lente de la infancia que la autora pasó en el barrio neoyorquino de Harlem—, la pieza es un homenaje fascinante y jubiloso a las canciones pegadizas que sonaban en discos rayados de aquella década, condenadas ya al olvido. Rebosante de increíbles saltos y pasos innovadores que no dejan traslucir la formación clásica de la señorita Echevarri, la obra toma un estilo de baile en concreto, el shingaling, y crea una narrativa visual en la que se entreteje el resto de la obra.

«Elegí el shingaling como la pieza central de este baile —explica Echevarri— porque es el único de los bailes de moda de aquella época que evolucionó con el paso de los años para reflejar los estilos y géneros musicales de los músicos y los bailarines que lo interpretaban. Hay muchos tipos de shingaling: latino, soul, R&B, funk, psicodélico y rock and roll. Es el único baile que comparten todos esos géneros, lo que todos tienen en común.

»Al crecer en los sesenta, la música lo era todo para mis amigas y para mí. No tenía dinero para clases de baile. El programa televisivo *American Bandstand* fue mi profesor de baile. Y los bailes de moda de aquella época fueron mi entrenamiento.»

Echevarri no empezó su formación académica en danza hasta los doce años, pero una vez comenzada, ya no hubo vuelta atrás. «En cuanto entré en Artes Interpretativas y luego en Juilliard —recuerda Echevarri—, supe que podía conseguirlo, a pesar de tenerlo todo en contra. Ninguna de mis amigas del barrio lo logró. No es fácil salir de Harlem.»

Cuando le preguntamos por qué eligió el shingaling como el tema principal de su baile, Echevarri se pone nostálgica: «Hace un par de años, más o menos un mes antes de graduarme en Juilliard, asistí al funeral de una amiga de la infancia, una de esas chicas que acudían a mi casa a ver *Bandstand*. Hacía años que no la veía, pero había oído que estaba mal, que se había juntado con malas compañías. El caso es que su madre me vio en el funeral y me dijo que su hija me había hecho un regalo de graduación. ¡No tenía ni idea de qué podía ser!».

Echevarri nos enseña una cinta de casete. «Aquella chica me había grabado todas las canciones de shingaling de nuestra infancia. Estaban todas. "Chinatown", de Justi Barreto. "Shingaling Shingaling", de Kako and His Orchestra. "Sugar, Let's Shing-A-Ling", de Shirley Ellis. "I've Got Just the Thing", de Lou Courtney. "Shing-A-Ling Time, Baby!", de las Liberty Belles. "El Shingaling", de los Lat-Teens. "Shing-A-Ling!", de Arthur Conley. "Shing-A-Ling!", de Audrey Winters. "Nobody But Me", de los Human Beinz. Una lista increíble de canciones. Algunas no sé ni cómo consiguió grabarlas, pero cuando oí esas piezas, supe que crearía un baile inspirado en ellas.»

Las tres bailarinas de la pieza, todas recientemente graduadas en Juilliard, aportan un vocabulario inconfundible al montaje y hacen vivir a los espectadores una experiencia que es al mismo tiempo optimista y alegre, sin caer en sentimentalismos facilones. Esta falta de artificio se debe tanto al entusiástico arreglo de las canciones, que se engarzan a la perfección, como a la conmovedora narración de Echevarri. Danza moderna en su máxima expresión.

Donde cuento cómo nos escribimos mensajes

Jueves, 21.18 horas

XIMENA CHIN: Habeis visto el articulo k os he enviado?

CHARLOTTE CODY: Hala! ESA es la sra Atanabi?

XIMENA CHIN: :) ;-O Increible, eh?

CHARLOTTE CODY: Stas segura? Quien es Petra Eche-
varrrarara?

XIMENA CHIN: Es su apellido de soltera. Es ella! En serio. Anoche estaba googleando Gordy Johnson y me
aburri y me puse a googlear Petra Atanabi.

SUMMER DAWSON: Acabo de leer el articulo. Increible!
Es NUESTRO baile!!! Ascension!

XIMENA CHIN: Ya lo se! Lo flipaaas!

CHARLOTTE CODY: En esa foto parece superjoven y guapa.

SUMMER DAWSON: Oooh. K maja, Ximena!

XIMENA CHIN: ?????

SUMMER DAWSON: Por googlear Gordy Johnson.

XIMENA CHIN: Si, bueno, yo tb tengo curiosidad. Quiero saber k le ha pasado.

CHARLOTTE CODY: No deberia decirlo, pero mi madre cree k a lo mejor esta...

SUMMER DAWSON: Oh no!!! Mi madre tb lo piensa.

XIMENA CHIN: Lo siento, chicas. A lo mejor tengo que darles la razon...??????

CHARLOTTE CODY: DEP Gordy Johnson?????? ☹

SUMMER DAWSON: Noooooo!!!!!!

CHARLOTTE CODY: No me lo creo.

SUMMER DAWSON: Ni yo.

XIMENA CHIN: Ok. No e dicho na.

SUMMER DAWSON: Keeeeee?

CHARLOTTE CODY: ☺ ☺ ☺ ☺ ☺

XIMENA CHIN: No tiene nada k ver, pero quereis quedaros a dormir en mi casa mñna noche?

CHARLOTTE CODY: Si! Se lo pregunto a mi madre. Ahora vuelvo.

SUMMER DAWSON: Suena guay. Nosotras solas?

XIMENA CHIN: Si. Venis a las 6?

SUMMER DAWSON: OK.

CHARLOTTE CODY: Mi madre dice que vale, si estan tus padres.

XIMENA CHIN: Claro.

CHARLOTTE CODY: Mi unidad parental, que esta ahora mismo violando mi espacio personal y leyendo mi mensaje por encima del hombro, quiere que acabe los deberes. Me abro. Nos vemos mañana. Buenas noches.

SUMMER DAWSON: Buenas noches!

XIMENA CHIN: Hasta mañana! K llegue ya! Bss

Donde cuento que fuimos a casa de Ximena Chin

Era la primera vez que íbamos a casa de Ximena. Hasta entonces siempre habíamos quedado en mi casa o en el piso de Summer.

Ximena vivía en uno de esos edificios altos, de lujo, que hay al otro lado del parque. Era un edificio con portero, muy diferente a los edificios que estaba acostumbrada a ver en North River Heights, donde casi todos son antiguas casas adosadas o pequeños edificios de apartamentos con más de cien años. El piso de Ximena era ultramoderno. El ascensor llegaba directamente hasta la casa.

—¡Hola! —dijo Ximena, que estaba esperándonos en el vestíbulo.

—¡Hola! —contestamos a coro.

—¡Hala, esto es precioso! —exclamó Summer mirando a su alrededor mientras soltaba su saco de dormir en el pasillo—. ¿Tenemos que quitarnos los zapatos?

—Claro. Gracias —contestó Ximena, y nos cogió los abrigos—. No me lo puedo creer, ya está nevando otra vez.

Solté mi saco de dormir junto al de Summer y me quité las botas. Una mujer a la que no conocía de nada llegó procedente del salón.

—Os presento a Luisa —dijo Ximena—. Ellas son Summer y Charlotte. Luisa es la canguro.

—Hola —saludamos al unísono.

Luisa nos sonrió.

—Encantada de conoceros —dijo en inglés, titubeando, y a continuación añadió algo en un español rapidísimo a Ximena, que hizo un gesto afirmativo con la cabeza y le dijo: «Gracias».

—¿Hablas español? —pregunté, asombrada, mientras seguíamos a Ximena a la cocina.

Ximena se echó a reír.

—¿No lo sabíais? Ximena es un nombre español. ¿Queréis beber algo?

—¡Yo pensaba que era chino! —contesté sinceramente—. Agua, gracias.

—Y yo —añadió Summer.

—Mi padre es chino —explicó mientras llenaba dos vasos de agua del grifo que había en la puerta de la nevera—. Mi madre es española. Es de Madrid. Yo nací allí.

—¿En serio? —pregunté—. Qué guay.

Nos puso los vasos de agua delante, y Luisa trajo una bandeja llena de cosas para picar.

—*¡Muchas gracias!* —le dijo Summer a Luisa en español.

—*Muchas gracias* —repetí con mi horrible acento americano.

—Sois muy amables —dijo Ximena mientras mojaba un palito de zanahoria en una pequeña tarrina de *hummus*.

—Entonces ¿te criaste en Madrid? —pregunté.

Aparte de bailar, los caballos y *Los miserables*, lo que más me gusta en esta vida es viajar. No es que haya viajado mucho... por ahora. De momento solo hemos ido una vez a la Bahamas, a Florida y a Montreal, pero mis padres siempre están planeando llevarnos a Europa algún día. Cuando sea una estrella de Broadway, tengo pensado hacerme viajera profesional.

—No, no me crié allí —contestó Ximena—. Bueno, paso allí los veranos..., menos el verano pasado, cuando hice el curso intensivo de ballet aquí. Pero no me crié en Madrid. Mi padre y mi madre trabajan para la ONU, así que he vivido en muchos sitios. —Mordió el palito de zanahoria. Crunch—. Dos años en Roma, y antes vivimos en Bruselas, y un año en Dubái, cuando yo tenía cuatro, pero de eso no me acuerdo.

—¡Hala! —exclamó Summer.

—Qué guay —dije.

Ximena se puso a dar golpecitos en su vaso con el palito de zanahoria.

—No está mal —contestó—. Pero también puede ser bastante duro. Siempre mudándonos de aquí para allá. Siempre soy la nueva en el colegio.

—Ah, claro —dijo Summer, comprensiva.

—Pero he sobrevivido —contestó Ximena sarcásticamente—. No voy a quejarme —añadió, y volvió a morder el palito de zanahoria.

—¿Y hablas otros idiomas? —pregunté.

Como tenía la boca llena, respondió levantando tres dedos y medio. Después de tragar, entró en detalles:

—Inglés, porque siempre he ido a colegios americanos. Español. Italiano. Y un poco de mandarín, por mi abuela.

—¡Qué guay! —contesté.

—No paras de decir «qué guay» —señaló Ximena.

—Qué poco guay —repliqué, y eso la hizo reír.

Luisa se acercó a Ximena para preguntarle algo.

—Luisa quiere saber qué os gustaría cenar —tradujo Ximena.

Summer y yo nos miramos.

—Nos vale cualquier cosa —le dijo Summer a Luisa educadamente—. Por favor, no te compliques.

Luisa arqueó las cejas y sonrió, mientras Ximena se lo traducía. Luego se inclinó hacia delante y le dio un pellizco cariñoso a Summer en la mejilla.

—*¡Qué chica tan guapa!* —dijo, y entonces me miró a mí—. *Y esta parece una muñequita.*

Ximena se echó a reír.

—Dice que eres muy guapa, Summer. Y que tú, Charlotte, pareces una muñeca.

Miré a Luisa, que sonreía y asentía.

—¡Oooh! —exclamé—. Qué amable.

Y se fue para prepararnos la cena.

—Mis padres llegarán sobre las ocho —dijo Ximena, y nos hizo un gesto con la mano para que la siguiéramos.

Nos enseñó el resto del piso, que parecía salido de una revista. Todo era blanco: el sofá, la alfombra… ¡Si hasta había una mesa blanca de ping-pong en el salón! Me ponía un poco nerviosa la posibilidad de cometer alguna torpeza —no es nada raro en mí— y derramar algo sin querer.

Por el pasillo llegamos a la habitación de Ximena, que probablemente era la habitación más grande que he visto nunca (sin contar los dormitorios de matrimonio). Mi habitación, que compartía con Beatrix, debía de ser una cuarta parte de la habitación de Ximena.

Summer se plantó en mitad de la habitación y dio la vuelta muy despacio para fijarse en todo.

—Vale, esta habitación es tan grande como mi salón y mi cocina juntos —dijo.

—¡Hala! —exclamé al acercarme a los ventanales, que llegaban desde el suelo hasta el techo—. ¡Desde aquí se ve el Empire State!

—¡Es el piso más precioso que he visto en mi vida! —dijo Summer mientras se sentaba en la silla del escritorio de Ximena.

—Gracias —contestó Ximena asintiendo mientras miraba a su alrededor. Parecía un poco incómoda—. Sí, bueno, solo llevamos aquí desde el verano, así que aún no lo veo como si fuera mi casa, pero... —Se dejó caer en la cama.

Summer se acercó rodando con la silla hasta el enorme tablón de corcho que había detrás del escritorio de Ximena, lleno de pequeñas fotos, dibujos, citas y refranes.

—¡Vaya, un precepto del señor Browne! —dijo señalando un papel con el precepto de septiembre del señor Browne.

—Es mi profesor favorito del mundo entero —contestó Ximena.

—¡Y el mío! —dije yo.

—Qué foto tan mona, esa en la que sales con Savanna —comentó Summer.

Me acerqué para ver qué era lo que estaba señalando. Entre las decenas de fotografías pequeñas en las que salían conocidos de Ximena, la mayoría de la gente que no nos sonaba de nada, había unas fotos de fotomatón de Ximena y Savanna… y otras de Ximena con Miles, Savanna con Henry, y Ellie con Amos. Tengo que reconocer que se me hizo raro ver la foto de Ellie allí colgada. Era como si la viese bajo una luz diferente. Como si resultase evidente que tenía una nueva vida.

—Tengo que haceros una foto a las dos para colgarla —dijo Ximena.

—No me lo puedo creer —exclamó Summer con el lindo tono de reproche de un hada, señalando una foto del tablón—. ¡Ximena!

Tardé un segundo en darme cuenta de que «no me lo puedo creer» no lo había dicho como respuesta a lo que Ximena acababa de decir.

—Perdón —contestó Ximena con cara de culpabilidad.

Al principio no vi dónde estaba el problema, ya que se trataba de nuestra foto de clase. Entonces me di cuenta de que encima de la cara de Auggie había un diminuto pósit amarillo con una cara triste dibujada.

Ximena despegó el pósit de la foto.

—Fueron Savanna y los chicos, haciendo el tonto —dijo a modo de disculpa.

—Eso es casi tan feo como la foto que la madre de Julian retocó con Photoshop —contestó Summer.

—Fue hace mucho tiempo. Se me había olvidado que estaba ahí —dijo Ximena. Estaba tan acostumbrada a verle el hoyuelo en la mejilla izquierda que ya nunca confundía cuándo hablaba en serio y cuándo en broma. Yo diría que la expresión de su cara en aquel momento era de arrepentimiento—. En realidad, creo que Auggie es increíble.

—Pero si nunca hablas con él —dijo Summer.

—Que no me sienta cómoda en su presencia no significa que no lo admire —explicó Ximena.

En ese momento alguien llamó a la puerta, que estaba abierta. Luisa llevaba en brazos a un niño pequeño; se notaba que acababa de despertarse de la siesta. Tendría unos tres o cuatro años y era clavadito a Ximena, salvando el hecho de que resultaba evidente que tenía síndrome de Down.

—¡*Hola, Eduardito!* —dijo Ximena sonriendo de oreja a oreja. Abrió los brazos para recibir a su hermano pequeño, y Luisa dejó que lo cogiese—. Estas son *mis amigas*. Esta es Charlotte y esta es Summer. Salúdalas. *Di*

«*Hola*» —Cogió la mano de Eduardito y la movió para saludarnos.

Summer y yo le devolvimos el saludo. Eduardito, que aún estaba medio dormido, nos miró somnoliento, mientras Ximena le daba besos por toda la cara.

Donde cuento que jugamos a Verdad o Acción

—El día que me enteré de que mi padre había muerto —dijo Summer.

Las tres estábamos tumbadas en nuestros sacos de dormir sobre el suelo de la habitación de Ximena. Las luces del techo estaban apagadas, pero las bombillitas de Navidad con forma de chiles rojos que había colgadas por toda la habitación hacían que las paredes tuviesen un resplandor rosado en la oscuridad. Nuestros pijamas parecían de color rosa. Nuestras caras parecían de color rosa. Era la iluminación perfecta para contar secretos y para hablar de cosas de las que nunca hablarías a plena luz del día. Estábamos jugando a Verdad o Acción, y en la carta que había cogido Summer ponía: «¿Cuál ha sido el peor día de tu vida?».

Tuve el impulso de devolver la carta a su sitio y pedirle que cogiese otra, pero no pareció importarle contestar a la pregunta.

—Estaba en clase de la señora Bob cuando mi madre y mi abuela fueron a buscarme —prosiguió en voz baja—. Pensé que iban a llevarme al dentista, porque esa misma mañana se me había caído un diente. Pero en cuanto nos subimos al coche, mi abuela se echó a llorar. Entonces mi madre me contó que acababan de enterarse de que mi padre había muerto en acto de servicio. «Ahora papá está en el cielo», me dijo, y todas nos echamos a llorar en el coche. Con lagrimones de esos que no puedes evitar que te caigan. —Mientras hablaba, jugueteaba con la cremallera de su saco, sin mirarnos—. En fin, que ese ha sido el peor día de mi vida.

Ximena negó con la cabeza.

—Me cuesta imaginar qué es lo que se siente en ese momento —dijo en voz baja.

—Y a mí —añadí.

—Lo recuerdo todo muy borroso —contestó Summer mientras tiraba de la cremallera—. De su funeral, por ejemplo, no me acuerdo. Nada de nada. Lo único que recuerdo de aquel día es que estaba leyendo un libro ilustrado sobre dinosaurios. Había un dibujo de un meteorito surcando el cielo por encima de los triceratops, y pensé que la muerte de mi padre era algo así. Como la extinción de los dinosaurios. Un meteorito te cae en el corazón y lo cambia todo para siempre. Pero sigues viva, tienes que seguir.

Logró desatascar la cremallera y tiró de ella hasta cerrar el saco.

—En fin… —comenzó a decir.

—Yo me acuerdo de tu padre —dije.

—¿Sí? —preguntó sonriendo.

—Era alto —contesté—. Y tenía una voz muy grave.

Summer asintió. Saltaba a la vista que estaba contenta.

—Mi madre me contó que todas las madres pensaban que era muy guapo —dije.

Summer abrió los ojos como platos.

—Oooh.

Volvimos a quedarnos calladas unos segundos. Summer se puso a arreglar los montoncitos de cartas.

—Vale, ¿a quién le toca? —preguntó.

—Creo que a mí —contesté, e hice girar la ruleta.

Señaló «Verdad», así que cogí una carta de ese montoncito.

—Esta es muy cutre —dije, y leí en voz alta—: «¿Qué superpoder te gustaría tener y por qué?».

—Tiene gracia —replicó Summer.

—Me gustaría volar, claro —contesté—. Así podría ir a cualquier sitio y recorrer el mundo volando. Podría ir a todos los lugares donde ha vivido Ximena.

—Yo creo que a mí me gustaría ser invisible —dijo Ximena.

—A mí, no —contesté—. ¿Para qué? ¿Para oír lo que todo el mundo dice a mis espaldas y saber que todo el mundo piensa que soy una falsa?

—¡Oh, no! —exclamó Ximena entre risas—. Otra vez, no.

—Era broma, ¿sabes?

—¡Ya lo sé! —dijo—. Pero que conste que nadie piensa que seas una falsa.

—Gracias.

—Solo una farsante.

—¡Ja!

—Pero es verdad que te preocupa demasiado lo que la gente piensa de ti —dijo, más o menos en serio.

—Ya lo sé —contesté, también en serio.

—Vale. Te toca, Ximena —dijo Summer.

Ximena hizo girar la ruleta. Señaló «Verdad». Cogió una carta, la leyó en silencio y soltó un gemido.

—«Si pudieses salir con cualquier chico de tu colegio, ¿con quién saldrías?» —leyó en voz alta, y se tapó la cara con la mano.

—¿Cómo? —pregunté—. ¿No saldrías con Miles?

Ximena se echó a reír y negó con la cabeza, avergonzada.

—¡Hala! —exclamamos Summer y yo señalándola—. ¿Con quién? ¿Con quién? ¿Con quién?

Ximena siguió riéndose. No era fácil apreciarlo en la penumbra, pero estoy segura de que se había puesto roja.

—¡Si os lo cuento, tenéis que contarme quién os gusta a vosotras! —dijo.

—No es justo, no es justo —contesté.

—¡Sí es justo! —replicó.

—¡Vale!

—Con Amos —respondió, y dejó escapar un suspiro.

—¡No me lo puedo creer! —dijo Summer, boquiabierta—. ¿Lo sabe Ellie?

—Claro que no —contestó Ximena—. Me gusta, nada más. Nunca haría nada con él. Además, no está por mí. Ellie le gusta mucho.

Pensé en cómo, tan solo unos meses antes, Ellie y yo hablábamos de Jack. Tener «novio» parecía algo muy lejano por aquel entonces.

Ximena me miró.

—Creo que ya sé quién le gusta a Charlotte —dijo con su voz cantarina.

Me tapé la cara.

—Gracias a Ellie lo sabe todo el mundo.

—¿Y tú, Summer? —preguntó Ximena, pinchándole en la mano con el dedo.

—Eso, Summer, ¿y tú? —pregunté.

Summer sonrió, pero se limitó a negar con la cabeza.

—¡Anda ya! —exclamó Ximena, tirando del meñique de Summer—. Tiene que haber alguien.

—Vale —contestó, y vaciló un poco—. Reid.

—¿Reid? —preguntó Ximena—. ¿Quién es Reid?

—¡Va con nosotras a clase del señor Browne! —respondí—. Uno muy callado que dibuja tiburones.

—No es demasiado popular —dijo Summer—. Pero es muy simpático. Y a mí me parece muy mono.

—¡Ooh! —exclamó Ximena—. Pues claro que sé quién es Reid. ¡Es supermono!

—Sí, ¿verdad? —dijo Summer.

—Haríais una pareja estupenda —añadió Ximena.

—Quizá algún día —contestó Summer—. Aún no quiero tener pareja.

—¿Por eso no quisiste salir con Julian? —preguntó Ximena.

—No quise salir con Julian porque Julian es imbécil —se apresuró a decir Summer.

—O sea, que en Halloween no estabas enferma de verdad, ¿no? —dijo Ximena—. En la fiesta de Savanna.

Summer negó con la cabeza.

—No, no estaba enferma.

—Me lo figuraba —contestó Ximena asintiendo.

—Vale, yo tengo una pregunta —le dije a Ximena—. Pero no es de las cartas.

—¡Ah! —exclamó Ximena arqueando las cejas y sonriendo—. Vale.

Vacilé.

—A ver… Cuando dices que «sales» con Miles, ¿qué significa eso? O sea, ¿qué hacéis?

—¡Charlotte! —dijo Summer, y me dio un manotazo en el brazo con el dorso de la mano.

Ximena se echó a reír.

—No, quería decir…

—¡Sé lo que querías decir! —contestó Ximena, cogiéndome los dedos—. Pues que Miles me recoge delante de mi taquilla todos los días al salir de clase y a veces me acompaña hasta la parada del autobús. Y nos damos la mano.

—¿Alguna vez le has dado un beso? —pregunté.

Ximena puso mala cara, como si estuviese chupando un limón. No llevaba puestas las lentillas, sino unas enormes gafas con montura de pasta, además de un retenedor de ortodoncia que tenía que llevar por la noche. No se parecía a la Ximena Chin que estábamos acostumbradas a ver en el colegio—. Solo una vez. En la fiesta de Halloween.

—¿Y te gustó? —pregunté.

—¡No lo sé! —contestó, sonriente—. Se parecía un poco a cuando te besas el brazo. ¿Lo habéis hecho? Besaos los brazos.

Summer y yo obedecimos y nos besamos los brazos. Luego nos entró la risa tonta.

—¡Oh, Jack! —dije mientras sorbía ruidosamente al besarme el antebrazo.

—¡Oh, Reid! —dijo Summer haciendo lo mismo.

—¡Oh, Miles! —añadió Ximena, besándose la muñeca—. Quiero decir ¡Amos!

Las tres nos partimos de risa.

—*Hija* —dijo la madre de Ximena llamando a la puerta. Asomó la cabeza—: no quiero que se despierte tu hermano. ¿Podéis hablar un poco más bajo?

—Perdona, *mami* —contestó Ximena.

—Buenas noches, chicas —dijo con dulzura.

—¡Buenas noches! —susurramos—. ¡Perdón!

—¿Tenemos que dormirnos ya? —pregunté en voz baja.

—No, pero tenemos que hablar mucho más bajo —dijo Ximena—. Vamos. Creo que te toca, Summer. ¿Verdad o acción?

—Tengo otra pregunta que no está en la carta —dijo Summer señalando a Ximena—. Para ti.

—¡Oh, oh! ¡Chicas, os estáis confabulando contra mí! —contestó Ximena entre risas.

—Aún no hemos hecho ninguna acción —señalé.

—Vale, pues esta es la acción —dijo Summer—: el lunes tienes que sentarte en mi mesa del comedor y no puedes decirle a nadie por qué.

—¡Anda ya! —respondió Ximena—. No puedo largarme de mi mesa sin decir por qué.

—¡Exacto! —dijo Summer—. Pues elige verdad.

—Vale —contestó Ximena—. ¿Cuál es la verdad?

—Vale, verdad —dijo Summer mirándola a los ojos—. Si Savanna, Ellie y Gretchen no se hubiesen ido a esquiar este fin de semana, ¿nos habrías pedido a Charlotte y a mí que viniésemos a dormir a tu casa esta noche?

Ximena puso los ojos en blanco.

—¡Ooooh! —exclamó, e hinchó las mejillas como un pez.

—Te pareces a la señora Atanabi —señalé.

—Venga, ¿verdad o acción? —la presionó Summer.

—Vale —dijo Ximena por fin, escondiendo la cara detrás de las manos—. ¡Es cierto! Seguramente no os lo habría pedido. Lo siento. —Nos miró a hurtadillas entre los dedos—. Se suponía que me iba a ir con ellas a esquiar este fin de semana, pero pensé que no valía la pena arriesgarme a torcerme un tobillo o alguna otra lesión justo antes del baile, así que les dije que no en el último momento y os invité a vosotras.

—¡Ajá! —exclamó Summer pinchándola con el dedo en el hombro—. Lo sabía. Éramos tu plan B para este fin de semana.

Yo también me puse a pincharla.

—¡Lo siento! —dijo Ximena entre risas, porque habíamos empezado a hacerle cosquillas—. ¡Pero eso no significa que no quiera estar también con vosotras!

—¿Has invitado a alguien más a dormir en el último mes? —preguntó Summer.

Para entonces ya estábamos haciéndole muchas cosquillas.

—¡Sí! —exclamó con la risa tonta—. ¡Lo siento! Esas veces tampoco os invité. ¡No se me da bien mezclar grupos de amigas! Pero prometo mejorar el curso que viene.

—¿Te cae bien Savanna? —pregunté dándole un último pinchazo.

Ximena hizo una mueca que era la imitación perfecta de la cara de asco de Savanna.

Summer y yo nos echamos a reír.

—¡Chis! —dijo Ximena dando palmaditas en el aire para que guardásemos silencio.

—¡Chis! —repitió Summer.

—¡Chis! —añadí yo.

Las tres nos calmamos.

—Vale, debo reconocer que está superpesada desde que empecé a quedar con vosotras para ensayar —dijo Ximena en voz baja—. ¡Se enfadó muchísimo cuando vio que no la habían elegido para el baile!

—Seguro que se enfadó porque me eligieron a mí y no a ella —dijo Summer.

—Pues no, se enfadó con Charlotte —contestó Ximena señalándome con el pulgar.

—¡Lo sabía! —dije.

Ximena ladeó la cabeza hasta apoyarla en un hombro.

—Dijo..., y estas son sus palabras, no las mías..., que en Beecher siempre consigues los mejores papeles en las obras de teatro porque los profesores saben que hacías anuncios cuando eras pequeña. Y porque siempre haces todo lo posible por ser la niña mimada del profesor.

—Pero ¿qué narices...? —dije, desconcertada—. Es la mayor tontería que he oído en mi vida.

Ximena se encogió de hombros.

—Solo te cuento lo que nos dijo a Ellie y a mí.

—Pero Ellie sabe que eso no es verdad —dije.

—A ver si te enteras —contestó Ximena—: Ellie nunca le lleva la contraria a Savanna.

—Lo que no entiendo es por qué siempre me ha odiado —dije, negando con la cabeza.

—Savanna no te odia —respondió Summer, y alargó la mano para quitarle las gafas a Ximena—. Creo que, en todo caso, siempre ha estado un poco celosa de ti por lo buena amiga que eras de Ellie.

—¿En serio? ¿Por qué?

Summer se encogió de hombros y se probó las gafas de Ximena.

—Bueno, Ellie y tú formabais un grupo bastante cerrado. Es muy probable que Savanna se sintiera un poco excluida.

Era una posibilidad que nunca se me había pasado por la cabeza.

—No tenía ni idea de que alguien pudiera haberse sentido así —dije—. Lo digo en serio: no tenía ni idea. ¿Estás segura? ¿Había alguien más que se sentía así? ¿Tú te sentías así?

Summer dejó que las gafas le resbalasen hasta la punta de la nariz.

—Un poco. Pero yo no coincidía con vosotras en ninguna clase, así que me daba igual. Savanna coincidía con vosotras en todas las clases.

—Vaya —dije, y me mordí la mejilla por dentro, que es una costumbre que tengo cuando estoy nerviosa.

—Yo no me preocuparía por ese tema —contestó Summer mientras me probaba las gafas de Ximena—. Eso ya da igual. Te quedan muy bien las gafas.

—¡Pero es que yo no quiero que Savanna me odie! —dije.

—¿Por qué te importa tanto lo que piense Savanna? —preguntó Ximena.

—¿Es que a ti no te importa lo que piense Savanna? —le pregunté—. Seamos realistas: cuando estás con ella, tú también te comportas de manera diferente.

—Es verdad —dijo Summer. Me quitó las gafas y se puso a limpiarlas con la camiseta del pijama.

—Eres mucho más simpática cuando no estás con ella —añadí.

Ximena se estaba retorciendo el pelo con el dedo.

—En secundaria todo el mundo es un poco desagradable, ¿no os parece?

—¡No! —exclamó Summer, poniéndole de nuevo las gafas a Ximena.

—¿Ni siquiera un poco? —preguntó Ximena arqueando la ceja derecha.

—No —repitió Summer, arreglándole las gafas para que quedasen rectas—. Nadie tiene por qué ser desagradable. Nunca —añadió, y se echó hacia atrás para ver cómo habían quedado las gafas.

—Bueno, eso lo piensas porque eres una santa —dijo Ximena para provocarla.

—¡Madre mía! Como vuelvas a llamarme eso… —le soltó Summer entre risas, y le lanzó la almohada.

—Summer Dawson, dime que no acabas de pegarme con mi almohada favorita de plumón de ganso blanco europeo con una capacidad de hinchado de ochocientos —dijo Ximena mientras se levantaba lentamente. Cogió su almohada superesponjosa y la levantó en alto.

—¿Me estás desafiando? —preguntó Summer, poniéndose en pie y sosteniendo su almohada como un escudo.

Yo también me puse en pie, muy emocionada, y levanté la almohada.

—¡Guerra de almohadas! —exclamé en un tono de voz demasiado alto, debido a la emoción.

—¡Chis! —dijo Ximena llevándose el dedo a los labios para recordarme que no debíamos hacer ruido.

—¡Guerra de almohadas silenciosa! —susurré.

Nos pasamos un par de segundos mirándonos para intentar averiguar quién golpearía primero y, acto seguido, entramos al lío. Ximena descargó su almohada sobre Summer, Summer la golpeó desde abajo y yo le di de refilón a Ximena. Entonces Ximena se me acercó y me golpeó desde la izquierda, pero Summer se giró y nos golpeó a las dos desde arriba. No tardamos en empezar a golpearnos con otras cosas, aparte de las almohadas: con animales de peluche que había sobre la cama de Ximena, con toallas, con nuestra ropa enrollada... Y a pesar de intentar guardar silencio, o tal vez por eso —ya que no hay nada más divertido que intentar no reírte cuando lo que quieres es reírte—, fue la mejor guerra de almohadas en la que he participado en toda mi vida.

Lo que hizo que parase —si no, podría haber durado demasiado— fue el misterioso bocinazo de un pedo que se tiró una de nosotras. Hizo que nos quedásemos las tres paradas mientras nos mirábamos las unas a las otras, con los ojos como platos, hasta que por fin nos echamos a reír como locas al ver que nadie reconocía su autoría.

El caso es que, unos segundos después, la madre de Ximena volvió a llamar a la puerta. La mujer tenía mucha paciencia, pero obviamente ya parecía un poco molesta. Pasaban de las doce de la noche.

Le prometimos que nos acostaríamos y que no haríamos más ruido.

Nos quedamos sin aliento de tanto reírnos. A mí hasta me dolía un poco la barriga.

Tardamos un rato en alisar los sacos de dormir y devolver los animales de peluche a su sitio. Doblamos nuestra ropa y devolvimos las toallas al armario.

Arreglamos las almohadas, nos metimos en los sacos de dormir, cerramos las cremalleras y nos dimos las buenas noches. Pero yo no podía dormirme. Aunque tenía sueño, lo que había pasado esa noche me daba vueltas por dentro. Era como si los ojos me pesasen demasiado para mantenerlos abiertos, pero sintiesen demasiada curiosidad para cerrarse. Me entró la risa tonta, y Summer y Ximena también empezaron a reírse tontamente. Durante un rato intentamos hacernos callar unas a otras poniendo una mano ahuecada sobre la boca de las demás.

Por fin, cuando se nos quitó la risa y se hizo de nuevo el silencio, Ximena se puso a cantar en voz muy baja. Al principio cantaba tan bajito que ni me di cuenta de lo que estaba entonando.

—*No-no, no, no-no, no-no-no-no.*

Entonces, Summer siguió cantando:

—*No, no-no, no, no, no-no, no-no, no-no.*

Al final, me di cuenta de qué era lo que cantaban y yo también me puse a cantar:

—*No-no-no-no, no-no, no, no-no, no.*

Entonces nos pusimos a cantar a coro, en susurros.

Nobody can do the shingaling
Like I do...

Nobody can do the skate
Like I do...
Nobody can do boogaloo
Like I do...

Mientras cantábamos, tumbadas boca arriba y una al lado de la otra, hacíamos que nuestros brazos y manos bailasen sincronizados por encima de nuestras cabezas. Y cantamos toda la canción, de principio a fin, tan bajito como si estuviéramos rezando en la iglesia.

Donde cuento qué pinta tienen nuestros diagramas de Venn

Lo sé. Paso demasiado tiempo pensando en estas cosas. ☺

Donde cuento que nadie mencionó el tema

El lunes nadie habló de la noche que habíamos pasado en casa de Ximena. Era como si las tres supiésemos, instintivamente y sin necesidad de decirlo en voz alta, que cuando volviésemos al colegio todo retornaría a la normalidad. Ximena se relacionaría con el grupo de Savanna, Summer se relacionaría con su reducido grupo y yo jugaría a los cuadraditos con Maya en mi mesa del comedor.

Nadie se imaginaría que Summer, Ximena y yo nos habíamos hecho buenas amigas. Ni que solo un par de días antes habíamos organizado una guerra de almohadas y habíamos compartido secretos bajo el resplandor rosáceo de las luces con forma de chiles rojos en la habitación de Ximena.

Donde cuento que no logré evitar
una catástrofe social

La noche previa a la gala, la señora Atanabi nos dijo que nos tomásemos el día libre para descansar. Insistió en que cenásemos sano y durmiésemos bien. Luego nos dio los trajes, que había cosido ella misma. Ya nos los habíamos probado la semana anterior, pero estaba deseando volver a casa para probarme el mío de nuevo, ahora que estaba terminado. El traje estaba inspirado en esta foto de las Liberty Belles:

THE LIBERTY BELLES
SHOUT RECORDING ARTISTS

MANAGEMENT
HORIZON PROMOTIONS, INC

Esa tarde volví andando del colegio con Maya y con Lina, igual que hacía antes de empezar a quedar con Summer y Ximena a todas horas.

Era uno de los primeros días que hizo buen tiempo en marzo, cuando asomaba la primavera después del largo y frío invierno. A Lina se le ocurrió la brillante idea de que nos pasásemos por la heladería Carvel de camino a casa, una idea muy «primaveral», así que echamos a andar por Amesfort, pero en dirección contraria, hacia el parque. Mientras caminábamos, les conté que me había enterado de que Savanna iba diciendo por ahí que la única razón por la que la señora Atanabi me había seleccionado para el espectáculo de baile era porque había salido en un anuncio de la tele cuando era pequeña.

—Eso no se lo cree nadie —dijo Lina comprensiva, mientras le daba patadas al balón.

—¡Qué horror! —exclamó Maya, y me puso contenta que le enfadase tanto aquel tema—. ¡No me puedo creer lo de Savanna! Con lo simpática que era en primaria.

—Savanna nunca ha sido simpática conmigo —contesté.

—Pues conmigo sí —insistió Maya, colocándose bien las gafas—. Ahora se ha vuelto mala. En ese grupo todas son malas.

Asentí con la cabeza, para acto seguido negarlo.

—Bueno, no sé.

—Y ahora han puesto a Ellie en nuestra contra —dijo Maya—. ¿Sabes que Ellie ya apenas me saluda? Ella también se ha vuelto mala.

Me rasqué la nariz. Maya siempre veía las cosas en blanco y negro.

—Supongo.

—Te diré una cosa: la culpa de todo la tiene Ximena Chin —prosiguió—. Todo es culpa suya. Si ella no hubiese empezado en Beecher este curso, todo sería igual que antes. Es ella quien ejerce una mala influencia.

Sabía que así era como veía Maya las cosas. Es una de las razones por las que nunca le he dado muchos detalles sobre el baile en el que iba a participar. Creo que nunca llegó a entender que las únicas que bailaban, aparte de mí, eran Summer y la horrible Ximena Chin. ¡Y a mí me parecía estupendo! No quería tener que defender ante Maya mi amistad con Ximena. Sinceramente, no creo que lo hubiese entendido.

—¿Sabéis qué es lo que menos soporto? —dijo Maya—. Que seguramente va a acabar dando ella el discurso de quinto en la ceremonia de graduación de este año.

—Bueno, tiene mejores notas que nadie —contesté intentando parecer imparcial.

—Pensaba que las mejores notas las tenías tú, Charlotte —me dijo Lina.

—No, Ximena las tiene mejores —la interrumpió Maya, y se puso a contar con los dedos—. Ximena. Charlotte. Simon. Yo. Y luego Auggie, o Remo. Auggie tiene mejores notas que Remo en mates, pero en los últimos exámenes de lengua española no le ha ido demasiado bien, y eso le ha bajado un punto la media.

Maya siempre sabía qué nota había sacado todo el mundo en los exámenes. Llevaba la cuenta de los trabajos que mandaban para casa, de las notas de las redacciones... Si era algo a lo que le ponían nota, Maya te preguntaba qué habías sacado. Y era increíble cómo recordaba todos los detalles.

—Qué locura. ¿Cómo puedes acordarte de las notas de todo el mundo? —preguntó Lina.

—Es un don —contestó Maya totalmente en serio.

—Oye, ¿le has contado a Charlotte lo del mensaje? —le preguntó Lina.

—¿Qué mensaje? —pregunté.

Como ya he dicho, estaba un poco desconectada de las chicas porque no las había visto mucho durante las semanas anteriores.

—No es nada —contestó Maya.

—Le ha escrito un mensaje a Ellie —dijo Lina.

Maya me miró y frunció el ceño.

—Es para que sepa cómo me siento —añadió mirándome por encima de la montura de las gafas.

De pronto me asaltó un mal presentimiento con aquel mensaje.

—¿Qué le has escrito? —pregunté.

—No es más que una nota —respondió encogiéndose de hombros.

Lina le dio un codazo.

—¡Deja que la lea!

—¡Me va a decir que no se la dé! —contestó Maya mordiéndose las puntas de su larga melena rizada.

—Enséñamela por lo menos —dije con mucha curiosidad—. ¡Venga, Maya!

Nos habíamos parado en el cruce de Amesfort con la calle 222 para esperar que el semáforo se pusiera verde.

—Vale —contestó Maya—. Te la enseñaré. —Rebuscó en el bolsillo del abrigo y sacó un sobre muy gastado de Uglydoll con la palabra «Ellie» escrita con rotulador plateado—. Vale. Quería que Ellie supiera cómo me siento por su cambio de actitud en este curso.

Me pasó el sobre y me hizo un gesto con la cabeza para que lo abriese y leyese la nota que había dentro.

Querida Ellie:

Como soy una de tus amigas desde hace más tiempo, te escribo para decirte que últimamente te has comportado de una manera muy rara, y espero que reacciones. Creo que la culpa no es tuya. La culpa es de esa malvada Ximena Chin, que tiene una influencia negativa sobre ti. Primero enredó a Savanna, y ahora te está convirtiendo a ti en una zombi guapa, igual que ella. Espero que dejes de ser su amiga y que recuerdes lo bien que nos lo pasábamos. Acuérdate del precepto de noviembre del señor Browne:

«Ten por amigos únicamente a tus iguales». Por favor, ¿podemos volver a ser amigas?

Tu antigua amiga de verdad,

MAYA

Doblé la nota y volví a meterla en el sobre. Maya estaba mirándome con expectación.

—¿Te parece tonta? —me preguntó.

Le devolví el sobre.

—No, no me parece tonta —contesté—. Pero, como amiga tuya que soy, te digo que no deberías dársela.

—¡Sabía que intentarías convencerme para que no se la diese! —dijo, molesta y decepcionada con mi reacción.

—¡No, no estoy intentando convencerte para que no se la des! —repliqué—. Deberías dársela si de verdad es lo que quieres. Sé que tienes buena intención, Maya.

—No quiero tener buena intención —dijo muy enfadada—. ¡Solo intento ser sincera!

—Lo sé —contesté.

Ya habíamos cruzado la calle y llegado a Carvel, pero vimos que dentro estaba superlleno. La cola ante la barra llegaba hasta la puerta, y todas las mesas estaban ocupadas…, básicamente por alumnos de secundaria de Beecher.

—Todo el mundo ha tenido la misma idea que nosotras —dijo Lina, apesadumbrada.

—Hay demasiada gente —contesté—. Vamos a dejarlo.

Maya me agarró del brazo.

—Mira, ahí está Ellie —dijo.

Miré hacia donde estaba mirando ella y vi a Ellie sentada con Ximena, Savanna y Gretchen —y Miles, Henry y Amos— en una mesa delante del mostrador con las tartas de cumpleaños. Es decir, en la otra punta del local.

—Vámonos —dije tirando del brazo de Maya.

Lina ya había echado a andar y a darle patadas al balón, pero Maya no se movió del sitio.

—Voy a darle la nota —dijo muy lentamente con una cara muy seria. Llevaba la nota que le acababa de devolver en la mano izquierda, y la agitó como si fuera una diminuta bandera.

—No, ni hablar —me apresuré a contestar mientras la obligaba a bajar la mano—. Al menos, ahora no.

—¿Por qué no?

Lina volvió adonde estábamos.

—Espera, ¿quieres darle la nota ahora? —preguntó con incredulidad—. ¿Delante de todo el mundo?

—¡Sí! —contestó Maya, terca como una mula.

—No —dije, envolviendo la nota con la mano. Solo podía pensar en el grandísimo ridículo que iba a hacer. Ellie abriría la nota en su mesa, delante de todos, y se iban a enfadar mucho con Maya por las cosas que decía sobre Ximena y Savanna. ¡Cosas imperdonables, la verdad! Pero lo que era aún peor: iban a reírse de ella—. Esta es una de esas cosas que nunca te van a perdonar, Maya —le advertí—. Te arrepentirás. No lo hagas.

Se notaba que se lo estaba pensando. Tenía la frente llena de arrugas.

—Puedes dársela en otro momento —proseguí tirando de la manga de su abrigo igual que Summer tiraba a veces de la mía mientras hablaba—. Cuando esté sola. También podrías enviársela por correo, si quieres. Pero no se la des ahora, delante de todo el mundo. Te lo suplico. Te lo digo en serio, Maya: sería una catástrofe social.

Se frotó la cara. Lo que le pasa a Maya es que nunca le han preocupado la popularidad ni las catástrofes sociales. Se le da muy bien llevar la cuenta de las notas que saca la gente en los exámenes, pero no tiene ni idea de relaciones sociales. Sabe lo básico, claro, pero en su mundo en blanco y negro la gente solo es buena o mala. No hay término medio.

En cierto modo, eso siempre ha sido una de sus mayores virtudes. Se acerca a alguien y da por hecho que son amigas, o hace algo realmente bonito por alguien sin venir a cuento, como lo de regalarle a Auggie Pullman un llavero de Uglydoll la semana anterior.

Pero en otros sentidos es algo realmente negativo, porque no sabe defenderse de las personas que son desagradables con ella. No sabe qué decirles y se lo toma todo en serio. Peor aún: si a alguien no le apetece hablar con ella, no se da cuenta y sigue hablando o preguntando cosas hasta que esa persona se larga. Ellie lo había expresado a la perfección unos meses antes, mientras nos quejábamos de lo pesada que podía ponerse Maya a veces: «Maya hace que resulte fácil ser desagradable con ella».

Y ahora Maya estaba a punto de ponerle muy fácil a Ellie que fuese desagradable con ella... ¡y delante de un montón de chavales comiendo helado! A pesar de mis palabras, a pesar de que prácticamente le supliqué que no lo hiciese, Maya Markowitz entró en la heladería, fue esquivando a la gente que hacía cola y se plantó delante de la mesa del fondo, donde estaban sentadas Ellie y todo el grupo de chicas guais.

Lina y yo lo vimos todo desde la acera. Había un ventanal en la fachada, el lugar perfecto para contemplar cómo se desarrollaban los acontecimientos. Por un segundo fue como estar viendo uno de esos documentales de naturaleza que dan por la tele. Casi podía oír la voz del narrador contando lo que sucedía.

«Observen qué pasa cuando la joven gacela, que acaba de apartarse de su manada…»

Vi que Maya le decía algo a Ellie. Todos los que estaban sentados a la mesa dejaron de hablar y miraron a Maya.

«… es avistada por las leonas, que llevan varios días sin comer.»

Vi que le daba el sobre a Ellie, quien se mostró algo confundida.

—No puedo mirar —dijo Lina, y cerró los ojos.

«Y ahora las leonas, hambrientas de carne fresca, se disponen a cazarla.»

Donde cuento cómo me mantuve neutral…
otra vez

Casi todo lo que predije que sucedería sucedió tal como lo predije. Después de darle la nota a Ellie delante de todos sus compañeros de mesa, Maya se dio media vuelta y se alejó andando. Ellie y el grupo de Savanna se miraron con cara de risa y, antes de que a Maya le diera tiempo a llegar a la siguiente mesa, Savanna, Ximena y Gretchen se levantaron de sus sillas para apiñarse alrededor de Ellie mientras esta abría el sobre. Podía ver sus caras con claridad mientras leían la nota. En un momento dado, Ximena dio un grito ahogado, mientras a Savanna aquello le parecía divertidísimo.

Maya siguió andando hacia la salida mientras nos miraba a Lina y a mí. Aunque no lo creáis, nos estaba sonriendo. Se notaba que estaba muy contenta. Desde su punto de vista, se estaba desahogando, estaba librándose de algo que había estado fastidiándola y, como le importaba un pimiento lo que el grupo de las guais opinase de ella, pensaba que no tenía nada que perder. En realidad, a Maya no podían hacerle daño. Solo estaba enfadada con Ellie porque había sido su amiga, pero a Maya le daba igual lo que pensasen de ella las otras chicas, o que pudiesen estar riéndose de ella en aquel momento.

Tengo que reconocer que, en cierto modo, admiraba el valor de Maya.

Dicho esto, tenía muy claro que lo último que quería en aquel momento era que me viesen con ella, así que me aparté de la ventana antes de que volviese a salir. Lo que menos quería era que Ximena me viese allí fuera, esperando a Maya. No quería que nadie pensase que yo había tenido algo que ver en aquella locura.

Igual que había conseguido mantenerme neutral en la guerra entre los chicos, quería mantenerme neutral en lo que podría convertirse en una guerra entre las chicas.

Donde cuento cómo reaccionó Ximena

Summer me envió un mensaje esa misma tarde.

«T has enterado de lo k ha hecho Maya?»

«Si», contesté.

«Estoy con Ximena. Estamos en mi casa. Esta muy afectada. Puedes venir?»

—Mamá —dije mientras preparábamos las cosas para la cena—, ¿puedo ir a casa de Summer?

—No —contestó mi madre negando con la cabeza.

—Por favor. Es una especie de emergencia.

—¿Qué ha pasado? —preguntó mirándome.

—Ahora no te lo puedo explicar —me apresuré a contestar mientras cogía el abrigo—. Por favor, mamá. Te prometo que volveré pronto.

—¿Tiene algo que ver con el número de baile? —preguntó.

—Más o menos —mentí.

—Vale. Mándame un mensaje cuando llegues. Pero te quiero de vuelta a las seis y media.

Summer vivía a cuatro manzanas de casa, así que llegué en diez minutos. Su madre me abrió la puerta.

—Hola, Charlotte. Están en la habitación del fondo —dijo al abrirme la puerta, y me cogió el abrigo.

Fui a la habitación de Summer. Allí estaba Ximena, tal como había dicho Summer, llorando sobre su cama. Summer tenía una caja de pañuelos de papel en la mano y la estaba consolando.

Me contaron toda la historia, y yo hice como que no estaba muy al tanto. Maya le había pasado una nota a Ellie delante de todo el mundo, y la nota decía un montón de cosas «ponzoñosas» sobre Ximena. Así fue como me la describieron.

—¡Dice que soy mala! —dijo Ximena secándose las lágrimas—. A ver, ¿qué le he hecho yo a Maya? ¡Si ni siquiera la conozco!

—Le estaba diciendo a Ximena que a veces Maya puede ser una torpe social —comentó Summer, dándole palmaditas a Ximena en la espalda como haría una madre.

—¿Una torpe social? —preguntó Ximena—. ¡Eso no es torpeza social, eso es ser mala! ¿Sabes lo que es que todo el mundo lea algo así de horrible sobre ti? Han pasado la nota por toda la mesa y todo el mundo la ha leído…, incluidos los chicos. Y a todo el mundo le ha parecido supergraciosa. Savanna casi se ha meado de la risa, de lo graciosa que le parecía. Yo también he hecho como que me parecía graciosa. Ja, ja. ¿Acaso no es supergracioso que alguien a quien apenas conozco me acuse de convertir a la gente en zombis? —dijo, e hizo el gesto de las comillas con los dedos al pronunciar la palabra «zombis». Luego volvió a echarse a llorar.

—Es horrible, Ximena —contesté mordiéndome la mejilla por dentro—. Lamento mucho que haya hecho eso.

—Le he dicho que hablaríamos con Maya —me dijo Summer.

La miré fijamente.

—¿Para qué? —pregunté.

—Para decirle que ha escrito algo muy ofensivo —respondió Summer—. Como somos amigas de Maya, he pensado que podríamos explicarle que ha ofendido a Ximena.

—A Maya le va a dar igual —me apresuré a contestar—. No lo va a entender, Ximena, te lo digo en serio. —A ver, ¿cómo podía explicárselo?—. Mira, Ximena: hace años que conozco a Maya y, para ella, esto no tenía nada que ver contigo. Tiene que ver con Ellie. Le molesta que Ellie ya no se junte con ella.

—Está claro. ¡Pero es por mi culpa! —dijo Ximena.

—Ya lo sé —respondí—. Pero eso Maya no lo sabe. Solo quiere echarle la culpa a alguien. Quiere que todo vuelva a ser como era en primaria y piensa que tú tienes la culpa de que hayan cambiado las cosas.

—¡Eso es una idiotez! —exclamó Ximena.

—¡Ya lo sé! —dije—. Es como Savanna, que está enfadada conmigo por haber salido en un anuncio de la tele. No tiene ni pies ni cabeza.

—¿Y tú cómo sabes todo eso? —preguntó Ximena—. ¿Te lo ha contado?

—¡No! —contesté.

—¿Sabías lo de la nota con antelación?

—¡No! —repetí.

Summer acudió al rescate.

—¿Y qué ha dicho Ellie cuando ha leído la nota de Maya? —le preguntó a Ximena.

—Se ha enfadado un montón —contestó Ximena—. Savanna y ella quieren declararle la guerra a Maya, publicar algo superdesagradable sobre ella en Facebook o en algún otro sitio. Luego Miles ha hecho un dibujo. Quieren subirlo a Instagram.

Le hizo un gesto con la cabeza a Summer para que me pasase una hoja de papel doblada. Al abrirla, vi que se trataba de un dibujo rudimentario de una chica (que, obviamente, era Maya) besando a un chico (que, obviamente, era Auggie Pullman). Debajo ponía: «Bichos raros enamorados».

—Espera, ¿por qué meten a Auggie en esto? —preguntó Summer, indignada.

—No lo sé —contestó Ximena—. Miles solo quería hacerme reír. Todos se han reído como si fuera una broma increíble, pero yo no le veo la gracia.

—Lo siento mucho, Ximena —dije.

—¿Por qué me odia Maya? —preguntó con tristeza.

—Tienes que quitarte esa idea de la cabeza —le aconsejé—. Y no te lo tomes como algo personal. ¿Recuerdas que me dijiste que tenía que dejar de preocuparme tanto por lo que la gente piensa de mí? Pues tú tienes que hacer lo mismo. Olvida lo que Maya piensa de ti.

—Yo no pedí formar parte del grupo de Savanna cuando entré en Beecher —dijo Ximena—. No conocía a nadie, ni sabía quién era amiga de quién, ni quién estaba enfadada con quién. Savanna fue la primera persona que fue simpática conmigo, nada más.

—Ah, ¿sí? —contesté levantando la barbilla y los hombros—. Eso no es del todo cierto. Yo también fui simpática contigo.

Ximena puso cara de sorpresa.

—Y yo —añadió Summer.

—¿Cómo? ¿Es que ahora vosotras también os vais a confabular contra mí? —preguntó Ximena.

—No, claro que no —dijo Summer—. Solo intentábamos que lo vieses desde el punto de vista de Maya, nada más. No es mala, Ximena. Creo que Maya no tiene ni una pizca de maldad en el cuerpo. Está enfadada con Ellie, y Ellie se ha portado mal con ella últimamente. Eso es todo.

—En realidad, Ellie no se ha portado mal con nadie —repliqué—. Simplemente nos ha cambiado por vosotras. No pasa nada. A mí me da igual. Yo no soy como Maya.

Ximena se tapó la cara con las manos.

—¿Es que todo el mundo me odia? —preguntó mirándonos entre los dedos.

—¡No! —contestamos ambas al unísono.

—Nosotras no, desde luego —dijo Summer mientras le pasaba una caja de pañuelos de papel.

Ximena se sonó la nariz.

—Supongo que no he sido tan simpática con ella en general —comentó en voz baja.

—Este tipo de dibujos no ayuda —dijo Summer, devolviéndole el dibujo que había hecho Miles.

Ximena lo cogió y lo rompió en un montón de trocitos.

—Que sepáis que yo nunca habría publicado algo así —respondió—. Y le he dicho a Savanna y a Ellie que no se atrevan a hacer ningún comentario desagradable sobre Maya en Facebook ni nada parecido. Yo nunca sería una ciberacosadora.

—Ya lo sé —dijo Summer. Estaba a punto de añadir algo más cuando llamaron a la puerta.

La madre de Summer asomó la cabeza.

—¿Todo bien, chicas? —preguntó, prudentemente.

—Estamos bien, mamá —contestó Summer—. Solo son problemas de chicas.

—Charlotte, tu madre acaba de llamar —dijo la madre de Summer—. Dice que le has prometido que volverías a casa antes de diez minutos.

Miré el móvil. ¡Ya eran las 18.20!

—Gracias —contesté, y luego añadí, dirigiéndome a Summer y a Ximena—: Tengo que irme. ¿Estás mejor, Ximena?

Hizo un gesto afirmativo con la cabeza.

—Gracias por venir. Gracias a las dos por portaros tan bien conmigo. Solo quería hablar del tema con alguien, pero no podía hablar con Savanna ni con Ellie, ¿sabéis?

Las dos asentimos.

—Yo también tengo que irme a casa —dijo levantándose.

Las tres echamos a andar por el pasillo hacia la puerta principal, donde estaba la madre de Summer intentando organizar los abrigos.

—¿Y esas caras tan largas, chicas? —preguntó, alegremente—. ¡Pensaba que estaríais dando saltos de alegría porque mañana es el gran día! Después de todos los ensayos y de todo lo que habéis trabajado… ¡Estoy deseando veros bailar!

—Claro —contesté asintiendo. Miré a Summer y a Ximena—. Estamos muy emocionadas.

Summer y Ximena sonrieron.

—Sí —dijo Ximena.

—Yo estoy bastante nerviosa —añadió Summer—. ¡Es la primera vez que bailo ante un público!

—Tienes que hacer como si no estuvieran allí —contestó Ximena. Nadie hubiera dicho que solo dos minutos antes había estado llorando.

—Es un consejo estupendo —dijo la madre de Summer.

—¡Eso mismo me decía yo! —añadí.

—¿Van a ir tus padres, Ximena? —preguntó la madre de Summer—. Estoy deseando conocerlos en la cena.

—Sí —contestó educadamente, sonriendo con su hoyuelo en su máximo esplendor.

—Todos los padres van a compartir mesa —dije—. Y también la señora Atanabi y su marido.

—Qué bien —respondió la madre de Summer—. Estoy deseando conocerlos a todos.

—Adiós, Summer. Adiós, señora Dawson —dijo Ximena.

—¡Adiós! —dije yo.

Ximena y yo bajamos juntas por la escalera que llevaba al vestíbulo y luego recorrimos juntas la manzana hacia Main Street, donde ella tenía que girar a la izquierda, y yo a la derecha.

—¿Ya te encuentras mejor? —pregunté al pararnos en la esquina.

—Sí —contestó, sonriente—. Gracias, Charlotte. Eres una muy buena amiga.

—Gracias a ti. Tú también.

—Qué va —dijo, negando con la cabeza mientras jugueteaba con los flecos de mi bufanda. Me miró fijamente—. Sé que a veces podría haber sido más simpática contigo —añadió, y me dio un abrazo—. Lo siento.

He de reconocer que me sentó genial oír aquellas palabras saliendo de su boca.

—No pasa nada —contesté.

—Hasta mañana.

—Adiós.

Pasé por delante de los restaurantes que hay en Amesfort Avenue, que por fin empezaban a llenarse ahora que hacía mejor tiempo. No podía dejar de pensar en lo que Ximena acababa de decirme. Sí, a veces podría haber sido más simpática conmigo. ¿Yo también podría haber sido más simpática con algunas personas?

Me paré en el cruce y esperé a que el semáforo se pusiera en verde. Entonces vi la espalda de un hombre con una parka naranja subiéndose a un autobús. Con una perra negra a su lado. La perra llevaba un pañuelo rojo.

—¡Gordy Johnson! —grité, y eché a correr hacia donde estaba en cuanto el semáforo se puso en verde.

Se giró al oír su nombre, pero las puertas del autobús se cerraron tras él.

Donde cuento cómo nos deseó suerte
la señora Atanabi

En los estudios de la última planta del Carnegie Hall, que
es a donde nos llevó la señora Atanabi para que nos pre-
parásemos para el espectáculo, hay un pasillo con fotografías y programas enmarcados de algunos de los mejores bailarines que han actuado allí a lo largo de la historia.
Mientras avanzábamos por ese pasillo de camino a la sala
donde íbamos a cambiarnos de ropa, la señora Atanabi
señaló uno de los carteles. Era una foto de las Duncan
Dancers, las hijas de Isadora Duncan, posando teatral-
mente con unas largas túnicas blancas. Tenía fecha del 3
de noviembre de 1923.

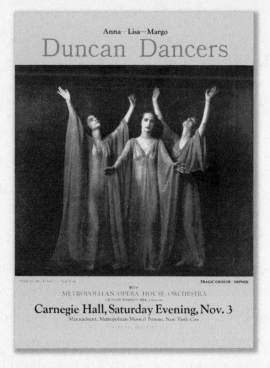

Anna — Lisa — Margo
Duncan Dancers

TRAGIC CHOEUR ORPHÉE

WITH
METROPOLITAN OPERA HOUSE ORCHESTRA

Carnegie Hall, Saturday Evening, Nov. 3
Management, Metropolitan Musical Bureau, New York City

—¡Mirad, son como vosotras tres! —dijo alegremente—. Dejad que os haga una foto junto a este cartel —añadió sacando el móvil.

Las tres posamos junto a la fotografía, en la misma postura que estaban las bailarinas: yo a la izquierda, con las manos en alto y mirando a la derecha; Summer a la derecha, con las manos en alto y mirando a la izquierda; y Ximena en el centro, con los brazos abiertos al frente y mirando a la cámara.

La señora Atanabi hizo varias fotos hasta que quedó contenta con una, y luego las cuatro —porque la señora Atanabi estaba tan emocionada como nosotras— nos fuimos correteando hacia la sala del fondo para vestirnos.

No éramos las únicas que actuábamos esa noche. El Conjunto de Jazz y el Coro de Cámara del Instituto ya estaban allí. Los pasillos resonaban con el sonido de las trompetas, los saxofones y otros instrumentos, y el coro estaba haciendo calentamientos vocales en una sala enorme que había junto a nuestro camerino.

La señora Atanabi nos ayudó con el pelo y el maquillaje. Fue increíble cómo transformó cada uno de nuestros peinados en unos abultados cardados con las puntas rizadas hacia arriba, todo coronado por una nube de laca. Aunque teníamos unos tipos de pelo muy diferentes, la señora Atanabi consiguió que todos quedasen parecidos.

Íbamos a actuar las últimas. ¡La espera se nos hizo eterna! Estuvimos todo el rato cogidas de la mano e intentando convencernos la una a la otra para que no cundiera el pánico.

Cuando por fin llegó la hora de actuar, la señora Atanabi nos acompañó al piso de abajo, a la parte de atrás del escenario del auditorio Stern. Echamos un vistazo al público desde detrás del telón mientras el Coro de Cámara del Instituto terminaba su larga canción. ¡Había un montón de gente! No podía distinguirse la cara de nadie porque estaba muy oscuro, pero era el auditorio más grande que he visto en mi vida, con palcos, arcos dorados y paredes de terciopelo.

La señora Atanabi nos hizo ocupar nuestros puestos detrás del telón: Ximena en el centro, yo a la izquierda y Summer a la derecha. Entonces se puso delante de nosotras.

—Chicas, habéis trabajado mucho —susurró con la voz temblorosa por la emoción—. Os estoy muy agradecida por todo el tiempo que habéis invertido para hacer que mi pieza cobre vida. Vuestra energía y vuestro entusiasmo…

Se le quebró la voz. Muy emocionada, se secó una lágrima. Si no hubiéramos leído aquel artículo, quizá no habríamos entendido por qué todo aquello era tan importante para ella. Pero lo sabíamos. En ningún momento le contamos que habíamos encontrado el artículo, ni que sabíamos lo de su amiga de la infancia. Pensamos que, de haber querido que lo supiéramos, nos lo habría contado. Pero el hecho de conocer aquel fragmento de su historia hacía que el baile y todo lo relacionado con su creación fuese mucho más especial. Es curioso cómo se entrelazan todas nuestras historias. La historia de cada persona se entreteje en la historia de alguna otra persona.

—¡Estoy muy orgullosa de vosotras, chicas! —susurró, y nos besó a cada una en la frente.

El público estaba aplaudiendo al coro, que acababa de
terminar su actuación. Mientras los cantantes salían del
escenario por los laterales, la señora Atanabi dio la vuelta
para acudir a la parte delantera del escenario y esperar a
que el señor Traseronian la presentase, y nosotras ocupa-
mos nuestros puestos. Oímos a la señora Atanabi intro-
duciendo el número que íbamos a bailar, y presentándo-
nos a nosotras.

—¡Ahora, chicas! —nos susurró Ximena cuando el
telón comenzó a subir.

Esperamos a que empezase la música. Cinco. Seis.

¡Cinco, seis, siete, ocho!

¡Es el shingaling, nena!

Donde cuento cómo bailamos

Ojalá pudiese describir cada segundo de esos once minutos que pasamos sobre el escenario, cada movimiento, cada salto. Cada *shimmy* y cada giro. Pero no puedo, claro. Lo único que puedo decir es que todo fue INCREÍBLEMENTE PERFECTO. Nadie perdió comba ni cometió un solo fallo. Podría decirse que durante once minutos fue como si estuviéramos bailando tres metros por encima del resto del mundo. Fue la experiencia más emocionante, fascinante, agotadora, conmovedora, divertida e increíble de mi vida. Cuando ya nos disponíamos a ejecutar el final apoteósico y nos paramos al sonar «well let me tell you nobody, nobody» antes de atacar el shingaling característico de la señora Atanabi, que era una variación que ella se había inventado, sentí la energía de todo el público mientras daban palmadas al compás de la canción.

Nobody, nobody,
Nobody, nobody
Nobody, nobody...

Y entonces terminamos. Se acabó. Jadeantes y sonriendo de oreja a oreja. Entre aplausos atronadores.

Las tres hicimos una reverencia sincronizada, y luego cada una hizo una reverencia por separado. El público gritó y ovacionó.

Nuestros padres nos esperaban con flores. Mi madre me dio un ramo de más y se lo entregamos a la señora Atanabi cuando salió al escenario con nosotras para saludar. Por un segundo deseé que todos los alumnos de quinto que alguna vez se habían reído de la señora Atanabi a sus espaldas pudieran verla en aquel momento, igual que la estaba viendo yo. Con su precioso vestido y su moño perfectamente recogido, parecía una reina.

Donde cuento cómo pasamos el resto de la noche

Un rato más tarde, después de cambiarnos de ropa, nos reunimos con nuestros padres para cenar en el salón de banquetes de la planta de abajo. Mientras pasábamos entre las mesas redondas, llenas de profesores, de otros padres y de un montón de adultos que no conocíamos, la gente nos daba la enhorabuena y alababa nuestro baile. «Esto es lo que se siente al ser famosa», pensé. Y me encantó.

Cuando llegamos, nuestros padres estaban todos sentados en la misma mesa, en compañía de la señora Atanabi y su marido. Nos dedicaron unos aplausos al sentarnos, y luego nos pasamos el resto de la velada hablando entre nosotras sin parar, analizando cada segundo del baile, y señalando en qué momento nos habíamos puesto nerviosas por si no nos salía una patada en concreto o cuándo nos habíamos mareado un poco al realizar un giro.

Antes de que sirviesen la cena, el doctor Jansen, el director del colegio, pronunció un breve discurso en el que dio las gracias a todos por haber asistido a la gala benéfica y luego pidió a la señora Atanabi, al profesor del coro y al profesor de jazz que se pusieran en pie para dedicarles otro aplauso. Ximena, Summer y yo los ovacionamos lo más fuerte que pudimos. Luego se puso a hablar de otras cosas, como objetivos financieros, recaudación de fondos y otros temas tan aburridos que me hicieron desear que se callase cuanto antes. Luego, después de acabarnos la ensalada, el señor Traseronian pronunció un discurso sobre la importancia de apoyar las artes en Beecher para que el colegio pudiese seguir cultivando la clase de «talento» que habían visto esa noche. Esa vez nos pidió a todos los alumnos que habíamos actuado que nos pusiésemos en pie para recibir otro aplauso. Por toda la sala, los chicos y chicas del conjunto de jazz y del coro se levantaron con distintos grados de disposición y timidez. Nosotras tres, sin embargo, no demostramos timidez alguna a la hora de ponernos en pie para recibir otro aplauso. ¿Qué queréis que os diga?

¡Adelante!

Cuando sirvieron el café, ya se habían acabado los discursos, y la gente ya estaba paseándose entre las mesas y hablando. Una pareja se acercó a nuestra mesa, pero no recordé quiénes eran hasta que Summer se levantó de un salto de la silla para abrazarlos. Entonces caí en que eran los padres de Auggie. Le dieron un beso a la madre de Summer, y se acercaron a hablar con Ximena y conmigo.

—Habéis estado estupendas —dijo la madre de Auggie con dulzura.

—Muchas gracias —contesté, sonriente.

—Debe de estar muy orgullosa de ellas —le dijo el padre de Auggie a la señora Atanabi, que estaba al lado de Summer.

—¡Claro! —contestó la señora Atanabi sonriendo de oreja a oreja—. Han trabajado mucho.

—Enhorabuena de nuevo, chicas —dijo la madre de Auggie, y me dio un pequeño apretón en el hombro antes de volver con la madre de Summer.

—Saluden a Auggie de mi parte —añadí.

—Descuida.

—Espera, ¿esos eran los padres de Auggie? —preguntó Ximena—. Pero si parecen estrellas de cine.

—Ya lo sé —contesté susurrando.

—¿Qué estáis cuchicheando? —dijo Summer colocándose entre las dos.

—Ximena no sabía que eran los padres de Auggie —le expliqué.

—Ah —contestó Summer—. Sus padres son super-simpáticos.

—Qué ironía —dijo Ximena—. Son muy guapos.

—¿No has visto nunca a la hermana mayor de Auggie? —pregunté—. Es superguapa. Tan guapa que podría ser modelo. Es alucinante.

—Vaya —contestó Ximena—. Pensaba…, no sé…, que todos tendrían el mismo aspecto que Auggie.

—No —dijo Summer con dulzura—. Es como lo de tu hermano. Nació así y ya está.

Ximena asintió muy despacio.

A pesar de todo lo lista que es, se notaba que nunca se lo había planteado en esos términos.

Donde cuento cómo acabé por dormirme…
¡por fin!

Esa noche no volvimos a casa hasta muy tarde. Mientras me quitaba el maquillaje de la cara y me preparaba para acostarme, estaba supercansada, pero luego, no sé por qué, no podía dormirme. El recuerdo de todas las cosas que habían pasado esa noche me iba bañando con sus suaves olas. Me sentía como cuando vas en barco, meciéndote hacia atrás y hacia delante. Mi cama estaba flotando en el mar.

Cuando llevaba una media hora dando vueltas, cogí el móvil, que estaba cargándose en la mesita de noche.

Alguna despierta?

Les mandé el mensaje a Summer y a Ximena.
Pasaban de las doce de la noche. Estaba segura de que estarían durmiendo.

Solo quería deciros que sois las dos personas más increíbles del mundo y que me alegro de que hayamos podido ser buenas amigas. Siempre recordaré esta noche. ¡Es el shingaling, nena!

Volví a dejar el móvil en la mesita de noche y le di un golpe de kárate a la almohada para estar más cómoda. Cerré los ojos, confiando en que ya me entraría el sueño. Justo cuando notaba que me estaba quedando dormida, vibró el móvil.

No eran ni Ximena ni Summer: curiosamente, era Ellie.

Hola, Charly. Seguro que estás durmiendo, pero mis padres acaban de llegar de la gala y dicen que habéis estado absolutamente increíbles. Estoy orgullosa de ti. Ojalá pudiera haber estado allí para verte bailar. Te lo mereces. A ver si podemos quedar la semana que viene después de clase. Te echo de menos.

Parecerá una tontería, pero su mensaje me puso tan contenta que los ojos se me llenaron de lágrimas.

¡Muchas gracias, Ellie!
Ojalá hubieras estado. Me encantaría quedar la semana que viene. Yo también te echo de menos. Buenas noches.

Donde cuento la sorpresa que se llevó Maya
y la sorpresa que nos dio a todos

A la mañana siguiente me desperté tan cansada que mi
madre me dejó llegar tarde al colegio. Vi que Ximena y
Summer habían contestado a mi mensaje a primera hora.

XIMENA CHIN: Yo me siento igual, Charlotte. Menuda
noche!

SUMMER DAWSON: Os <3 a las 2!

No contesté a sus mensajes porque sabía que estarían
en clase. Me perdí las tres primeras horas y no vi a ninguna de las dos hasta la hora de la comida. Summer, como
siempre, estaba sentada con Auggie y con Jack. Ximena,
como siempre, estaba en la mesa de Savanna. Durante

una fracción de segundo estuve a punto de acercarme a saludar a Ximena, pero aún tenía fresca la imagen de Maya plantada ante ese mismo grupo de chicas el día anterior... y no quería darle a Ximena la menor oportunidad de decepcionarme con cualquier cosa que no fuese un saludo de amigas.

Por eso me limité a saludarlas a Summer y a ella con la mano mientras caminaba hacia mi mesa de siempre. Allí me senté al lado de Maya. Las chicas de mi mesa me preguntaron cómo me había ido la noche anterior —algunas ya lo sabían por sus padres—, pero evité darles demasiados detalles porque sabía que perderían el interés a los treinta segundos, que es justo lo que pasó.

Y con toda la razón, la verdad.

Para ellas el principal tema de interés —es más, lo único de lo que querían hablar— era la nota que Maya le había dado a Ellie en Carvel el día anterior. Resultó que esa nota —que para entonces ya habían citado o leído en voz alta la mitad de los alumnos del curso— fue el pasaporte de Maya a una especie de popularidad que nunca antes había experimentado. Todo el mundo estaba hablando de ella. Había gente que la señalaba para que los alumnos curiosos de sexto, que también habían oído hablar de la nota, supiesen quién era.

—¡Hoy soy la reina de los marginados! —dijo Maya.

Se notaba que se sentía triunfal. Le gustaba que la gente le hiciera tanto caso.

Yo había pensado en decirle lo dolida que se había sentido Ximena al leer su nota y lo mucho que había llorado, pero, en cierto modo, tampoco quería aguarle la fiesta a Maya.

—¡Hola! —dijo Summer dándome un golpecito con el codo para que le hiciese un sitio.

—¡Hola! —contesté, sorprendida al verla allí. Miré a su mesa, pero Auggie y Jack ya se habían ido.

—Hola, Summer —añadió Maya con impaciencia—. ¿Te has enterado de lo de mi nota?

Summer sonrió.

—¡Sí, claro! —contestó.

—¿Te ha gustado? —preguntó Maya.

Se notaba que Summer no quería ofender a Maya, así que vaciló antes de contestar.

—¿Dónde están Auggie y Jack? —comenté.

—Escribiendo unas notas supersecretas para dejarlas en la taquilla de Julian —respondió.

—¿Una nota como la mía? —preguntó Maya.

Summer negó con la cabeza.

—Me parece que no. Unas notitas de amor de una tal Beulah.

—¿Quién es Beulah? —pregunté.

Summer se echó a reír.

—Es demasiado complicado de explicar.

Vi que Ximena nos estaba mirando desde la otra punta del comedor. Le sonreí y ella me devolvió la sonrisa. Acto seguido, para mi sorpresa, se levantó y se acercó a nuestra mesa.

Todas las que estábamos sentadas a la mesa dejamos de hablar en cuanto la vimos allí plantada. Sin necesidad de que se lo pidieran, Megan y Rand se apartaron un poco, y Ximena se sentó entre las dos, justo enfrente de Maya, de Summer y de mí.

Maya se quedó flipada. Tenía los ojos como platos y parecía un poco asustada. Yo no tenía ni idea de qué iba a pasar.

Ximena entrelazó las manos sobre la mesa, se inclinó hacia delante y miró a Maya a los ojos.

—Maya —dijo—, solo quiero disculparme por si alguna vez he dicho o hecho algo que te haya ofendido. Si es así, no era esa mi intención. Pienso que eres una persona muy simpática, superlista e interesante, y de verdad espero que podamos ser amigas de ahora en adelante.

Maya parpadeó, pero no dijo nada. Se había quedado boquiabierta.

—Bueno —añadió Ximena, que de pronto parecía un poco tímida—. Solo quería que lo supieses.

—Eres muy amable, Ximena —dijo Summer, sonriente.

Ximena nos miró con esa expresión tan característica suya, cuando parece que te está guiñando un ojo.

—¡Es el shingaling, nena! —contestó, y nos hizo sonreír a las dos.

Entonces, con la misma rapidez con la que se había sentado, se levantó y volvió a su mesa. Con el rabillo del ojo vi que Ellie y Savanna la estaban mirando. En cuanto se sentó a su mesa, se agolparon a su alrededor para oír lo que tenía que decir.

—Ha sido muy amable, ¿verdad? —le dijo Summer a Maya.

—Estoy flipando —contestó Maya, y se quitó las gafas para limpiarlas—. Flipando en colores.

Summer me dirigió una mirada de complicidad.

—Maya, ¿qué fue de ese juego de cuadraditos gigante en el que estabas trabajando? —pregunté.

—¡Aquí lo tengo! —contestó emocionada—. Ya te dije que te estaba esperando para jugar. ¿Por? ¿Quieres jugar ahora?

—¡Sí! —dije—. Claro que sí.

—Y yo —añadió Summer.

Maya dio un grito de asombro, cogió su mochila y sacó un papel enrollado que estaba plegado en tres y ligeramente doblado por arriba. Vimos cómo desplegaba y desenrollaba con cuidado el papel, que ocupaba toda la anchura y la longitud de la mesa. Cuando estuvo totalmente desplegado, nos quedamos mirándolo. Pasmadas.

Hasta el último centímetro cuadrado de aquel papel gigantesco estaba cubierto de puntos. Líneas de puntos perfectamente dibujadas y espaciadas de manera uniforme. Y no solo puntos: también preciosas cuadrículas conectadas mediante volutas. Líneas onduladas que terminaban en espirales, o flores, o rayos de sol. Casi parecía el dibujo de un tatuaje, como cuando la tinta azul cubre el brazo de alguien por completo, y ya no sabes dónde acaba un tatuaje y dónde empieza otro.

Era el juego de cuadraditos más bonito y alucinante que había visto en mi vida.

—¡Maya, esto es increíble! —dije muy despacio.

—¡Sí! —contestó, muy contenta—. ¡Ya lo sé!

Donde cuento que algunas cosas cambiaron, y otras, no

Esa fue la primera y la última vez que Summer, Ximena y yo nos sentamos en la misma mesa del comedor. O en cualquier otra mesa, ya puestos. Cada una volvió con su grupo de antes. Ximena con Savanna, Summer con Auggie, y yo con Maya.

Pero a mí, sinceramente, me pareció bien.

Claro, había una parte de mí, esa parte a la que le encantan los finales felices, a la que le hubiera gustado que cambiasen las cosas. Que Ximena y Ellie cambiasen de pronto de mesa y se sentasen conmigo y con Summer. A lo mejor podríamos haber organizado una nueva mesa todas juntas, con Jack, Auggie y Reid —¡y Amos!— en la mesa de al lado.

Pero la verdad es que sabía que las cosas no iban a cambiar. Sabía que pasaría lo mismo que había pasado después de quedarnos a dormir en casa de Ximena. Era como si hubiésemos hecho un viaje las tres juntas en secreto. Un viaje del que nadie más sabía nada. Y, al regresar de nuestro viaje, cada una volvió a su casa. Algunas amistades son así. Puede que incluso las mejores amistades sean así. El vínculo siempre está ahí, lo que pasa es que es invisible a los ojos de los demás.

Por eso Savanna no tendría ni idea de que Summer y yo habíamos llegado a conocer tan bien a su amiga Ximena. Y por eso Maya no entendería el efecto que su nota había tenido en Summer y en mí. Ni por qué Auggie no tenía ni idea de todo aquello que estaba pasando. «Él ya tiene sus propias preocupaciones», me dijo Summer en una ocasión, cuando me explicó por qué no le había dicho a Auggie que la señora Atanabi la había elegido para participar en su baile. «No le hace falta estar al corriente de estos dramas de chicas.»

Eso no quiere decir que no hayan cambiado algunas cosas.

Al entrar en los últimos meses del curso, me di cuenta de que Ximena se esforzaba más que antes en relacionarse con otras chicas de clase. Cuando nos cruzábamos por el pasillo, siempre me saludaba calurosamente…, tanto si estaba con Savanna como si no. Además, aunque Ellie y Maya no hicieron las paces, Ellie y yo hemos quedado al salir de clase un par de veces. Ya no es como antes, claro, pero algo es algo.

Pasito a pasito, como diría la señora Atanabi. Todo empieza pasito a pasito.

La verdad es que aunque Ximena, Savanna y Ellie me invitasen de repente a que me sentase a su mesa, no lo haría. No me parecería bien. Para empezar, no me gustaría recibir una nota airada de Maya ni que me enseñase los dientes desde la otra punta del comedor. Pero sobre todo es porque el día que desplegó su magnífico juego de cuadraditos sobre la mesa del comedor me di cuenta de una cosa: Maya ha sido mi amiga a las duras y a las maduras. Una amiga de las de verdad. Todos estos años. A su manera torpe, leal y ligeramente pesada. Nunca me ha juzgado. Siempre me ha aceptado tal como soy. ¿Que qué pasa con el grupo de chicas de mi mesa del comedor, esas con las que no tengo nada en común? ¿Sabéis qué?, ¡que tenemos una mesa en común! Y un juego de cuadraditos preciosísimo al que jugamos a la hora de comer, con los rotuladores de diferentes colores que Maya nos asignó a cada una. Y tenemos que usarlos; si no, se enfada mucho.

Pero Maya es así. Y eso no va a cambiar nunca.

Donde cuento que hablé con el señor Traseronian

El último día de clase, la secretaria del señor Traseronian, la señora García, fue a buscarme durante la séptima hora y me preguntó si podía hacer el favor de ir a hablar con el señor Traseronian al acabar las clases. Maya la oyó y se echó a reír.

—Oh, oh, Charlotte se ha metido en un lío —canturreó.

Las dos sabíamos que no era eso, que seguramente sería por los premios que iban a dar al día siguiente. Todo el mundo daba por hecho que yo iba a ganar la medalla Beecher por haber organizado la recogida de abrigos, ya que la medalla solían dársela al alumno que había realizado el mayor servicio a la comunidad.

Llamé a la puerta del señor Traseronian justo después de sonar la campana que anunciaba el final de las clases.

—Adelante, Charlotte —dijo con entusiasmo, y con un gesto me invitó a sentarme en la silla que tenía ante su escritorio.

Siempre me ha gustado el despacho del señor Traseronian. Tenía unos cuantos rompecabezas divertidos en el borde del escritorio, y dibujos hechos por alumnos a lo largo de los años, que él había enmarcado y colgado de las paredes. Enseguida me di cuenta de que detrás del escritorio tenía expuesto el autorretrato de Auggie como un pato.

Y de pronto supe cuál era el motivo de aquella reunión.

—¿Estás nerviosa por la ceremonia de graduación de mañana? —preguntó entrelazando las manos sobre el escritorio.

Asentí.

—¡No me puedo creer que estemos a punto de terminar quinto! —contesté, incapaz de ocultar mi alegría.

—Cuesta creerlo, ¿eh? —dijo—. ¿Tienes planes para el verano?

—Voy a ir a un campamento de baile.

—¡Qué divertido! —contestó—. Las tres estuvisteis increíbles en la gala de marzo. Parecíais bailarinas profesionales. La señora Atanabi quedó muy impresionada por lo mucho que os esforzasteis y lo bien que trabajasteis en equipo.

—Sí, fue muy divertido —dije, emocionada.

—Genial —respondió, sonriente—. Me alegro de que hayas tenido un buen curso, Charlotte. Te lo mereces. Has sido una presencia muy alegre en estos pasillos, y te agradezco que hayas sido tan simpática con todo el mundo. No creas que esas cosas pasan inadvertidas.

—Gracias, señor Traseronian.

—El motivo por el que quería charlar contigo antes de mañana, y espero que esto no salga de aquí, es que sé que sabes que, entre los muchos honores que reparto mañana, uno de ellos es la medalla Beecher.

—Se la va a dar a Auggie, ¿verdad? —le solté.

Pareció sorprendido.

—¿Por qué lo dices? —preguntó.

—Todo el mundo da por hecho que me la va a dar a mí.

Me miró atentamente y luego sonrió.

—Eres una chica muy lista, Charlotte —dijo amablemente.

—Me parece bien, señor Traseronian —contesté.

—Pero quería explicártelo —insistió—. La verdad es que si este hubiera sido un curso como cualquier otro, seguramente te daría a ti esa medalla, Charlotte. Te la mereces: no solo por lo mucho que te esforzaste organizando la recogida de abrigos, sino porque, como acabo de decirte, has sido muy simpática con todo el mundo. Aún recuerdo que desde el principio, cuando te pedí que fueses una de las amigas de bienvenida de Auggie, aceptaste incondicionalmente y sin subterfugios.

¿He dicho ya lo mucho que me gusta que utilice palabras difíciles, dando por hecho que las entendemos?

—Pero ya sabes —prosiguió— que este curso ha sido cualquier cosa menos normal. Y mientras reflexionaba sobre este premio y lo que representa, comprendí que podía premiar algo más que el mero servicio a la comunidad…, sin intención de infravalorarlo.

—Sí, entiendo perfectamente lo que quiere decir, señor Traseronian —contesté.

—Cuando pienso en Auggie y en todos los desafíos a los que tiene que enfrentarse a diario —dijo, dándose unas palmaditas a la altura del corazón—, me impresiona el simple hecho de que venga a clase cada día. Con una sonrisa en la cara. Y quiero demostrarle que este curso ha sido un triunfo para él, que ha dejado huella. A ver: el modo en que los chicos le ofrecieron su apoyo después del horrible incidente en la reserva natural fue gracias a él. Fue él quien les inspiró esa bondad.

—Entiendo perfectamente lo que quiere decir.

—Y quiero que este premio sea un premio a la bondad —prosiguió—. A la bondad que repartimos.

—Estupendo —contesté.

Parecía encantado de verdad con mi actitud. Y un poco aliviado, creo.

—¡No sabes cuánto me alegro de que lo entiendas, Charlotte! —dijo—. Quería contártelo con antelación para que no te llevases una desilusión durante la ceremonia de mañana, ya que, como bien has dicho, todo el mundo da por hecho que la medalla va a ser para ti. Pero no se lo vas a contar a nadie, ¿verdad? No me gustaría estropearles la sorpresa a Auggie y a su familia.

—¿Puedo contárselo a mis padres?

—¡Por supuesto! Aunque tengo pensado llamarlos esta noche para decirles lo orgulloso que estoy de ti en estos momentos.

Se levantó y extendió el brazo por encima de la mesa para estrecharme la mano, así que se la estreché.

—Gracias, Charlotte —dijo.

—Gracias a usted, señor Traseronian.

—Hasta mañana.

—Adiós.

Eché a andar hacia la puerta, pero entonces pensé una cosa, una idea totalmente elaborada que no sabía de dónde había salido.

—Pero el premio pueden recibirlo dos personas, ¿no? —pregunté.

El señor Traseronian levantó la vista. Por un segundo, me pareció ver una ligera decepción reflejada en su mirada.

—En unas cuantas ocasiones lo han recibido un par de alumnos que han llevado a cabo un proyecto de servicio a la comunidad juntos —contestó rascándose la frente—. Pero en el caso de Auggie y tú, creo que sus razones para recibirlo son tan diferentes de las tuyas que…

—No, no me refiero a Auggie y a mí —lo interrumpí—. Creo que Summer debería recibir el premio.

—¿Summer?

—Durante todo el curso ha sido una amiga alucinante para Auggie —expliqué—. Y no porque usted le pidiera ser su amiga de bienvenida, como nos pidió a Jack y a mí. ¡Lo hizo, y punto! Es como lo que usted ha dicho de la bondad.

El señor Traseronian asintió, como si estuviera escuchando atentamente lo que le decía.

—A ver… Yo he sido simpática con Auggie —dije—, pero Summer ha sido buena. Eso es como la simpatía elevada a la décima potencia, o yo qué sé. ¿Entiende lo que quiero decir?

—Entiendo perfectamente lo que quieres decir —contestó, sonriente.

Asentí.

—Bien.

—Te agradezco mucho que me cuentes todo esto, Charlotte —dijo—. Me has dado motivos para pensar.

—Genial.

Me miró y se puso a asentir lentamente, como si estuviese dándole vueltas a algo en la cabeza.

—Déjame que te haga una pregunta —dijo, e hizo una pausa, como si estuviera intentando dar con las palabras adecuadas—. ¿Crees que Summer querría recibir una medalla solo por haberse hecho amiga de Auggie?

En cuanto lo dijo, pude entender perfectamente lo que quería decir.

—¡Ah! —contesté—. Espere. Tiene razón: no querría.

No sé por qué, se me apareció mentalmente la imagen de Maya enseñándoles los dientes a las chicas de la mesa de Savanna.

Los amigos no tienen nada que ver con las medallas.

—Pero déjame pensarlo esta noche —dijo mientras se levantaba.

—No, tiene razón —contesté—. Su idea era mejor.

—¿Estás segura?

Asentí.

—Gracias de nuevo, señor Traseronian. Hasta mañana.

—Hasta mañana, Charlotte.

Volvimos a darnos la mano, pero esta vez tomó la mía entre sus dos manos.

—Para tu información —dijo—, ser amable es el primer paso para ser bueno. Es un muy buen comienzo. Estoy extremadamente orgulloso de ti, Charlotte.

No sé si él era consciente, pero para alguien como yo unas palabras como las suyas valían más que todas las medallas del mundo.

Donde cuento que Ximena bordó su discurso

Buenos días, doctor Jansen, señor Traseronian, jefa de estudios Rubin, compañeros estudiantes, profesores y padres.

Para mí es un honor que me hayan pedido pronunciar el discurso de graduación en nombre de quinto curso este año. Miro a mi alrededor y, al ver tantas caras felices, me siento muy afortunada por estar aquí. Como algunos sabréis, este ha sido mi primer curso en el colegio de secundaria Beecher. No os voy a mentir: al principio me ponía un poco nerviosa venir. Sabía que algunos alumnos llevaban aquí desde preescolar y me daba miedo no hacer amigos. Pero resulta que muchos de mis compañeros también eran nuevos, como yo. E incluso para los que ya llevaban aquí unos años..., bueno..., la secundaria es algo nuevo para todos. Ha sido una experiencia que nos ha hecho aprender. En el camino no han faltado unos cuantos baches. Ha habido aciertos y errores. Pero ha sido un viaje maravilloso.

Hace unos meses me pidieron que actuara en un baile coreografiado por la señora Atanabi para la gala benéfica del colegio de secundaria Beecher. Para mí fue una experiencia alucinante. Mis compañeras bailarinas y yo nos empleamos a fondo en aprender a bailar juntas, como si fuéramos una sola. Para eso hace falta mucho tiempo. Y confianza. Puede que no sepáis esto de mí, pero al haber ido a muchos colegios diferentes en unos pocos años, no siempre me ha sido fácil darle a la gente esa confianza. Pero aprendí a confiar en esas chicas. Comprendí que con ellas podía ser yo misma. Y siempre daré gracias por eso.

Creo que lo que más ganas tengo de hacer el próximo curso, compañeros de quinto, es construir esa confianza con todos vosotros. Tengo la esperanza de que, cuando empecemos sexto, al hacernos mayores y más sabios, aprenderemos a confiar los unos en los otros para ser nosotros mismos de verdad y aceptarnos tal como somos.

Gracias.

Donde cuento cómo acabé por presentarme

El día que vi a Gordy Johnson subiendo a un autobús que iba hacia las afueras, les envié un mensaje a Summer y a Ximena, y las tres nos emocionamos al saber que estaba vivo. Sin embargo, por aquel entonces estaban pasando tantas cosas que no tuvimos ocasión de hablar mucho del tema. Entusiasmadas, estuvimos atentas por si volvíamos a verlo por el barrio, pero no hubo suerte. Había desaparecido. Otra vez.

No volví a verlo hasta principios de julio. De pronto, volvía a estar allí, sentado debajo del toldo del supermercado A&P, tocando las mismas canciones con el acordeón de siempre, con su perra negra tumbada delante de él.

Lo miré durante unos minutos. Estudié sus ojos abiertos y recordé el miedo que me daban antes. Vi cómo pulsaba los botones del acordeón con los dedos. Para mí es un instrumento misterioso. Estaba tocando «Those Were the Days», mi canción favorita.

Cuando hubo terminado, me acerqué a él.

—Hola —dije.

Sonrió hacia donde yo estaba.

—Hola.

—¡Me alegro de que haya vuelto! —dije.

—¡Gracias, señorita! —contestó.

—¿Dónde ha estado?

—Bueno… Me fui al sur, a pasar una temporada con mi hija. Mis viejos huesos llevan cada vez peor los inviernos de Nueva York.

—Ha sido un invierno muy frío, es verdad —dije.

—¡Y tanto!

—Su perra se llama Joni, ¿verdad?

—Eso es.

—¿Y usted se llama Gordy Johnson?

Ladeó la cabeza.

—¿Tan famoso soy que sabes cómo me llamo? —preguntó, y soltó una carcajada.

—Mi amiga Summer Dawson lo conoce —contesté.

Levantó la vista mientras pensaba de quién podía estar hablando.

—Su padre estuvo en los marines —expliqué—. Murió hace unos años. ¿Le suena el sargento Dawson?

—¡El sargento Dawson! —exclamó—. Pues claro que me acuerdo de él. Un hombre espléndido. Qué noticia tan triste. Recuerdo bien a su familia. Saluda a esa niñita de mi parte, ¿quieres? Era una niña muy dulce.

—Claro —contesté—. Estuvimos intentando encontrarlo. Summer y yo nos preocupamos por usted cuando desapareció.

—Ay, cielo. No tenéis que preocuparos por mí. Me las apaño bastante bien. No soy una persona sin hogar ni nada de eso. Tengo casa en las afueras. Lo que pasa es que me gusta estar ocupado y salir con Joni. Cojo un autobús directo por las mañanas justo en la puerta de mi edificio y me bajo en la última parada. Es un paseo agradable. Vengo aquí por costumbre, ¿sabes? Aquí hay buena gente, como el sargento Dawson. Me gusta tocar para ellos. ¿Te gusta mi música?

—¡Sí! —contesté.

—¡Bueno, pues por eso toco aquí! —dijo, emocionado—. Para animarle el día a la gente.

Asentí, muy contenta.

—Bueno… —dije—. Gracias, señor Johnson.

—Puedes llamarme Gordy.

—Yo soy Charlotte, por cierto.

—Encantado de conocerte, Charlotte —dijo.

Me ofreció la mano y se la estreché.

—Tengo que irme. Me alegro de haber hablado con usted.

—Adiós, Charlotte.

—Adiós, señor Johnson.

Me metí la mano en el bolsillo, saqué un billete de un dólar y lo dejé caer en la funda del acordeón.

Flap.

—¡Que Dios bendiga América! —dijo Gordy Johnson.